The Berserker Rises to Greatness.

黒の召喚士 20

迷井豆腐

Illustration ダイエクスト、黒銀(DIGS)

シュトラ
Shtola
「よし、俺達もそろそろ出発しよう」
ケルヴィン
Kelvin

血流の騎士《ブラッドドレス》
現れたのは暗黒の騎士鎧だった。
但し、ジェラールのそれではない。
まるでセラの体型に合わせてオーダーメイドしたかのような
明らかに女性型の全身鎧であったのだ。
ジェラールのように黒を基調とした鎧なのだが、
その表面には血色で描かれた模様が絶えず流動していた。
そう、まるで血管が張り巡らされているかの如く。

セラ Sera
「わっ、ケルヴ
フライングしたジェ
「まあ、今回ばかりはジェラールが悪いですね。
仮孫に良いところを見せようと、
張り切り過ぎていたのかもしれませんが」
メルフィーナ Melfina

黒の召喚士 20

交わる双鬼

迷井豆腐

OVERLAP

黒の召喚士
The Berserker Rises to Greatness.

登場人物

ケルヴィン・セルシウス
前世の記憶と引き換えに、
強力なスキルを得て転生した召喚士。
強者との戦いを求める。二つ名は『死神』。

ケルヴィンの仲間達

エフィル
ケルヴィンの奴隷でハイエルフの少女。
主人への愛も含めて完璧なメイド。

セラ
ケルヴィンが使役する美女悪魔。かつての魔王の
娘のため世間知らずだが知識は豊富。

リオン・セルシウス
ケルヴィンに召喚された勇者で義妹。
前世の偏った妹知識でケルヴィンに接する。

クロト
ケルヴィンが初めて使役したモンスター。
保管役や素材提供者として大活躍！

クロメル
瀕死だったクロメルがケルヴィンと契約したこと
で復活した姿。かわいいだけの、ただのクロメル。

メルフィーナ
元転生神の腹ペコ天使。現在はケルヴィンの妻と
して天使生を満喫中。

ジェラール

ケルヴィンが使役する漆黒の騎士。
リュカやリオンを孫のように可愛がる爺馬鹿。

シュトラ・トライセン

トライセンの姫だが、今はケルヴィン宅に居候中。
毎日楽しい。

アンジェ

元神の使徒メンバー。
今は晴れてケルヴィンの奴隷になり、満足。

ベル・バアル

元神の使徒メンバー。激戦の末、姉のセラと仲直り。天才肌だが、心には不器用な一面も。

十権能

ケルヴィム・リピタ

『致死』の権能を持つ十権能……なのだが現在はケルヴィンと行動をともにしている。

エルド・アステル

十権能のリーダー。悲願である邪神復活をなす為、ケルヴィンたちに牙を剝く。

ハオ・マー

十権能のひとりで、有する権能は『魁偉(かいい)』。武人然とした偉丈夫。

グロリア・ローゼス

セラと戦い敗れた十権能のひとり。『間隙(かんげき)』という権能でセラを苦しめた。

CONTENTS

イラスト／ダイエクスト、黒銀（DIGS）

第一章　▼権《けん》能《のう》三《さん》傑《けつ》

中央海域を離れ、一旦仲間達《たち》の下《もと》へと戻った俺達。仮のものとはいえ、期限が設けられたのであれば、暇を持て余している余裕はない。という訳で、俺は諸々《もろもろ》の準備を整える為《ため》、直《す》ぐに各地を駆け巡り始めた。

まず最初に訪れたのは、西大陸のゴルディアの聖地。プリティアがハオって奴《やつ》と戦い、まさかの敗北、そして誘拐された場所である。ここでは現在、グロスティーナの許可を得て、ダハクがバッケに鍛えに鍛えられまくっている。話を聞くに、グロスティーナ自身もここで鍛錬を行っているようだ。

ジェラールの大戦艦黒鏡盾《ドレッドノートリグレス》を使い、聖地の近場の魔杭《まくい》に自分を召喚した俺は、直ぐにバッケを発見する事ができた。しかしここ、また独自の雰囲気がある場所だな。特に理由はないけど、何となくスズと相性が良さそうな、そんな気がする。

「おーい、バッケやーい」

「ん？　おー、ケルヴィンじゃないか。どうした？　アタシに抱かれに来たのかい？」

「出会い頭にとんだ挨拶だな……まあ、冒険者ってのは欲望に素直なくらいが健全ってもんか。ああ、もちろん用件は別だ。ダハクの修行は順調か？」

「フッ、見ての通りさね」

バッケが指差した方向を見ると、そこには鍛錬着姿のダハクが座禅をしていた。両目を瞑《つぶ》り、両手の掌《てのひら》を合わせ、一切動かない——素人意見ではあるが、まるで本物の坊さんがやっているような、綺麗《きれい》な座禅である。

「座禅と来たか。精神修行の一環か？」

「まあ、そんなところだ。ダハクが次の段階に進む為には、徹底的に自分を見つめ直す必要があるからねぇ。案外、座禅ってのは良いもんだよ？」

「ほ〜」

バッケには悪いが、正直この鍛錬方法は意外だった。てっきり地獄の鬼ごっこでもやっているものかと。

「俺から頼んでおいて、こう言うのも何だけど……バッケがここまで真面目に先生をやってくれていたとはな。正直なところさ、つまみ食いの一つでも仕掛けているもんだと思っていたよ」

「あ？　何を言ってんだ？　んなもん、とっくに仕掛けているに決まってんだろ？　まっ、今のところは上手《うま》く躱《かわ》されているけどねぇ」

「デスヨネー」

分かっていた。言ってみただけだ。

「それよりも、アンタは何を抱えて来たんだい？　何やら竜王っぽいのが居るようだが？」

「ああ、そういやまだ挨拶させていなかったか。真面目に頑張っているバッケ先生に、追加の生徒指導もお願いしたくてさ」

　そう言って、魔力体の状態で待機させていた二人を、俺の両隣に召喚する。召喚対象は今までパブの宿でエフィルの護衛――という名の自宅警備に当たっていた、ムド&ボガだ。二人は最後までここに来るのを嫌がっていたんだが、だらしのない生活が最近目に余っていたので、俺が強制的に連れて来たのである。ぶっちゃけ、アンジェとジェラールが近くに居れば警護としては完璧だし、宿の近くに設置した魔杭で一瞬で移動させる事もできるからな。この二人が宿で食っちゃ寝食っちゃ寝、メルみたいな生活を送る必要は殆《ほとん》どない訳だ。

　え、メルはそのままで良いのかって？……だって、メルはメルだしなぁ。

「あ、主《あるじ》、酷《ひど》い……私はただ、エフィル姐《ねえ》さんの身の安全を守りたかっただけなのに……」

　自らの心の内を視覚的に表現しているのか、今日のムドはずっと青ムドのままだ。ブルーな気持ち、って事なのかね？　気持ち的に座布団をやらんでもない。但し、帰してはやらんが。

「うう……で、でも、だじかに最近のおで達、不精だっだかも……？」

「まっ、そういう事だ。戦う日取りも近い事だし、竜王が揃《そろ》いも揃って太っていたら、その時に格好がつかないからな。って事でムドとボガには、今日からダハクと一緒にバッケの指導を受けてもらいます」

「ふぅん、そういう事かい。ふんふん……」

「「ヒッ!?」」

怖がる二人を中心にして、衛星の如《ごと》く周りを歩き始めるバッケ。値踏みするのを隠そうともしないのね。しかし、おかしいな？　なぜかデジャブを感じるぞ？　つい少し前に、似たような光景を目にしたような——

「——ケルヴィン、こっちの巨漢は有望だね、ああ、将来有望だ。けど、そっちのチビっ子は駄目だろ？　そもそも女だし」

「いや、別にお前の為に二人を献上している訳じゃないからな？　強くなる為の指導をお願いしているんだからな？」

「ハハハハッ！　そうだそうだ、そうだったねぇ！　まあ、良いんじゃないかい？　こいつら、どっちも竜王のようだし、ダハクと同じでアタシが教えられる事もあると思うよ」

「い、一体何を教えられる!?」

「お、おで、全然美味《うま》くないんだな……！」

ムドとボガがこれまでにないくらいに動揺し、ブルブルと震え始める。

「……バッケ、ドラゴンに嫌われ過ぎじゃないか？　この反応、よっぽどだぞ？」

「そうかい？　だけど、嫌よ嫌よも好きのうちって言うだろ？　きっとそれだよ」

そうだろうか？……いや、それはないと思う。これはマジで苦手意識を持っていると思う。

「あー……まあ苦手なもんを克服するのも、大人になる為の第一歩って事で」

「主、違う！　大人になるにしても、方法は大事！　私は過程を大事にしたい！」

「だな！　そうなんだな！」

マジで必死の訴えである。涙目である。

「……バッケ、悪いけど修行風景を見学させてもらっても良いか？　こいつらもこんな感じだし、後学として俺も一度見ておきたいんだ。ムドとボガを預けるかは、それから決めるとするよ」

「主ッ！」

「おで、信じでだッ！」

ヒシッ！　と、俺の腰にしがみ付く竜王×2。そこまで必死になられると、俺も何もしない訳にはいかないからな。まあ、この見学も時間の無駄にはなるまいて。

「なるほど、そっちの竜王様達が、アタシの指導力を疑っているって訳かい。良いねぇ、生意気な奴も嫌いじゃないよ。実に教え甲斐《がい》がある……！」

「「そういう訳じゃない（んだな）！」」

二人を、というよりも主にボガの方を見詰めながら、舌舐《したな》めずりをするバッケ。んんー、こいつはダハクと同じく、完全にロックオンされてんな。ムドにとっては朗報だが、ボガにとっては地獄かもしれん。

「まっ、良いさ。特別に教えてやるよ」

踵《きびす》を返し、座禅をしているダハクの方へと進んで行くバッケ。

「アタシがアンタらに教えてやれんのは、竜種としての更なる進化——いや、最適化と言うべきかな？　古くから生きている竜王、先代の土竜王や氷竜王、後は水竜王や雷竜王とかもできた気がするが……まあ兎《と》も角《かく》、これができるようになれば、強くなるのは確かだ」

「へえ、そんなものがあるのか。で、具体的には何をするんだ？」

「さっきも言ったが、まずは徹底的に自分を見つめ直し、理想を追求する事が必須だ。今、ダハクがああやっているようにね。見てな」

座禅状態のダハクの間近にまで接近するバッケ、そして、おもむろにダハクの耳元に顔を寄せ——

「ふぅ〜〜〜」

——耳に息を吹きかけた。やたらと色気がある様子で、やたらと長〜く息を吹きかけたのだ。え、何事？

「……」

「「ええっ……」」

しかし、息を吹きかけられた当人のダハクは、全く意に介さない。身じろぎせずに座禅を続け、精神を集中させている。むしろ、遠目に見ている俺達の方が引いていたくらいだ。

「ハハッ、良い感じに集中できてるねぇ！　最初こそ動揺する事もあったが、ダハクは直ぐに適応してくれたんだ。よっぽど成し遂げたい目的があるのかねぇ？　今じゃ感じやすいであろう場所に軽く触れても、全然反応を返さないくらいさ。これくらいできるようになったら、いよいよ実践に移行できるってもんだ」

「『じ、実践……!?』」

「二人とも、何を考えているのかは知らんが、多分それは違うと思うから」

その偏見の目も、あながち間違っていないのが酷いところだが。

◇　◇　◇

「ケルヴィンの兄貴、挨拶が遅くなって申し訳ないッス！　何分《なにぶん》、鍛錬中だったもんで！」

ダハクの鍛錬風景を眺める事、暫《しば》くして。座禅を終えたダハクが、挨拶をしにダッシュでこちらへとやって来た。

「いやいや、そんな事は気にしなくて良いよ。むしろ、ダハクの鍛錬姿に感動を覚えたくらいだ。お前の覚悟、痛いほど伝わって来たよ」

「へへっ、当然ッスよ。俺、プリティアちゃんの為に命捧《ささ》げるつもりッスから。あ、でもマジで死ぬ気は全然ないッスからね！　そんな事したってプリティアちゃんは喜ばないだろうって、俺は分かってるッスから。助け出す覚悟があるなら、助け出す側も無事に生還！　これは絶対ッスよ！」

……っと、ダハクの成長っぷりに、不覚にもまた感動してしまった。この様子なら、俺から言う事は特になさそうだな。それくらい今のダハクは頼りになる。

「ところで、何でムドとボガがここに居るんスか？　エフィル姐さんの所に居た筈《はず》じゃ？」

「それがさ、ここのところ怠惰な生活を送ってばかりでな。このままじゃ竜王としてどうなのかと思って、ここに強制連行した。要するに、ダハクと一緒にバッケに鍛えてもらおうって魂胆だ」

「ああ、なるほど。理解したッス」

「わ、私はまだ見極めている途中。正直、さっきの鍛錬内容も全ては納得していない」

「おでもここで鍛錬するがは、まだ決めてなぐて……」

現在、指南役のバッケはグロスティーナを呼びに行くと言って、ここを留守にしている。その為なのか、ムドとボガも多少の冷静さは取り戻したようだが……うーん、まだやりたくねぇオーラが滲《にじ》み出ているんだよなぁ。どうしたもんかね？

「おう、声が震えているじゃねぇか。お前ら、そんなに嫌なのか？」

「だ、だって、身の危険が凄《すご》い……」

「だな……おでを見る目が怖い……」

「ったく、竜王が弱音を吐くんじゃねぇよ。いいか？　バッケは確かに色んな意味でこえーし、まるで獲物を見るような視線をぶつけて来やがる。毎日二十四時間、どんな時でもな。お蔭《かげ》で寝る時だって、俺はずっと警戒が解けねぇし落ち着かねぇよ」

「それは……」

「酷いんだな……」

うん、それは確かに。俺も就寝中、メルの寝相の悪さに何度殺されそうになった事か。ほろり。

「けどよ、俺達《たち》がこれから挑もうとしている壁は、それ以上にやばいもんなんだぜ？　プリティアちゃんでさえ敵《かな》わなかった、最強の敵……俺はそれを直《じか》に見て、肌で感じて、力量の差を理解した。今のままじゃぜってぇに勝てないってな。だからよ、俺は強くなりてぇ。今こそ、ケルヴィンの兄貴やジェラール旦那を超えて、それこそプリティアちゃんを超えて、強くなりてぇ。その為《ため》なら、俺は地獄みてぇなこの場所に、足を踏み入れられる。何なら、住んでやってもいい」

「「……ゴクリ」」

拳を固め、己の覚悟を言葉にして示すダハク。その圧に押されてなのか、ムドとボガは無意識に息を呑《の》み込んでいた。

「お前らもよ、竜王になった事に浮かれている場合じゃないと思うぜ？　プリティアちゃんの件を抜きにしても、兄貴達は常に前へと歩き続けている。舎弟としてよ、そんな兄貴の顔に泥を塗りたくねぇんだ。隣に立つどころか影も踏めねぇようなら、兄貴達と一緒に戦う意味もねぇ。お前らは違うのか？」

「私は……」

「おでは……」

　待って、ちょっと待ってほしい。ダハクの不意打ちの言葉が、俺の心に突き刺さっているんですけど？　やだ、本気で逞《たくま》しい……お前、この短期間にどんだけ成長しているんだ？　少しどころか、マジで感動して来てるぞ？　俺まで涙目になってしまいそうだ。

「……主、私もダハクと一緒に、ここで鍛錬したい。主の足を引っ張って、エフィル姐さんに迷惑を掛けたくない。その為なら、私も地獄に突き進む！」

「えっと、えっとぅ～～～……おでも、皆に迷惑、がけたぐないんだな。おっし、おでも、やる……！　さ、最適、化……？ っての、ものにする……！」

「へっ、漸《よう》くかよ。まっ、途中で心が折れないように、精々気を付けるんだな。ここでの鍛錬は生半可な覚悟じゃ務まらないぜ？」

「ダハクの癖に生意気。ダハクにできるのなら私にもできる。それを証明する」

「おでは自信ないげど、が、頑張るど……！」

　ダハクの成長は、ムドとボガにまで良い影響を与えたようだ。もうここには、バッケに恐怖する竜王の姿はどこにもない。レベルやステータスだけでなく、精神面も大きく変化しようとしているムドとボガ――控えめに言って、感動的な光景だ。どいつもこいつも、俺の為に強くなろうとしてくれている。嬉《うれ》しいなぁ、どこまで強くなってくれるのかなぁ、楽しみだなぁ。

「話が纏《まと》まったようだねぇ。ケルヴィン、アンタもついでに鍛錬していくかい？　アタシは歓迎するよ？」

「やだん、素敵な青春してるわねん。私も交じり合いたいく・ら・い（はぁと）」

「……バッケ、グロスティーナ、急に背後に現れないでくれ。俺のノミの心臓が破裂するところだったぞ」

「今の今まで不気味な笑顔を作っていた、戦闘馬鹿の言葉とは思えないねぇ？」

「人を見た目で判断するのは、いけないと思います」

バッケがグロスティーナを連れて帰って来たようだ。鍛錬の誘いは嘘《うそ》偽りなく嬉しいが、そこまでの長居はできないので、ここは丁重にお断りしておく。いやあ、マジで残念だよ、マジのマジ。

「おう、グロスも来たか！　今日からこいつらも世話になるからよ、よろしくしてやってくれ！」

「うふっ、了解よん。私が手とり足とり教えてあげるん。色々と、ねっ（はぁと）」

「おい馬鹿、手とり足とり教えるのはアタシの役得――仕事だろうが！　ケルヴィンが頼んだのはアタシの方！　なら、アタシはこいつらを立派に成長させる義務がある！」

「今、役得って言わなかったぁ？　も～、そんなケチな事を言っている場合じゃないのよぉ？　確実にお姉様を助け出す為にも、ここは協力するべきなのん！　私、全てを曝《さら》け出す覚悟なんだからん！」

「その覚悟はダハクに決めさせな！　それならアタシも歓迎するから！」

「近接戦は戦いの基本よん！　あって損はないわん！」

「竜には竜の戦い方がある！　今は狭く深く学ぶべきだろう！」

「ゴルディアの継承！」

「理想追求による竜人化！」

「「～～～ッ！」」

何やら醜い言い争いを始めてしまったバッケとグロス。うーん、一体どこからツッコミを入れるべきだろうか？　まあ、これでも二人は俺と同じS級冒険者なんだ。どこかで折り合いをつけて、丁度良い指導をしてくれる事だろう。きっと、多分。

「……ボガ、この展開に私達はどうするべき？　早くも試練突破難度が二倍になってしまった」

「か、覚悟を沢山、決める……？」

「おう、決めろ決めろ。それで強くなれりゃあ役得ってもんだ！　俺のかーちゃんもよく言っていたもんだぜ？　地獄でこそ最高の根性を入れやがれ、ってな！」

「「それ、どんなかーちゃん……？」」

フフッ、ダハクもすっかり良い兄貴分になったもんだ。所々に不安要素もあるが、逞しくなったダハクが居る事だし、ここは任せてしまっても大丈夫かな。さて、俺はそろそろお暇《いとま》させてもらおうかね。ええと、次は――

「「──ケルヴィン（ちゃん）はどう思う（のん）!?」」

「……」

唐突に話を振られた俺は、無言のままジェラールを召喚。反射式召喚術移動法を活用し、次の目的地へと脱出するのであった。

◇　◇　◇

ここはシン総長の汚部屋──もとい、ギルド本部の総長室。部屋の散らかりっぷりは今日も健在で、何とか足場を見つけてソファ前へと到着。シン総長が出してくれたゴブ茶（？）とかいう珍しい茶をしばきながら、俺はついさっき起こった出来事を総長に説明するのであった。にしても、うーん、この茶は不思議な味だな。あ、ちなみにジェラールも一緒だ。物のついでという事で、ゴルディアの聖地から俺と一緒に来てもらった。

「ふんふん？　それで緊急避難先として、ここへ来た訳だ。いや、逃げて来た、と言うべきかな？　いやはや、『死神』として悪名高いケルヴィン君らしくない行動じゃないか」

「別に悪名は高くないだろ。それに今回は、可愛《かわい》い竜ズに相手役を譲っただけでだな──」

「その言い訳は苦しくない？」

「そうじゃそうじゃ、何の連絡もなしにワシを召喚しおって！　バッケ殿とブルジョワーナ殿が凄い形相で近付いて来て、危うく腰を抜かすところであったぞ！」

「むう……」

シン総長とジェラールに詰められ、肩身が狭い俺。口にされるのがどれも正論である為、反論する事ができず。だって、だって顔の圧が凄かったんだもの。ジェラールが腰抜かすレベルの圧だったんだもの。戦闘時であれば全く問題ないが、ただの会話中にあの圧はないと思う。ぶっちゃけ、俺も怖かったんだよ。非戦闘時にあの圧は反則だよ。

「さて、一通り楽しんだ事だし、そろそろ本題に移ろうか。ケルヴィン君、手に入れた情報を教えてくれたまえ」

そんな事を言いながら、向かいのソファにどっかりと座るシン総長。アンタ、そんな上司みたいに――あ、一応は上司みたいなもんだったわ。まあ、冒険者だから厳密には違うけど。

シン総長とは配下ネットワークが繋《つな》がっておらず、分身体クロトを渡している訳でもない為、ここは素直に状況説明を行う。ルキルとケルヴィムと手を組み、十権能《じっけんのう》とあーだこーだ。

「――ふんふんふん、なるほどねぇ。くふふ、私の知らないところで面白い事になっているじゃないか」

「十権能の言葉をそのまま信じるとすれば、一ヵ月の間は仕掛けて来る事はないと思う。まあ、もう奴《やつ》らの居場所は割れているから、監視の目は常時光らせておくけどな」

「備えは万端という訳だね。念の為、冒険者ギルドとしても対策は打っておこう」

「流石《さすが》、話が早いな。助かるよ」

「助かるも何も、ギルドを統括する総長として動かない方が問題だ。ケルヴィン君が礼を言うほどの事じゃないよ。……とはいえ、十権能がこれ以上現れないとなれば、大陸間でできる事は限られるけどね。神の方舟《はこぶね》が天使型のモンスターを世界中にばら撒《ま》いた時と違って、今回は明確な脅威が他に出現していない。精々、ホラスのような地上の堕天使を捜す事くらいかな？」

「ふうむ、堕天使の翼や輪を消した状態であれば、普通の人間と見た目は変わらんからのう。捜すにしても、なかなか苦労しそうじゃわい。王のような高位の『鑑定眼』があれば、話は別なんじゃが」

「俺だって、どこに居るのかも分からない奴らの捜索なんてしたくないっての。そっちの話に関しては、世界中にギルドの伝手《つて》があるシン総長に任せるよ。冒険者の中には、捜索とかの特殊依頼を得意とする奴らも居る事だしな。それよりも、今詰めておくべき話は別にある」

「別って言うと？」

　俺達に断る事もなく葉巻に火をつけ、スパスパとマイペースに吸い始めるシン総長。この部屋は喫煙スペース？　ああ、そうだったんですか……

「敵の本拠地である白翼の地《イスラヘブン》に、誰が攻め込むのかをハッキリさせておきたい」

　俺の家族は当然としても、他の冒険者や国がどう動くのか、正直俺には予想し切れない。

さっきシン総長もチラッと言っていたが、今回の騒動で実害を被っているのは、学園都市ルミエストや氷国レイガンドくらいのもの。クロメルの方舟《はこぶね》みたいに大々的に姿を現している訳でもないから、世界の大多数が十権能の存在自体をそもそも知らないのだ。そんな状況で俺が「この日に十権能を倒しに行くから、世界各地の実力者は協力してくれよな！」なんて言ったところで、怪訝《けげん》な顔をされるだけだろう。

まあ、俺と関係の深い東大陸の各国、北大陸のグレルバレルカ帝国は聞き入れてくれるかもしれないが、応援部隊が来たら来たで俺達のバトル取り分が少なくなって、結果的に損をするのであんまり誘いたくは――ゲフンゲフン！……大きな騒動の後って事もあるし、あんまり迷惑を掛けたくはないよな、うん！

そんな訳でシン総長には、今回の騒動を既に察知している各国各人の顔を立てつつ、冒険者ギルド内の面子《メンツ》で解決できるように調整役をお願いしたいと思っている。我が家だとシュトラが正に適任者なのだが、流石に一人で全てをカバーするのは難しいだろうし、可能だとしても、このひと月を丸々調整役として費やす事になってしまうだろう。だからこそ、総長には頑張ってもらいたい。今こそ、その地位を活《い》かす時ですよ！　なんて、駄目元でおだてながら言ってみる。

「ったく、気軽に言ってくれるもんだ。私は現場主義だから、そういった裏方仕事は好きじゃないんだよ。……けどまあ、引き受けてあげても良いよ？」

「え、本当に？」

おお、これは僥倖《ぎょうこう》。言うだけならタダかな、程度にしか思っていなかったが、まさか本当に引き受けてくれるとは。それなら、これから回る予定だった場所が大分少なくなるぞ。

「その代わりと言っちゃ何だが……その十権能討伐作戦に、私も連れて行ってくれよ」

「……」

「なるほど、それは大歓迎という顔だね？　うんうん、分かる分かる。私という大きな戦力の参戦は、ケルヴィン君にとって喜ばしい事だろうからね！」

いやいやいや、思いっ切り嫌な顔をしているんですけど？　それだとバトルの取り分が少なくなるんですけど？　後方で忙しくさせて、遠回しに参戦させないようにするって思惑もあったんですけど？

「王よ、まずは冷静になった方が良いぞい」

「あ、ああ、分かってる。ちょっとだけ眩暈《めまい》がしただけで、特に問題はないさ。うん、全然ない、大丈夫大丈夫……」

「大丈夫なようには見えんのだが……」

ジェラールの言う通り冷静になって考えてみれば、戦力の強化は喜ばしい事だ。今回の戦い、妊娠中のエフィルは絶対に参加させられないし、パブに何人か警護役を残すとしたら、どうしても欠員が出てしまう。その穴を埋める為《ため》の人選と思えば、まだ許容できる範《はん》疇《ちゅう》だろう。よし、オーケー！　俺は納得する事にした！

「くふふっ、まあそう焦んなさんな。私は別にケルヴィン君と違って、十権能と戦いたい訳ではないんだ」

「うん？　じゃあ、どうして？」

「ギルドを取り仕切る総長としての責務が、私をそうさせる――なんて責任感は微塵《みじん》もなくて、純粋にその場所に興味があるんだ。この部屋の有り様を見てもらえば分かると思うけど、私には結構な収集癖があってね。不思議な力を持つマジックアイテムや、レアな武具が大好きなんだよ。で、そこに行けば、大昔の神様が創造したアイテムもあるんだろう？　私が欲しているのはそっち、つまりは探索がメインなのさ！　あ、私が発見したものは私のものって事で良いかな？　何事も早い者勝ちって事で！」

総長、目がキラッキラしとる……だが、なるほど。総長の目的は十権能の持ち込み品という訳か。確かに、聖杭《ステーク》などの創造物を見ると、それらが魅力的に映るのは納得の理由と言える。なら、俺の活動に支障をきたす事はないか？　んん～～～。

「……分かったよ。タダよりも高いものはないって言うしな。但し、調整役の件はマジで頼むぞ？」

「おおっ、流石は『死神』！　話が分かるね～。よっ、戦慄ポエマー！」

「フッ、喧嘩《けんか》なら喜んで買うけど？」

「あーもー、ワシは知らんからねー。ズズッ」

笑顔のまま得物を取り出し、構えを取る俺達《たち》。ジェラールは何やら諦めた様子で、器用に兜《かぶと》の上からゴブ茶をすすっていた。誰も彼もがマイペースである。

「セルシウス卿《きょう》、その話、私にも一枚嚙《か》ませてもらえないかな？」

喧嘩を始める寸前のところで、部屋の片隅にて乱雑に積み上げられたアイテムの山の中から、聞き覚えのある声が耳に届いた。

◇　◇　◇

声がした方を見るも、そこにはよく分からないアイテムの山しかなかった。だけど、今の声はどう考えても――

「――まさかとは思うが、通信水晶をガラクタの山の中に埋もらせてはいないだろうね？いや、流石にそれはないか。整理整頓という概念が微塵も存在しないシンと言えど、そんな馬鹿な真似《まね》をする筈《はず》がない。……ないよね？」

ああ、やっぱりそうだ。この声はルミエストの学院長、アートのものだ。恐らく、通信用のマジックアイテムを通じて、ここに声を届けているんだろう。そして、そのマジックアイテムはあの山の中に埋もれている訳で。

「相変わらず失礼な奴だな、アート！　私が収集したアイテムはガラクタではない！　どれもこれもが国宝級だ！　つまり、これは宝の山なんだ！」

「シン総長、その国宝級アイテムを無造作に積み上げるのは、正直俺もどうかと思うんだけど」

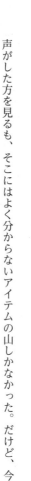

「なあっ!?　突然のケルヴィン君の裏切り!?」

　別に最初から味方なんてしていないし。ただ純粋に常識を問うただけだ。

「やはりか。馬鹿な事を言っていないで、早く通信水晶を捜し出したまえ。割れやすいマジックアイテムを適当に放置するなど、上に立つ者として言語道断の行為だぞ」

「ちぇー、分かった、分かりましたよ。所詮私はだらしのない女ですよー」

「何拗《す》ねてんだよ……」

「拗ねてませんー」

　葉巻をスッパスッパ吹かしながら、山の中からマジックアイテムを捜し始める総長。この人、普段から自由が過ぎるけど、アートが絡むと更に子供っぽくなるような……っと、そうこうしているうちに水晶を発見したようだ。

「ほら、発見した上にテーブルの上に置いてやったぞ。上々だぞ」

「また意味の分からない事を……水晶越しに私の美しい姿が見えないからと言って、そんなに不機嫌になるものではない。今はこの美声に聞き惚《ほ》れ、存分に酔うが良い!」

「はいはい、耳が腐る耳が腐る」

「むっ、これは失礼。貴様の耳は元から腐っていたな」

「「……」」

「あ、あの、アート学院長？　喧嘩をする為に連絡を寄越《よこ》した訳ではないですよね？」

　この二人に任せていると、絶対に話が先に進みそうにないので、仕方なく話に介入してやる。ルキルとケルヴィムの時といい、最近は自分勝手な奴が多くて困る。なあ、ジェラールもそう思うだろう？　え、何だよ、その懐疑的な目は？

「っと、セルシウス卿に迷惑は掛けられないな。シン、ここは素直に話を軌道修正しよう」

「まあ、ケルヴィン君がそこまで言うなら仕方ないね。アートに対して敬語なのが気に入らないけど、ここはケルヴィン君の顔を立てて触れないであげよう」

「あ、ああ、ありがとう……？」

何で俺が礼を言っているんだろうか。まあ良い、何の話だったっけ？

「最初にも言わせてもらったが、その決戦とやらに私も参加させてもらいたい」

ああ、そうそう、それそれ。それだったたね、うん……

「……一応お伺いしておきますが、それはシン総長が参加するから、自分も！　とかいう考えですか？」

「まさか。私はシンと違って、そこまで幼い対抗心は持っていないよ。もっと立場的な問題さ。十権能《じっけんのう》を崇拝する堕天使達は、我が校の教員にスパイを送り込んでまで、生徒達に危害を加えようとした。これはルミエストの学院長として、到底許容できない行為だ。ドロシー君を利用した件も含めて、一歩間違えれば大惨事に至っていただろう。だからこそ、私はその黒幕である十権能にお灸《きゅう》を据えたい。セルシウス卿、どうか一考してもらえないだろうか？」

先ほどまでの自己陶酔的な態度とは打って変わって、今のアートの言葉のトーンは低く、かなり落ち着いているように思える。いや、静かに怒っていると言うべきか。逆鱗《げきりん》に触れる行為とは、正にこの事だろう。こちらもシン総長と同じく、参戦する理由としては十分なものだ。

……しかし、しかしだ。シン総長に続いて、アート学院長まで参加表明か。心強いが、不安要素が増える予感もまたする。具体的には取り分が減る事を危惧している。どうしよう、ジェラール。トライセンの時みたいに、当日に俺達だけで先駆けるってのはアリかな？……いや、だからその憐《あわ》れむような目は止《や》めろって！　俺だって真面目に考えているんだって！

「ああ、セルシウス卿の悪癖は理解している。そう心配せずとも、セルシウス卿の楽しみを奪うつもりはないよ。私が得意とするのは後方支援だ。言ってしまえば、演奏で皆の士気を向上させ、逆に敵側には不利な条件を押し付ける役割だね。宝探しが目的となっているそこのシンと同様に、十権能と直接的に戦うつもりはないと断言しよう。まあ、自己防衛程度は許してほしいものだが」

ああ、そう言えばアート学院長、対抗戦でも楽器を使って戦っていたっけ。学院長の戦闘スタイルは敵の注目を集めに集め、迫る攻撃を躱《かわ》しに躱し、その上で周囲に補助効果や阻害効果をばら撒《ま》くといったものだった。……改めて考えてみると、パーティの後方支援役としての能力を掻《か》き集めた、欲張りセットみたいな性能をしているよな。最前線で戦う傾向の強いS級冒険者としては、結構珍しいタイプとも言える。そんなアートが参戦してくれれば、確かに戦況を有利に運ぶ事ができるだろう。

「……そういう事であれば、俺が反対する理由はないですね」

「まあ、アートにしては真っ当な理由だし、良いんじゃない？　精々私を支援してくれたまえよ？」

「すまないが、耳が腐っている者に私の支援は届かないんだ。私怨なら届けてやっても良いがね」

「おっと、支援と私怨をかけたのかな？　くふふ、なかなかに上手《うま》い洒落《しゃれ》じゃないか！……喧嘩なら買うけど？」

「はいはい、どうどう」

参戦させるにしても、この二人は絶対一緒に行動させちゃ駄目だな。俺、密《ひそ》かにそんな決意。

「ふむ、S級冒険者が揃《そろ》い踏《ぶ》みじゃな。王の意向は兎《と》も角《かく》として、ワシは貴殿らと共に戦える事を光栄に思うぞい。そういえば王よ、他のS級冒険者達はどうするのじゃ？」

「ん？　ああ、人によりけりかな。今ダハク達と一緒に居るバッケは、十権能と言うよりもダハクに興味があるから指導をしている感じで、今のところ戦い自体に参加する可能性は薄い。一方でグロスティーナに関しては、プリティアちゃんの事もあって意欲的だ。まず間違いなく参加するだろう。残る東大陸のS級、レオンハルトとシルヴィアは……んー、微妙なところかな。レオンハルトは国益が第一だし、シルヴィアは今、トラージの客将扱いだ。客将だから比較的自由だろうが、それでもツバキ様の意向を無視しての行動はしないだろう」

「ふうむ、難しいものじゃのう」

「その辺、調整役を任された私はどうすれば良いのかな？　S級冒険者も歴《れっき》としたギルドの面子《メンツ》だ。騒動解決の為に参加させる方向で進めちゃう？」

「……それ、わざと言ってるよな？」

「くっふっふ」

葉巻なんてものを吸っている癖して、総長の笑みは非常に子供っぽいものだった。決戦前に先んじて敵拠点に乗り込む作戦、真面目に考えておいた方が良いかもしれん。

◇　◇　◇

話し合いが一区切りし、アートとの通信を終える。それからシン総長との挨拶もそこそこに、一度金雀《きんすずめ》の宿に向かおうと、俺はジェラールと共に総長室を退室。が、部屋を出て直《す》ぐの廊下にて、とある者達とばったり出くわすのであった。

「……お前ら、こんなところで何をやっているんだ？」

俺の視線の先に居たのは、スズ、パウル、シンジール、オッドラッド――つまるところ、

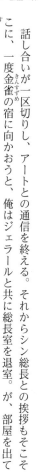

俺の教え子達だ。全員が全員、何やら壁に耳をつけている。その姿はまるで、総長室での会話を盗み聞きしているような、いや、見たままの事をしていたんだろう。ばったりではなく、意図してここに居た訳だ。

「あ、あはははは……その、マスター・ケルヴィンが心配で、様子を拝見しに来たと言いますか……」

スズよ、それを言うなら拝聴じゃないのか？

「俺は盗み聞きする気なんてなかったんだぜ!? けどよ、こいつらが聞かなくってよ！」

そうか、やはり盗み聞きか。パウル君、本当に君は嘘《うそ》が言えない性格なんだな。

「私達はただ、マスター・ケルヴィンの事が心配だったんだ。これも一つの愛の形……には、ならないかな？　駄目？」

こちらは懸命に良い笑顔を作ろうとしているシンジール。流石《さすが》に盗み聞きは駄目だと思うなぁ。

「ハッハー！　マスター・ケルヴィン！　俺達も連れて行ってくれ！　その決戦とやらにぃ！」

オッドラッドに関しては、最早《もはや》清々《すがすが》しいレベルである。

話を纏《まと》めるとだ、理由は色々あるんだろうが、結論としては自分達も十権能の戦いに参加したいと、そういう事であるらしい。

「ハァ、お前らなぁ……叱るのは後にするとして、先に状況説明をキッチリしてもらうからな」

「あ、やっぱり叱られるのですね……」

「当然だろ、場合によっては厳罰もんだぞ？……ちなみに、何で今日は全員集合しているんだ？　お前ら、それぞれ別行動していなかったっけ？」

　確か、スズはトラージのギルド長としての仕事をする為《ため》に東大陸へ、パウル君はレイガンドに置いて来た気がするし、シンジールはパーティの面々と行動を共にし、オッドラッドはゴルディアの聖地に――あ、そういや聖地に居なかったわ。俺、今更その事実に気付く。

「トラージでの仕事は秒で終わらせて、そのままUターンして来ました！　元々部下の指導に力を入れていたので、私が不在でも暫《しばら》くは大丈夫かと！　ギルド長代理が何とかしてくれます！」

「あのままレイガンドに残ったら、頑固な王様に何を言われるか分かったもんじゃないからな。エドガー達をルミエストまで護衛した後、パブに戻って来たんだよ。で、こいつらと合流した訳なんだが、何でこんな事に……」

「レディ・リスペクトの故郷に立ち寄った際に、並々ならぬプレッシャーを複数感じ取ってね。よくよく探ってみれば、そのうちの一つはマスター・ケルヴィンのものじゃないか。もしや、マスターが強大な何かと戦っている!?　と、そんな名推理をした私は、急いでパブへと駆け付けたのさ！　事実、私の推理は正し――」

「――ハッハー！　姉弟子のグロスティーナが、何やら忙しそうにしていたからなぁ！　邪魔をせぬよう、俺は一人帰還していた訳だぁ！　で、マスター・ケルヴィンの気配を街中で察知！　ここへ集うぅ！」

すまん、一斉に喋《しゃべ》らないでくれ。並列思考があるから何とか聞き分けられるけど、ぶっちゃけ疲れる。まあ、ここに至った経緯は理解できたよ。

「なるほどな。けど、お前らは連れて行けないぞ。単刀直入に言うと、足手纏《あしでまと》いでしかないからな」

「そ、そこを何とかッ！」

「レディ・スズの言う通りだよ、マスター・ケルヴィン。強者との戦いを渇望せよと、そう教えてくれたのは他でもないマスターじゃないか？」

「それはそうだが、何事にも限度ってものがあるって話だ。お前ら、次に戦う相手がどれだけ強いのか分かっているのか？」

「違うだろ、マスター！　敵が強ければ強いほどに、心が躍り、口角が上がる！　考えるべきは負ける事ではなく、如何《いか》にして勝つか、だろぉ!?」

「まあ、盗み聞きはどうかと思うけどよ、つえぇ奴《やつ》と戦う事に関しちゃあ、俺も賛成だぜ？　このところレベルが上がり辛《づら》くてよ、丁度強敵を欲していたんだ。マスター、俺はやるぜ？　如何に強くとも、相手は選ばねぇ」

「「「だから、マスター！」」」

「……」

駄目だ、俺が何を言っても聞き入れそうにない。おい、誰だよ、こいつらをこんな戦闘馬鹿に仕上げた奴は?……そうです、俺です。クッ、なぜだ!? どうしてこうなった!?

「お前ら、なるにしても、もっと理性的なバトルジャンキーにだな……いや、これも今更か。ったく、そんなに同行したいのか? 今までと比べ物にならないくらいの死地なんだぞ?」

「それはつまり、夢のワンダーランドという事ですね!」

「フフッ、デートスポットとしても使えそうじゃないか」

「死地か。心躍るワードだぜ」

「ハッハー! フハハハッハー!」

あ、この説明の仕方はしくった。こんなの、誰が聞いたって相手を喜ばせるだけだ。理性的な俺でも喜んでしまう。何と言う不覚……!

と、そんな風に俺が頭を抱えていると、隣に居たジェラールから念話が届く。

『王よ、代わりにシュトラに説得してもらってはどうじゃ? 恐らく、王よりも上手く説得してくれると思うぞい?』

『あー、それはそうなんだが、俺の不始末をシュトラにそのまま投げるってのもなぁ……』

十権能《じつけんのう》と戦えるレベルではないとは言え、スズ達《たち》もかなりのレベルには至っている。

さっきパウル君が軽く触れていたが、S級モンスターくらいでないと、これ以上のレベル上げには適さないほどだ。裏を返せば、鍛錬場所に飢えている側面もあるのか？　俺なら飢える自信があるし、弟子のこいつらがそうなる可能性だって、十二分にあるだろう。

『猪武者《いのししむしゃ》の如《ごと》く突貫しか考えていない思考をどうにかして、期限内に合格ラインまで成長したら……一考する余地もある、か？』

『ワシの記憶が正しければ、さっきまでバトルの取り分云々《うんぬん》などと言っておった筈《はず》じゃが？』

『いや、仮にそこまで成長したとしても、十権能と戦わせようなんて思ってはいないさ。ただ、敵の拠点にモンスターがいないとも限らないだろ？　レムが支配下に置いた奴を、警備兵としてそこら中に置いている可能性だってある。十権能と比較すれば、それらは雑魚に等しいだろう。けど、新たに経験を積ませるには持って来いだ』

『ふぅむ。つまりは雑魚の間引きも兼ねて、レベル上げの狩場として利用するのか』

『その通り。もちろん、そう都合良く敵が配置されると思ってはいないさ。あいつらにとっての丁度良い感じの相手が居ない場合は、遠くから見学をさせておくだけでも良い。スズ達のレベルなら、それだけでも為になるからな』

つう事で、スズ達には参加資格を見極める為の鍛錬&試験を受けてもらおう。期限は余裕を持って決戦日に挑めるよう三週間くらいに設定して、指導官&試験官は……そうだな、今のケルヴィム辺りに依頼してみようか。グロリアの説得以外にやる事もないだろうし、今のあいつの状態なら良い的役にもなってくれる。おお、正に最適な人選だ。

「……お前ら、本当に良いんだな？　死ぬかもしれないんだぞ？」

四人に念の為の最終確認。分かっていた事ではあるが、返って来た答えはどれも肯定する言葉ばかりだった。

「なるほどなるほど、そこまでやる気があるのなら仕方がないな。よし、お前らちょっと付いて来い。楽しい楽しい地獄の合宿に案内してやるから。あ、本番前に死なないように注意してくれよ？　流石の俺も死人は蘇生《そせい》できないからな」

それまでやる気に満ちていた四人の顔が、一瞬だけ曇ったような、そんな気がした。

◇　◇　◇

迷宮国パブ西部のジャングル、その奥地にはケルヴィンによって発見された新ダンジョン、『死神の食卓』が存在する。出現するモンスターのレベルは軒並み高く、浅い階層でもA級冒険者が命懸けになるほどだ。冒険者ギルドはここをS級ダンジョンに認定、攻略はおろか許可が下りなければ、A級冒険者以下の者達はダンジョン周辺に近付く事もできなくなった。パブを拠点とする者で、この地に足を踏み入れる事ができるのは、実質的にギルド総長のシン、そしてS級冒険者のケルヴィンだけとなっている。例外的にケルヴィンの弟子である、スズ、パウル、シンジール、オッドラッドも入る事を許可されているが、それもケルヴィンが同伴している時に限っての条件だ。

……しかし、これらは表向きに公表されている情報に過ぎず、その他にも例外は存在していた。超危険地帯であるこのダンジョン、その最深部の階層付近にて、男女と思わしき不審な人影が二つ。そこは元々は何もなかった空き部屋であったが、現在は死神の手によって、特製の牢獄《ろうごく》に魔改造されている。女らしき人影は牢の中に、男らしき人影は鉄格子の反対側に。そんな位置関係の中で、男女は何やら話をしている様子だった。

「グロリア、いつまで意地を張っているつもりだ？　副官である俺がこう言っているんだ、さっさとこちら側につけ」

「私も何度も言わせてもらうが……貴様こそふざけるな、ケルヴィム！　戦いに敗れた上、敵側に寝返るだと!?　貴様、それでも我々の副官のつもりか!?」

人影の正体はケルヴィムと、セラに敗れ現在幽閉の身となっているグロリアであった。話し合い、というよりは口争いに近いだろうか。グロリアの説得を任されたケルヴィムであったが、どうにも交渉は難航しているようである。

「そもそもだ、私は貴様よりも上の立場に居るエルドの指示で動いている。貴様に命令される謂《いわ》れはない！」

「そのエルドがおかしくなったのだ。無策な命令で無意味に同胞達を減らし、今も尚《なお》、自らの方針を是正しようとしない。それらしい言葉を並べてはいるが、それらは全てくだらぬ妄言だ。アダムスの右腕が狂ったのであれば、左腕であるこの俺が行動を起こすのは、至極自然な流れ。かつては『規律の神』として君臨していたお前にとっても、これは悪い話ではない筈だ。過ちを正す、それが規律というものだろう？」

「馬鹿者が！　それは貴様が、規律を自分に都合の良いものとして解釈しているだけだろう！」

「解釈とはいつの時代も、強者によって成されるものだ。グロリア、お前も敗者となったのであれば、今のところは勝者に従う義務がある。アダムスの考えに賛同するのであれば、それくらいの事は理解してほしいものなのだがな」

「理解できる訳がないだろう!?」

……いや、難航というよりも、最早《もはや》説得は不可能のようにも思えた。

「ケルヴィム、邪魔するぞ――って、まだ言い争いをしていたのか。説得どころじゃなさそうだな」

「わあ、こんな場所があったのですね」

「こんな奥深くにまで来た事がなかったからな。驚きだぜ」

「皆、それよりも……」

「ハッハー！……ああ、分かってるぜぇ」

　そこへやって来たのが、ケルヴィンと四人の弟子達。ケルヴィンは半分呆《あき》れた様子で溜《ため》息《いき》をつき、弟子達は興味深そうに辺りを見回しつつも、目の前の二人を警戒していた。

「誰かと思えばケルヴィンか。まあ、お前以外にこの場所を訪れる者なんて、他には居ない訳だが」

「誰にも邪魔されず、外に出れば凶悪なモンスターとも戦えるリゾート施設だ。なかなか居心地が良いだろ？」

「……まあ、退屈はしない」

「おお、マスターの考えに同意したぞ！　あいつもバトルジャンキーの素質があるのではないか!?」

「ですね、大いに期待できそうです！　髪色も黒で親近感を覚えます！」

「オッドラッドと違って、ヴィジュアルもなかなか良さそうだ。まあ、私ほどではないけどね」

「お前ら、マスターの邪魔になるから、それ以上口を挟むなって」

「……で、その人間共は何だ？」

牢獄が一気に賑《にぎ》やかになり、ケルヴィムは怪訝《けげん》そうにケルヴィンに尋ねる。グロリアに至っては、ポカンとしていて状況を飲み込めていない様子だ。

「俺の弟子達だよ。ケルヴィム、こいつらを鍛えてやってくれ」

「……唐突な指示を出すにしても、せめて具体的な説明を加えろ」

尤《もっと》もな指摘であった。ケルヴィン、掻《か》い摘《つま》んで説明。

「――なるほど、決戦に参加させる為《ため》、力を底上げさせたいと？」

「ああ、俺も一度断ったんだけど、熱意が凄《すご》くてさ。けど、俺も俺で他にやる事があるんだ。ケルヴィムなら仮想敵として打って付けだし、こいつらの為になると思うんだよ」

「断る。そんなくだらない事に付き合っている暇はない。見ての通り、俺はグロリアの説得で忙しいのだ」

「いや、あんな調子でやっていたら、永遠に説得なんてできないって……何なら、グロリアも一緒に鍛錬に参加させてくれたって良いぞ？　グロリアに対して『鷲摑む風凪《ハートカーム》』で提示した条件も、ケルヴィムと同じものだしな。こいつらに稽古をつけている間、説得も並行して行えば問題ないだろ？　こんな牢に閉じ込めて説得するより、伸び伸びとした環境で説得した方が、成功確率も上がるとは思わないか？」

「……なるほど」

「なるほどじゃないッ！　ケルヴィム、おかしいのはやはり貴様の頭の方だろうが！」

　ケルヴィンとケルヴィムの会話に、正気を取り戻したグロリアが勢いよく割り込んだ。

「ハハッ、思っていたよりも元気そうで何より。セラと派手にバトったらしいじゃないか。いつか俺ともお手合わせ願いたいな、グロリア」

「……お前がケルヴィンか。ケルヴィムからある程度の話は聞いている。私は何をされようとも、貴様らに屈するつもりはないぞ」

「ああ、それはそれで構わないよ。つうか、ケルヴィムの話にお前が乗るとは、最初から思っていなかったしな。そうなったらそうなったで、こちら側の戦力が増えて困る事になる」

「……どういう意味だ？」

「そのままの意味だよ。まあ、どう解釈してもらっても構わない」

「フン、強がりを。そのような者達まで参戦させるだと？　地上の者達の戦力は、よほど不足しているらしい。そんな貧弱な者達を引き連れて、どうやって我々十権能と戦うつもりなのだ？　悪い事は言わん、止《や》めておけ。お前達に勝ち目は微塵《みじん》もない」

「ヒソヒソ（あいつ、負けた直後によくあんな大口叩《たた》けるよな？　あの図太さを見習いてぇわ）」

「ヒソヒ――（それは私も同意するところだけど、レディに対してあまり失礼な事を言うものじゃ――）」

　――ギロリ。

「「……」」

　グロリアに睨《にら》まれ、一転して無言となり、そのまま視線を逸《そ》らすパウルとシンジール。どうやら二人のヒソヒソ話は丸聞こえであったようだ。進化した人間と同じく、堕天使も耳が良い。

「ハハハッ、なかなか威勢の良い奴《やつ》らだろ？　あと、さっきの質問についての答えだが、もちろん戦って勝つつもりだ。こいつらはまあ、社会科見学って言うのかな？　戦力として期待しているんじゃなくて、未来を見越しての参加だと思ってくれ。前線で戦うのは、お前を負かしたセラみたいなメンバーだから、その点も安心してくれて良いぞ」

「何を安心しろと言うのだ……どうやら、貴様は私やケルヴィムを倒した事で、十権能と対等に渡り合えると勘違いしているようだ。憐《あわ》れだな」

「勘違いも何も、ケルヴィムは十権能の副官だった堕天使だろ？　言ってしまえば、ナンバー2だ。そう思うのは当然じゃないか？」

「その思い込みこそが憐れだと言うのだ。飾りでないのであれば、その耳を使いよく聴け。十権能の最大戦力、そのトップ3、権能三傑《けんのうさんけつ》と呼ばれる強者達は未《いま》だ健在だ。そして、その者達の純粋な強さは、他の十権能と一線を画している」

「ああ、知ってるよ！　楽しみだよな！」

「……は？」

グロリアはこの説明を脅しの一環として行ったつもりであった。が、死神が相手ではその効力が真逆にしか発揮されない事を、残念ながら彼女は想像もしていなかった。何とも不幸な話である。

◇　◇　◇

嬉々《きき》として邪悪な笑顔を振りまくケルヴィンに対して、グロリアは一度耳を疑った。そして聞き間違えた訳でも自分の耳が壊れた訳でもなく、本当に目の前の相手がそう言っているのだと理解した。

「……貴様、正気なのか？」

「ああ、とっても正気だ。しっかし、敵の心配をしてくれるなんて、グロリアは案外優しいんだな。それとも、気が変わって仲間になってくれるって事なのかな？」

「ば、馬鹿が！　違う、そういう意味ではない！」

そんな訳ないだろと、力強く首を振るグロリア。

「ハハッ、悪い悪い。まあ冗談はさて置き、権能三傑だっけ？　そいつらについても、ケルヴィムから聞いているよ。こいつは不満があるみたいだけどな」

「当たり前だ。権能三傑は神であるアダムスが定めた位ではなく、エルドが勝手に唱えたものだ。大方、俺に対しての嫌がらせも含めて、俺をその面子《メンツ》から外したのだろう。権能を含めた総合力であれば、俺が後れを取る事なんて有り得ないからな」

「ヒソヒソ（マスター・ケルヴィンに負けた後なのに、恥ずかしげもなく、よくあんな大言を吐けるよね、彼）」

「ヒソヒ――（それは俺も同意だけどよ、さっきの失礼云々《うんぬん》の話はどうなったん――）」

――ギロリ。

ケルヴィムに睨まれ、一転して無言となり、そのまま視線を逸らすシンジールとパウル。どうやら二人のヒソヒソ話は丸聞こえで以下略。

「ケルヴィム曰《いわ》く、権能三傑であるのは『武神』ハオ・マー、『蛮神』ハザマ・シェムハザ、そしてグロリアの姉である『守護神』イザベル・ローゼス……なあ、何でエルドとケルヴィムは入ってないんだよ？　十権能《じっけんのう》のトップとナンバー2だぞ？　ハオって奴はプリティアちゃんやダハク達《たち》を倒した猛者だ。ここは納得できるけどさ……これ、流石《さすが》に嫌がらせ云々って訳じゃないだろ？」

「いや、あの卑劣なエルドの事だ。そこで帳尻を合わせてまで、俺に嫌がらせをしているに違いない」

「お前はどんだけエルドの事が嫌いなんだよ……」

ケルヴィンにとって、十権能各人の強さを知る事は何よりも重要視すべき事柄であった。何せ、それによって自分の戦うべき相手が変わってくるのだ。いつもであれば敵の頭目を真っ先に狙うのだが、その者が一番強くないのであれば、今回の対戦相手選びは吟味する必要が出て来る。この権能三傑の戦力分析はその一環であった。

「……フン、我々について変なイメージを持たれてしまっても困る。まあ、その程度の事なら私が教えてやろう」

「おお、規律の神は頼りになるな」

「おい、死の神も頼りになるだろ？」

「「……」」

真顔でそんな言葉を口にするケルヴィンに対し、ケルヴィンとグロリアは何も言えなかった。

「……先の大戦で多大な戦果を挙げた者に与えられた称号、それが権能三傑だ。ハオ、ハザマ、イザベルは大戦の最前線にて、より多くの神々を打ち破った。一方で、エルドとケルヴィムは戦場を統括する立場上、他の者と比べて直接手を下す機会が少なかった。これが権能三傑から外された、真の理由だろう。要は実績の差だ」

「ああ、なるほどな、そういう理由があったのか。……ちなみになんだが、ケルヴィムはこの事を知らなかったのか？」

「当然知らん」

「こ、こいつ、言い切りやがった……」

「エルドとケルヴィムは犬猿の仲だからな。まあ、正直なところケルヴィムが一方的に嫌っているだけなのだが。大方位を与えた時に、エルドの説明をしっかり聞いていなかっただけだろう」

「……そうだったのか？」

「ケルヴィム、お前……」

何はともあれ、ケルヴィムの疑問は解決したようだ。

「ま、まあいいや。それよりも、結局誰が一番強いんだよ？　エルドなのか？　権能三傑なのか？　そこをハッキリさせてくれ！」

「残念ながら、私如《ごと》きでは推し量れんよ。まあ、エルドか権能三傑の誰かであるのは間違いないだろう」

「何だ、結局分からないのか……」

「そんな事は関係ない。誰と当たろうが、貴様に勝ち目などないのだ。慢心のまま死ぬが良い」

「待て、最有力候補の俺が入ってな――」

「――一度この人間に敗北している時点で、候補から外れるのは必然だ」

「……」

正論を返すグロリアに対し、ケルヴィムは何も言い返せなかった。

「ま、まあ参考にさせてもらうよ。ハオはダハクに任せる約束をしているし、その他の敵で運否天賦《うんぷてんぷ》かな、こりゃあ」

「なあ、マスター・ケルヴィン、そろそろ稽古の話をだな……」

十権能の誰が一番美味《おい》しい相手なのか、想像を膨らませるケルヴィン。これはこれで乙な時間なのだが、背後で待機していたパウルにストップをかけられてしまう。

「ああ、悪い。そういやそれを頼みに来たんだった。つう訳で、グロリアもよろしく頼むな」

そう言って、ケルヴィンはグロリアの頭部に手をかざした。

「……？」

これは一体何の真似《まね》なのか、グロリアは不審に思った。それ以上何をされる訳でもなく、それ以上何か言葉をかけられる訳でもない。ただ、ケルヴィンはなぜか集中している様子だ。

「おい、何の真似——」

——ガチャリ！

グロリアはその瞬間、再び耳を、そして目を疑った。グロリアを閉じ込めている牢《ろう》の扉を、ケルヴィンがあっさりと開けてしまったのだ。この時、グロリアの両腕と両脚の枷《かせ》には錠がされていたが、ケルヴィンは迷う事なくそれらの鍵も外してしまう。

ケルヴィンがグロリアに施した鷲掴む風凪《ハートカーム》の制約には、ケルヴィンを害する行為を一切禁止していない。それどころか逃走も制限していない。つまり、ケルヴィン以外の者に攻撃を仕掛けさえしなければ、今この瞬間、グロリアは自由に動けるようになったのだ。

「愚かッ！」

そこからのグロリアの行動は早かった。権能を顕現、更に無詠唱でB級白魔法【閃光炸裂《フラッシュバン》】を発動させ、目が焼けてしまうような強力な光を、瞬間的に周囲に放ったのだ。但し、前述の通り彼女はケルヴィン以外の者に害を与える事ができない為、それと同時に自身の権能である『間隙《かんげき》』を行使。ケルヴィンの背後に無限の距離を作り出す事で、光がスズ達に届かないよう調整をしていた。

（他は捨て置く！　が、こいつに容赦する必要はない！）

閃光炸裂《フラッシュバン》を展開した直後、グロリアは握った拳をケルヴィンに叩きつけようとした。ケルヴィンは制約の対象外、鍵を外せるような超近距離に居る今であれば、狙った心臓を外す事は絶対にない。そうグロリアは確信していたのだ。……が。

（ッ!?）

右手に走る激痛。同時にぐしゃり、バキリと肉と骨が壊れる感覚を察知する。ただならぬこの状況に危機感を覚えたグロリアは、ケルヴィンの抹殺から逃走へと目的を変更。牢の外、そして部屋の外までの距離を無にし、全速力で駆け抜ける。

「マ、マスター・ケルヴィン!?　大丈夫ですか!?」

閃光炸裂《フラッシュバン》による光の塊が消失し、そこからケルヴィンが現れる。錠を外す為《ため》にしゃがんでいたケルヴィンであったが、光が消失した後もその体勢は変わっていない様子だ。当然、牢内にグロリアの姿は既にない。

「危ない危ない、咄嗟《とっさ》にハードの智慧形態《アスタロトフォーム》になっていなかったら、心臓に穴が開いているところだったよ。反射的に展開するのにも、漸《ようや》く慣れて来たな。まあ、絶対に壊れない鎧《よろい》に思いっきり叩きつけて、向こうの拳は酷《ひど》い事になっていると思うけど」

「おい、それよりも逃げられたぞ？」

「違う違う、逃げられたんじゃなくって、わざと逃がしたんだよ。弟子達と同じく、俺と前線で戦う仲間達も調子を取り戻さないといけないからな。だから、グロリアも鍛錬に参加してもらう。ああ、説得については任せてくれ。俺が引き継ぐから」

「は？……お前、もしや並行してグロリアの説得を行うと言うのか」

「ケルヴィンが弟子達を鍛えている間に、伸び伸びとした環境で俺が説得するって事だよ。じゃ、後はよろしく！」

「あっ、おい！」

ケルヴィムが呼び止めようとした時には、既にケルヴィンは部屋の中から姿を消していた。代わりに、強くなる為の鍛錬を期待する、四人の弟子達の熱い眼差《まなざ》しがケルヴィムへ一点集中。嘘《うそ》は言われていない。言われていないが、ケルヴィムはなかなか納得する事ができなかった。

◇　◇　◇

『秩序の神』、或《あ》るいは『規律の神』と謳《うた》われていたグロリア・ローゼスは、元々主神側に属する神であった。その理由は非常に単純なもので、世界秩序の安定を是とする主神側の思想が、整った社会を愛する彼女の考えとおおよそ合致していたからだ。今の不自由ない世界システムを破壊してまで、生命の在り方を変えようとする邪神側の考えを、彼女はむしろ毛嫌いしていたほどだ。では、なぜグロリアは主神を裏切り、邪神の勢力に与《くみ》したのだろうか？

……それは彼女の実の姉、『守護神』イザベル・ローゼスが関係していた。神話大戦が起こる数ヵ月前の事だ。イザベルは主神より賜った守護領域を密《ひそ》かに抜け出し、邪神アダムスの陣営へと向かおうとしていた。

『イザベル姉さん！　アダムスの下に付くって話は本当!?』

『グググ、グロリア、声が大きいですよぉ……！　だだ、誰かに聞かれでもしたら、口封じをしなくちゃで大変に面倒な事に……！』

その間際になってグロリアに見つかり、イザベルは酷く動揺している様子だった。普段から何かと落ち着きのない彼女であるが、この日は一段と取り乱していたのだ。グロリアはそんな姉の様子に、噂《うわさ》が本当であった事を確信する。そして直《す》ぐ様《さま》、疑問を言葉にして表した。

『……それじゃあ、私の質問に答えて。イザベル姉さんほどの神が、何で革命を起こそうとする一派に加わろうとしているの？　あいつらは安定したこの世界を、混沌《こんとん》の闇に落とそうとしている。守護神として皆の盾となるべき姉さんが、なぜそんな愚かな行いをしようとするの？』

グロリアが秩序や規律を守る神だとすれば、イザベルは外敵の脅威から物理的に味方を守る、神々の盾とも呼べる存在であった。守る事を使命として担っている筈《はず》の姉が、なぜ破壊に加担しようとしているのか、グロリアにはイザベルが何を考えているのか、微塵《みじん》も理解できないでいた。

『ええっと、ええっと……その、今の世界の在り方が本当に良いものなのか、正直疑問になった、と言いますか……』

『は？　どういう意味？』

『……グロリアはさっき、今の世界が安定しているって言っていましたけど、それは神々の統治下にある下界の生命に、強力な制約を課しているから、ですよね？　それは本当に必要な事なのでしょうか？』

『何を当たり前の事を言っているの？　当然、世界の体制を維持する為には必須でしょう。制約を課しているからこそ、世界は想定の範囲内で物事が進んで行くの。仮に一個体でも生物として逸脱した者が現れたら、その世界は一気に破滅へと近付いてしまう。かつて、下界に魔王と呼ばれる者が現れた時みたいにね。我々のような神々と違って、下界の生命に気高い精神が備わるとは限らないのよ？』

『……それじゃあ、世界の管理者である神々が、その気高い精神を失ってしまったとしたら？』

『え？』

　この時、イザベルには先ほどまでの慌てふためいていた様子が一切なくなっていた。それどころか、目が据わっているようにも感じられる。

『確かに、安定した平和は素晴らしいものです。下界の者達も、代わり映えのしない日常を謳歌《おうか》している事でしょう。素晴らしい、大変に素晴らしいです。……ですが、悠久の時を生きる私達《たち》神にとって、平穏は次第に毒となっていった』

『……』

『下界の者達はまだ良いの。仮に腐ったとしても、そのうちくたばって死んで洗浄されて転生して、赤子となる事で悔い改めるから。真新しい命には、また向上心が芽生えてくれ

る。けれど、神は違うの。寿命なんて概念がないから、不幸が起こらない限りずっとずっと生き永らえてしまう。腐ったまま、ずっと、ずっと――』

『ね、姉さん？』

『……今の神々の大半は、変化のない世界に毒されてしまった。怠惰になってしまったの。ただただ現状を維持する事しか頭になくって、それ以上の高みに至ろうとしない。私達、神なんですよ？　下々が崇拝する対象、模範とすべき絶対的な存在なんですよ？　グロリア、知っていますか？　一万歩譲って停滞するだけならまだしも、今の神々の中には自身が統括する下界を完全に放置する者、ゲーム感覚で遊び始める者まで居る始末なのです。主神はそれらクズを放任し、何も咎《とが》めようとしません。こんな事が許されて良いのでしょうか？　神である私達が、見て見ぬふりをする必要が、一体どこに？』

イザベルは自身が持つ杖《つえ》の先で、コツンコツンと地面を叩《たた》き続ける。その動作は小さく、奏でられる音も僅かなものだ。しかし、イザベルと向かい合うグロリアにとって、その動作は怒り狂う巨人の足音にも匹敵する、途轍《とてつ》もない衝撃に感じられた。杖で地面が叩かれる度、自分も跳ね上がってしまいそうになる。

グロリアにとって姉のイザベルは、正に恐怖の対象であった。ドジで清楚《せいそ》、可愛《かわい》らしく愛らしい、慈愛にも満ち溢《あふ》れた女神――イザベルの信者達は、彼女にそのような理想を描いている。それもまた、イザベルの一面である事に間違いはない。しかし、どこまで行っても一面でしかないのだ。

『イ、イザベル姉さん……？』

イザベルは他人に求める水準がでたらめに高く、特に怠惰を貪る者を忌み嫌う傾向にあった。風紀を第一とするグロリアが現在のようになったのも、原因の全てではないにしても、そんな姉の傍《そば》に居たからなのかもしれない。

『で、でも、中には模範的な神だって居るでしょ？　それに、下界の生命の在り方を変えるまでの必要は――』

『――確かに、模範的な神は居ますね。たとえば……グロリア、貴女《あなた》が典型的なそれでしょう。実力はまだまだ未熟とはいえ、他の神と比べれば随分とマシな方。神としての模範的な精神と向上心を併せ持っていますから、将来性にも期待ができます。この世界に変革が起こったとしても、貴女は貴女のままでいてほしいくらいです。……ですが、腐ったリンゴが他の果実を腐らせてしまうように、今後も腐った神がグロリアに悪影響を与えないという保証はどこにもない。そうなってしまう前にも、対処が必要なのですよ』

――コォン！

ひと際大きくなった杖の音に、グロリアはビクリと体を震わせる。

『た、対処って……？』

『要するに、今の神々には危機感が欠けているのです。自身が何をしようと、下界の者達が何をしようと、今のシステムの上に神々は守られている……ならばそのシステムを壊し、課された制約から下界の者達を解き放てば良い。彼らは努力と才能に応じて正しく生物としてのの高みに上り、いずれは神にも届く力を手に入れる事でしょう。そんな理想的な世界になれば、神々は現状維持なんて生温《なまぬる》い事を言っていられなくなります。いつどこから飛んで来るかも分からない、下剋上《げこくじょう》のナイフが誕生する訳ですから。神々は神として相応《ふさわ》しい力を追求し、下界の者達はそんな神に焦がれ背中を追いかける——ほら、そこには常に進化し続ける、素晴らしい世界が広がっていますよ?』

理想を語るイザベルの口調は高揚した様子だが、相変わらず彼女の目は据わったままだ。冗談でも何でもなく、イザベルは本気でそのような世界を目指そうとしているのだろう。そして、一度走り始めたら最後。一度守ると決めたイザベルは、彼女が思う腐敗から世界を守ろうとするだろう。

実の姉が作り出す災厄を想像し、グロリアは酷く眩暈《めまい》がした。自らが守るべき風紀が、実の姉によって破壊されてしまう。それは絶対にあってはならない事だ。こうなった姉を引き留めるのは最早《もはや》不可能、ならせめて、自分が姉のブレーキ役にならなければ。そんな世界が誕生するにしても、少しでもマシな方へと導かなければ。グロリアはこれを運命として受け入れ、姉と共により良い世界を創造する事を決意した。

『……イザベル姉さん、私もアダムス側に付くわ』

『ほ、本当ですか? よ、良かった……私の考えを理解してくれたのですね? フフッ、愛《いと》しいグロリアと一緒なら、この先に怖いものはありません。共に世界を洗浄し、あるべき姿へと戻しましょう』

ほわわんとした元の雰囲気に戻った姉は、グロリアの申し出を心から喜んでいた。こんな危うさが付き纏《まと》う姉でも、グロリアにとっては大切な肉親なのである。主神の勢力として姉の野望を打ち砕く選択肢は、彼女の中には存在していなかった。

◇　◇　◇

ケルヴィンを躱《かわ》し、牢《ろう》から抜け出したグロリア。彼女は今、『死神の食卓』を駆け巡っていた。目指すは出口、そして神杭《ステーク》を奪還し、白翼《イスラヘブン》の地へと戻る事が優先される。だが、どうにも彼女のダンジョン逆攻略はうまくいっていない様子だ。

（ッ！　クッ、また行き止まり……！）

何度目かの袋小路に陥ったグロリアが、心の中で舌打ちをする。焦りは汗となって具現化し、精神的にも彼女の心を追い詰めていく。

（それにしても……クソッ！　なぜこんな時に、あの時の記憶が……！）

そんな最中にグロリアは、とある記憶を呼び起こしていた。頭痛と共に思い出される、始まりの記憶――それは姉と共に反主神派に回った際のもので、彼女の心の中に強烈に、そして色濃く刻まれたものだった。

（エルドと権能三傑《けんのうさんけつ》、その中で誰が一番強いのか、私程度に推し量れる筈がない。ええ、さっきのこの言葉に嘘なんてないわよ。けど、けど……私にとって一番怖いのは、間違いなく姉さんだ。大戦、その前線で大暴れする姉の姿は、正に修羅そのものだった。ハオがあの筋肉偽神を捕らえた事もあって、今は落ち着いているみたいだけど、いつまでもあのままでいてくれる保証はない。これ以上エルドの計画が狂いでもしたら、いよいよもって何をしでかすか……だからこそ、私はこんなところで捕まる訳には――ぐっ、また!?)

再出発の後にグロリアが行き着いたのは、再度の袋小路。最下層に近いこの階層は通路が細く、難解な迷路の如《ごと》く入り組んでいる。厄介な事に、この迷路には察知スキルを惑わす作用が働いており、地道にマッピングして進む、または純粋な勘を頼りに進む事でしか攻略方法が存在していない。それ専用の魔法などを覚えていれば、まだやりようはあったかもしれないが、生憎《あいにく》とグロリアはそのような術を持っていなかった。

ダンジョン自体を破壊して進む、という手も場合によっては選択できただろうが、グロリアは気絶した状態でここへ運ばれて来たのだ。そもそもここが何処《どこ》なのかも、彼女は知らないのである。仮に地下の底だったとしたら、ダンジョンの崩壊に巻き込まれてしまう恐れがある。流石《さすが》にそのような事態は、グロリアも避けたかった。

(閉鎖空間に加え、この迷宮的な構造――あの男、私の権能の特性を憎らしいくらいに理解している……!)

実のところ、こういった迷路は彼女の権能『間隙《かんげき》』との相性が頗《すこぶ》る悪い。『間隙《かんげき》』は視覚に捉える事で距離を操作する能力だ。つまり迷路の壁などで行き着く視界を限定されてしまうと、能力もそこまでしか力を発揮する事ができない。それは距離を短縮してのショートカットが、殆《ほとん》ど機能しない事を意味している。

更に都合の悪い事に、その限定されたショートカットでさえ、不用意の乱発は危険であった。その原因を作っていたのが、このダンジョンに出現する、超高レベルなモンスターの存在だ。細い通路上に現れるそれらは、『隠密《おんみつ》』スキルを所持する者が多く、気配もなく唐突に目の前に立ち塞がる。曲がり角を曲がり、また新たに『間隙《かんげき》』を使おうとしたら、その先にはモンスターが居た――なんて事も、先ほどから頻繁に起こっている。使いどころを間違えば、モンスターの懐に自ら飛び込んで行ってしまった、なんて事も起こり得るだろう。

もちろん十権能《じっけんのう》であるグロリアが、モンスターを相手に後れを取るような事はない。制約によって行動の多くを禁止されていようとも、無傷のまままいなす程度の事はできる。……できるのだが、今は僅かな消耗も避けたいのが、正直なところだった。自らグロリアの枷《かせ》を解いた死神、そして十権能を裏切った死の神――ケルヴィンとケルヴィムが、こうしている間にも自分を追って来ている。その事実がグロリアを、必要以上に慎重にさせていた。

一対一の戦い、それも逃げる事が前提のものであれば、如何《いか》に格上のケルヴィムが相手だったとしても、対処のしようはある。しかし、そこに正体不明の死神が参戦するとなれば、話は全くの別。権能の使用に限度があり、地の利が敵にある現状況では、まず間違いなく捕縛されるだろう。今ある力を全て逃げの一手に使い、運よく正解のルートを引き当てる事ができれば、或《あ》いは——というのが、グロリアの考察であった。

実際、グロリアの考察は的を射ている。このような危機的な状況でも、正確に物事を判断できていると言えるだろう。……但し、読み違えている点もある。彼女を捕らえようとしているのは、何も背後から迫る死神だけではないのだ。

「む、漸《よう》く来たようじゃな。では、手合わせ願おうか！」

「ッ！　死神の僕《しもべ》か！」

グロリアがT字路に差し掛かろうとすると、その分かれ道のど真ん中にて、ジェラールが待ち構えていた。どうやらグロリアの脱走に合わせて、ジェラールはこの場所に召喚されていたようである。また、グロリアもジェラールを視界に収め、只者《ただもの》でない事を瞬時に察する。

（察知スキルが働かなくとも、あのレベルであれば見れば分かる。恐らく、あのセラとかいう悪魔と同等の実力者……！　クソッ、いつから下界はこのような魔境と化したのだ！）

愚痴りながらも、グロリアはどうにか突破口を探そうとしていた。しかし、害を与える行為の一切を禁ずる制約の存在が、やはり邪魔となっている。現状況でセラと並ぶ実力者、ジェラールを突破する未来の自分を、上手《うま》く想《おも》い描く事ができない。

（せめて、閃光炸裂《フラッシュバン》などが使えるだけでも、逃走の難度が段違いになるのだが……！）

そんなグロリアの心を読んでなのか、ジェラールが続けて叫んだ。

「安心せぇ！　王が貴殿の錠を解いた際に、制約についても新たに上書きしておる！　王と同じように、ワシへの攻撃もできるようになっておるわい！」

「なっ……！　そ、そのような言葉を信じろと言うのか⁉」

「おう、信じよ！　騎士のプライドにかけて、ワシは嘘《うそ》など言わん！」

ジェラールの言葉は嘘か？　真《まこと》か？……判断を間違えば、グロリアは命を落とす事になる。

（……あの時、私に向かって手をかざしてみせたのは、もしや）

だが、グロリアの迷いは一瞬であった。

「……ならば、緊急時につき挨拶は省かせてもらう！　死にたくなければ、そこをどけぇ！」

「当然断る！　ここを突破したければ、己《おの》が実力を示してみよ！」

「その言葉、飲み込むなよ！　斂葬十字弾帯《クロスマガジンベルト》！」

グロリアの両腕に装着される、光り輝く十字架型の弾帯。十字架の弾丸は直《す》ぐ様《さま》ばら撒《ま》かれ、同時にジェラールへと直撃する。

「ぬぅおおおぉぅ⁉」

「遮蔽物も何もない場所で、私を待ち構えたのが間違いだったな！」

『間隙《かんげき》』の権能を弾丸に適用し、ジェラールとの距離をゼロにしたグロリア。その結果、放った弾丸は全てジェラールに直撃するに至ったのだ。しかも、狙われたのは兜《かぶと》や鎧《よろい》の隙間ばかりである。全身鎧の防御性を無に帰する必中の攻撃は、その効力を十全に発揮させていた。

――ズガガガガァァッ！

弾丸を何百何千と当て続け、その余波で土煙が巻き起こり視界が閉ざされてしまう。『間隙《かんげき》』によるゼロ距離ヒットはできなくなってしまったが、攻撃の手を休めなければ命中は続く。……続くのだが。

「ぬぬぬぅぅ――――ん……！」

その間、土煙の中からはジェラールの耐え忍ぶ叫びが上がっていた。どれだけ攻撃を続けても、叫びが止まる様子はない。

（最初に放った弾丸は、間違いなく鎧内部に叩《たた》き込んだ。が、未《いま》だ叫びを上げ続けている ところから察するに、倒し切るにはそれでも火力不足か、化け物め。背後から迫る死神達《たち》の憂いもある。これ以上時間を消耗している余裕はない。……あの重装備だ、速度はそれほどでもないだろう。ならば――）

グロリアは決断する。弾丸による物量でジェラールを磔《はりつけ》に、その隙にT字路を通り過ぎてしまえ、と。見るからに頑丈そうなジェラールが相手では、どう戦っても長期戦になってしまうと悟ったのだろう。

「ぬんっ！」

「なっ!?」

グロリアがT字路の右側へと駆け出そうとした、丁度その時。叩き込まれる弾丸の嵐の中から漆黒の腕が現れ、グロリア目掛けて急接近して来た。近距離、それも奇襲に近い出来事だったが、グロリアはその腕をギリギリのところで回避。更に『間隙《かんげき》』で通路の向こう側へとショートカットする事で、その場から離れる事に辛うじて成功。終わってしまえば無傷で通過する事ができた訳だが、一歩間違えていれば、あの巨腕に捕まっていたかもしれない。

「むう、摑《つか》み損ねたか。反射なしじゃと対応が難しいわい。じゃが、漸く必中攻撃に体が慣れて来た」

グロリアが離れた事で弾幕が止《や》み、次いで立ち上っていた土煙が引き裂かれる。巨腕の主、ジェラールの大剣に斬られたのだ。そんな少々派手な登場をしたジェラールであるが、あれだけの攻撃を受けたというのに、特にダメージを負っている様子はない。鎧の表面こそ細かい傷が付いているが、それも『自然治癒』で数秒後には修繕されてしまう。

「……本当に生物か？」

まるでリドワンの相手をしているかのような、圧倒的な不毛さ。グロリアが感じ取ったのは、正にそれであった。

◇　◇　◇

グロリアは即座に駆け出し、この場からの離脱を図った。そう、ジェラールを通り抜けてしまえば、もう彼女が戦うメリットは何もないのだ。

「むっ、待てい！」

「すまないが、勝負を預からせてもらう」

背中から呼び止めようとする、ジェラールの叫び声が聞こえる。それでも、彼女は足を止める訳にはいかない。戦いから逃げるのかと罵倒されようとも、今グロリアが最優先すべきは、あくまでも脱出——罵倒程度であれば、いくらでも受け入れる。彼女にはその覚悟があった。

「待て、待ってくれ！　もう少しで何かが掴める気がするのじゃ！　先ほどの嵐の如き攻撃、もう一度かまして、ワシをボコボコにしてくれい！　後生じゃ！」

「ッ!?　え、ええい、風紀に反するような言葉を吐くな、馬鹿者が！　何が後生だ！」

「ああっ、逃げるでない！　お願い、待つのじゃ〜〜〜！」

「絶対に断るッ！」

……罵倒される覚悟はあったが、自分が罵倒する立場になるとは思ってもいなかったようだ。

その後、グロリアは危険な香りのする自称騎士から、全力で逃れる事に成功する。頑丈さは化け物染みていたが、彼女の予想通り、移動速度はそこまでではなかったようだ。

（別に恐れを抱いている訳ではないが、なぜかホッとしている自分が居る……この道が間違っていたら、またあそこに戻らなければならないのか？　う、ううむ……）

そんな複雑な思いを抱きつつ、歩みを進めるグロリア。が、幸か不幸か、彼女の苦い思い（?）はそこで終わりを告げた。

「来たわね！　じゃ、手合わせ願おうかしら！　あ、私はケルヴィンの制約の対象外になっているから、安心して攻撃しなさいよね！」

先ほどと似たT字路に差し掛かると、そこで聞き覚えのある声を耳にしたのだ。と言うか、その台詞《せりふ》とこのシチュエーションにデジャブが感じられた。道の先に目を凝らすと、分かれ道のど真ん中にて、何とセラが待ち構えているではないか！

「……」

この辺りでグロリアは、僅かに抱いていた疑問を確信へと変えた。そして彼女は足を止め、仁王立ちで待ち構えるセラを睨《にら》みつけ、こう言い放つ。

「お前達、ひょっとしなくても、私を鍛錬に利用しているだろう⁉」

「あり、もうバレた？」

◇　◇　◇

配下ネットワークを介した視界の同期を行う。映像元は今グロリアと戦っているであろう、セラの視界だ。さて、向こうはどうなっているかな？

『私を弄んだな⁉　粛清してやるぅ！』

『よく分からないけど、やる気があるのは良い事ねッ！』

よし、上手く繋《つな》がった。映像も音声も問題ないようだ。

「ジェラールの方も問題ないか？」

「うむ、実に鮮明に映っておるわい。なるほど、これがぶいあーる体験と言うものか」

「お前、セルジュ辺りから変な言葉を教えられていないか？」

兎《と》も角《かく》、だ。ジェラールの方も映像の共有はうまくいったようだ。

「技術の進歩とは凄《すさ》まじいものじゃのう。まるでワシがその場に居るかのような、不可思議な体験じゃて」

「『召喚術』の技術向上という意味であれば、まあそうかもしれないな」

セラの視界情報をリアルタイムで配下ネットワークに再現するっていう、見た目よりもかなり高度な事をやっているからな。少し前の俺だったら、ラグがあり過ぎて使い物にならなかったと思う。

『それにしても……もう権能の顕現をしているみたいだけど、やっぱりこんな狭い場所じゃ、あの大きな十字架は出せないみたいね。ちょっと荷が重かったりする？』

『何だ、その安い挑発は？　この程度、ハンデにもならん！』

なんて話をしているうちに、セラとグロリアの睨み合いが実力行使に移りそうだ。

「っと、そろそろセラの挑発に乗ってくれそうだ。ジェラールの時は粉塵《ふんじん》で何も見えなかったし、ただただむさい叫びがするだけだったからな。集中して見学させてもらおう」

「じゃってー、ワシはゼロ距離攻撃だなんて、初めての事じゃったしー」

「じゃって、じゃなくてだな……」

　まあ、対処を誤るとあんな感じで反撃に転じ辛《づら》くなってしまうと、そう理解しておこうか。事実、分かっていたとしても、アレを真正面から耐え忍ぶのは難しいだろう。

　距離操作の権能による必中攻撃、こいつは他で味わう事のできない、大変に貴重な体験だ。けど、肝心のグロリアが素直に協力してくれるとは限らないし、彼女が使える権能には限りがある。だからこそ、逃走のチャンスを与える事でやる気を出させ、貴重な権能を有効活用する為《ため》に、こうやって皆で視界を共有している訳だ。

　ちなみに、セラの次は俺が立ちはだかる予定である。それでもグロリアの権能の残高が残っていたら、またジェラール、セラ、俺――って感じで、順番を回していくつもりだ。最低でも二巡はしてもらいたい。

『そこまで受けたいと言うのなら、存分に弾丸の嵐を浴びせてやる！　斂葬十字弾帯《クロスマガジンベルト》！』

『無邪気たる血戦妃《クリムゾンアストレイア》！』

　十字架の弾丸を連射したグロリアに対し、セラが行ったのはゴルディアーナ直伝の奥義、無邪気たる血戦妃《クリムゾンアストレイア》だった。爆発するが如《ごと》きの勢いで、セラが全身より紅のオーラを放出。そしてその直後、十字架の弾丸群がセラへと直撃――する事もなく、刹那に四散した。

『何ッ!?』

『ふぃ～、大分スリリングな思いをしちゃったわね！　うまくいって良かったわ！』

後続の弾丸もセラの間近までは接近するが、その全てがセラに触れる寸前に散ってしまう。グロリアがどれだけ十字架をぶっ放そうとも、結果は一向に変わらない。

「なるほど、紅の闘気の効果か」

「確かステータスを底上げし、『血染』の効力も引き継ぐんじゃったな」

「ああ、即座に自滅しろとか、そんな命令を発しているんだと思う。たとえグロリアが距離を短縮できたとしても、その空間を通ったという事実は変わらないからな。セラが無邪気たる血戦妃《クリムゾンアストレイア》を展開している限り、グロリアの攻撃は絶対にそれに触れてしまう」

「その結果として、セラに直撃する前に弾丸が消えてしまうと？」

「そういう事。まあ、それにしたって無邪気たる血戦妃《クリムゾンアストレイア》の『血染』効果、前よりも強力になっている気がするな。以前なら微弱なレベルでしか付与できなかった筈《はず》だ。あの即効性、セラの血を直《じか》に浴びるレベルで働いていないか？」

「うむ、ワシもそう思っとった。展開力の高さと相まって、おっそろしい事になっておるのう～」

　自由奔放なセラはいつも遊んでいると思われがちだが、見えないところではしっかり努力しているからな。これは俺もうかうかしていられないぞ。グロリアもこれ以上撃っても意味がないと察したのか、遂《つい》に銃撃を止めてしまったようだ。

『あら、おしまい？　じゃ、準備運動はこれくらいにするとして――』

「ん？」

あ、あれ、おかしいな？　セラの視界から、紅のオーラが消えてしまった。まさか、無邪気たる血戦妃《クリムゾンアストレイア》を解除したのか？

『――次の攻撃をお願い！　今度は素の状態で何とかするから！』

『ハァッ!?』

「「ハァッ!?」」

セラの無謀な宣言を受けて、グロリアと一緒に驚いてしまう俺達。いやいや、ジェラールじゃないんだから、流石《さすが》にそれは危険――

――なんて、そんな風に思っていたんだが、何つうか、うん……その後、セラは見事に有言実行を果たしてみせた。何だよ、十字架が触れた瞬間に全てキャッチするって……勘と反射神経で何とかなるって、そんな訳ないだろ……

余談であるが、セラとの鍛錬でグロリアは権能を使い果たした。そう、俺に順番が回って来る前に、使い果たしてしまったのである。そんな事ってある？

◇　◇　◇

残念な結果となったあの鍛錬の後、俺達《たち》は気絶させたグロリアを聖杭《ステーク》に移動させた。グロリアの権能が回復したら、再び『死神の食卓』の牢《ろう》に入れ、鍛錬しようよ！　と、爽やかに誘うなどして何とか引き込もうと努力した。結果――普通に断られた。まあそれでも脱出する事、俺を殺して制約を解く事は諦めていないようで、なんやかんやで鍛錬らしい事はできている。一時はどうなる事かと思ったが、終わり良ければ総《すべ》て良し、だ！　で、そんなこんなで決戦の日が近付く。

「え、出産予定日が決戦日と重なりそう!?」

そんなある日の事、パブの宿に戻った俺はアンジェに衝撃的な事実を告げられた。今まで聞いていた話では、エフィルの出産予定日は決戦日の後になる筈だったんだ。

「まあ、確実にそうとは言えないんだけどね。この前、ベガルゼルドさんに診てもらったんだけど、どうにも予定日が早まるかもしれないって、そう言われちゃってさ」

ベガルゼルドはグレルバレルカ帝国に所属する、悪魔四天王兼医者の巨人だ。俺達の知る限り、というかシュトラやセラが言う事には、ベガルゼルドの医療技術はこの世界で最先端を行っているらしい。そんなお医者さんに診断された結果なのだから、今の話が間違いという事はないだろう。

「申し訳ありません、ご主人様……」

布団で横になっているエフィルが、本当に申し訳なさそうに謝ってきた。エフィルのお腹《なか》は随分と大きくなって、今では布団をかけても、その大きさがよく分かるほどだ。

「何でエフィルが謝るんだ。むしろ、謝らなければならないのは俺の方だよ。こんな大事な時に、あまり傍《そば》に居られなくて、本当にすまない。ずっと近くに居られれば良かったのに……」

「いいえ、そんな事はありません。ご主人様はこの世界の為に、ずっと戦っておられるのです。それは私の誇りと喜びであれ、悲しみに繋がるような事ではないですから。その、こうして毎日会いに来てくださいますし……」

ほんのりと赤く染まった顔を、布団で隠そうとするエフィル。エフィル、止《や》めてくれ。俺まで心臓が爆上がりして真っ赤になってしまう。

「うーん、ラブラブな様を見せつけられるアンジェお姉さん、とても居辛い。私、席外そうか？」

「あっ、いえ、そんなつもりでは……！」

「アンジェ、是非ともここに居てくれ！　頼む！」

「ふーんだ、取って付けたような対応をされても、アンジェさんは簡単に靡《なび》いたりしないもーん。アンジェさんにも構ってくれないと、また首を狙っちゃうかもしれないもーん」

う、うん、何と言うか、拗《す》ねたついでにちゃっかりと要望も出して来るのが、実にアンジェらしい。最近は稀《まれ》だけど、俺の首を物理的に狙って来るのは——あ、いや、そこは別に嫌じゃなかったわ。逆に率先して狙ってほしいわ。

「けど、そう言っちゃうと更に拗《こじ》れるよな……」

「ん？　ケルヴィン君、何か言ったかな？」

「い、いや、こっちの話だ。アンジェにも感謝しているし、エフィルと同じくらい愛してるよ。その気持ちに嘘《うそ》はない」

「……本当に？」

「本当に！」

「……嘘じゃない？」

「嘘じゃない！」

「……この戦いが終わったら、私達と結婚してくれる？」

「結婚する！……んん？」

今、勢いで凄《すご》い事を言ってしまった気が。

「やったね、エフィルちゃん！　この戦いが終わったら、遂にケルヴィンと結婚できるって、私達！」

「フフッ、やりましたね、アンジェさん。私の場合、ちょっと順番が逆になってしまいましたが、この幸せに比べれば、ほんの些細《ささい》な事です」

「ま、待て、勢いで肯定しちゃったけど、ちょっと待ってくれ。結婚はもちろんするつもり、いや、絶対にするけど、流石に決戦後は気が早いって。ほら、全員一緒にするって約束だったし、リオンなんて今は在学中なんだぞ？　せめて、リオンがルミエストを卒業してからでも――」

「――もう、ケルヴィン君はノリが悪いなぁ。なら、せめて雰囲気だけでも体験してみたいかな？　メルさんとブライダルの予行練習をした事、このアンジェさんが知らないとでも思ってる？」

それってひょっとしなくても、デラミス大聖堂でコレットに神父役をしてもらった、あの時の事だろうか？　あの後に罠《わな》に嵌《は》められた俺は、その後の人生を左右する大惨事に巻き込まれた訳だが……もしかして、そっちも知られてる？　あの、アンジェさん、笑顔が怖いッスよ。分かった、分かったから、その笑顔を止めて！

「うっ……！」

「……じゃあ、式の予行練習をやるという事で」

「やったー！　先んじての式をゲット！　エフィルちゃん、楽しみだね！」

「式、ご主人様との、式……」

「あ、あれ？　エフィルちゃん？　おーい？」

何を想像しているのか、エフィルは完全に上の空になってしまった。まあ、敢《あ》えて言うまでもないだろう。野暮ってもんだ。

「ありゃりゃ、これは現実に戻って来るまで、少し時間が掛かりそうだね。ああ、そうそう。ベガルゼルドさんから聞いたよ。エフィルちゃんのお腹の子、女の子なんだって？　ケルヴィン君、そろそろ名前を決めておかないとね」

「ハハッ、急に話を方向転換して来たな。まあ、エフィルと一緒に話し合って、幾つか候補を絞ってはいるよ。エルフの里のネルラス長老に会って、伝統的な名前をアドバイスしてもらったりもしたな。けど、ネルラス長老も妙にやる気になっててさ、一押しの名前を百個近く挙げられたよ……」

「そ、それは逆に困るパターンだね。何だかジェラールさんに似てるかも？」

「そう、ジェラールもやばいんだ。あいつ、仮ひ孫の誕生じゃ！　とか言って、名前候補をやたらと増やそうとするんだよ。天啓を得たとか何とかで、毎日十個は思い付きやがる」

「わあ、やる気に満ち溢《あふ》れていて、ケルヴィン君がナーバスになっちゃうね～。……ちなみになんだけど、ジェラールさん、皆に子供ができるたびにそうなったりする？」

「逆に聞くけど、そうならない未来を思い描けるか？　最悪の場合、ジェラールどころかグスタフ義父《とう》さんも参戦するぞ……」

　子を授かる事は、本来は慶事《けいじ》である筈だ。なのに、ここだけが凄《すさ》まじいナーバス要素となっている。正直親と翁に関しては、俺の発言ではどうしようもできない、と言うか効果が滅茶苦茶《めちゃくちゃ》に薄いので、嫁の威を借りて何とかしようと思っている。それが一番スマートに事が進みそうなのだ。

「……ハッ！　私は何を!?」

「おっと、エフィルちゃんが帰還したみたいだね」

「わ、私、変な事を言ったりしていませんでしたか!?」

「大丈夫大丈夫、最低限の言葉しか発していなかったから。ね、ケルヴィン君？」

「ん？　ああ、まあ、そうだな」

「そ、そうですか、良かったです……」

まあ、見れば何となく分かっちゃう感じだったたし、俺との式って小さく喋《しゃべ》ってはいたけどね。はい、とっても可愛《かわい》かったです。

「そうだ、今のうちに伝えておくね。エフィルちゃんの臨月が近いから、今回の決戦、私はここでお留守番してるよ。総長やら学院長やら、むしろ戦力的には多いくらいだから、まあ大丈夫そうでしょ？　アンジェお姉さん、護衛隊長の任務を継続しま～す」

「え？　アンジェさん、無理に私に付き合う必要は――」

「――はいはい、そんな事は言いっこなし。別に無理なんてしていないし、今回は戦いよりもエフィルちゃんの身の安全の方が、ずっと大事だからね！　という訳で、ケルヴィン君よろしく！」

「お、おう」

よろしくされてしまった。

　高まる緊張感と高揚感を味わいながら、仲間達と聖杭《ステーク》に乗り込む。今日は白翼の地《イスラヘブン》に向かい、ゴルディアーナを救出する為《ため》に残りの十権能《じっけんのう》と戦う、運命の日。やる気が高まるのはもちろんだが、口角も自然と上がってしまう。ああ、今日も楽しいバトル日和になりそうだ。

「ふむ、エフィルが行かないのは当然として、アンジェも休みか。学《まな》び舎《や》におるリオンとアレックスも参加させる訳にはいかんし、クロトの戦闘特化の分身体はクロメルの護衛中……今回、ワシらは少人数での参加じゃな」

「少人数って言ったって、それ以外の面子《メンツ》は全員参加だ。言うほど少なくもないぞ？」

　俺（＋ハード）、ジェラール、セラ、メル、ドラゴンズ、シュトラの総勢八名の参戦だ。十権能の残りが六人だとすれば、俺達だけでも頭数は多いくらいである。そこにグロスティーナ、シン総長、アート学院長、神柱のドロシー、協力者のケルヴィム、ルキルが加わったと考えれば、戦力は相当なものとなる。ちなみに、ダハク達にドラゴンの修行をつけてくれたバッケは参戦せず、そのまま国へ帰ってしまった。何でも修行中、ダハクが無類の我慢強さを発揮したとかで、色々と溜《た》まっているらしく――いや、これ以上の説明は省いておこう。

「おー、これが聖杭《ステーク》の内部か。馬鹿みたいに広いじゃねぇか……」

「迷子にならないように、しっかりとマスターの後ろを歩きませんと！　あ、マスター！

杖《つえ》をお持ちますよ！」

「ハッハー！　広いぃぃ！」

「文明の差、みたいなものを感じちゃうね……けど、純粋な美しさ度合であれば、私にも
きっと勝機が……」

当然だけど弟子のスズ達に関しては、見学扱いなので戦力としては数えていない。次元
の違う戦いを直接目にして、是非とも色々と吸収してもらいたいものだ。そして強くなれ、
一杯強くなれ、なるんだ！……っと、いかんいかん。また感情が高まってしまった。

「それよりも俺は、シュトラが参加に意欲的だったのが意外だったたな」

「意外だなんて失礼よ、お兄ちゃん。私だってセルシウス家の一員だもの。戦闘だって立
派にこなしてみせるわ。私だけ仲間外れになんて、絶対にさせないもん！」

「おっ、やる気だなぁ。準備期間中、頻繁にどこかに出掛けたりもしていたみたいだけど、
どうしたんだ？」

「それは……内緒！」

「ええ、内緒なのか？」

「うん、こればっかりは、お兄ちゃんにも教えられないかな？　でも、期待はしていて。

私、リオンちゃん達《たち》の分まで活躍するつもりだから！」

　いつになくやる気のシュトラが、可愛らしく拳を握っている。なるほど、不参加のリオン達の分まで頑張る、か。良い心掛けだ。何を準備していたのかは気になるところだけど、まあシュトラなら安心して任せる事ができる。シュトラは俺よりも数百倍は頭が良いんだ。引き際もしっかり弁《わきま》えているだろう。

「修行帰りのダハク達はどんな感じなの？　少しは強くなった？」

　セラが少しやつれた様子のダハクら、ドラゴンズに問いかける。この期間中に自分が相当に強くなったから、同じく鍛錬の日々に明け暮れたダハク達が気になっているというか、興味津々で仕方ないらしい。

「へへッ、まあ自分で納得できるくらいには、強くなったと思うッスよ？　なあ、お前ら？」

「うう、あれは地獄の日々だった……」

「おでを食っても美味《おい》しく、ないんだな……」

　自身あり気なダハクと相反し、ムドファラクとボガの目には光がなかった。俺が帰った後、ゴルディアの聖地で一体何があったのだろうか。その内容については全く知らされていないが、バッケにがっつりと絞られた事だけは見て取れる。……真っ当な鍛錬で絞られたんだよな、お前達？

「えっと……ムドとボガ、何か病んでない？」

「大丈夫ッス。見てくれ通り、体もこんなに絞れたんス。期待してくれて良いッス！」

ああ、絞ったのは体の方だったのか。それなら安心——して良いのか？　体を絞ったっつうより、やっぱりやつれたようにしか見えないぞ、おい？

「俺からしてみれば、メル姐《ねえ》さんの方が心配ッスよ。聞いた話じゃ、ここ暫《しばら》くはろくに鍛錬もせず、食ってばっかだったとか。つか、今も爆食いしているし……」

「ふぁい？　ふぁにかふぃーまふぃた？」

ダハクの視線の先には、山盛りの焼きそばを頬張るメルが居た。口一杯に麺を頬張り、所々にソースの汚れを付けている。はいはい、ハンケチーフで綺麗《きれい》にしましょうね。

「まあ、ダハクがそうやって心配するのは尤《もっと》もだけど、メルについてはこれで良いんだよ。その、何と言うか……固有スキル的に？」

「固有スキル的に、ッスか？　ああ、そういやメル姐さん、転生神辞《や》めてからステータスが変わったんでしたっけ？　俺、まだどう変わったのかまでは知らねぇんスけど」

「なら今度模擬戦でもやった時、直《じか》に体験すると良い。百聞は一見にしかず、百見は一戦にしかず、だよ」

「ええー、もったいぶるッスね～」

兎《と》に角《かく》、メルはこのままでも問題ないって事だ。別にメルだからって、変に肩入れしている訳じゃないぞ？

と、そんな雑談をしているうちに、聖杭《ステーク》の中枢へと到着。既に他の面子は勢揃《せいぞろ》いしていた。どうやら俺達が最後の到着になったみたいだ。

「随分と遅い到着ですね、ケルヴィン。それは余裕の表れですか？　それとも、気が緩んでいるだけでしょうか？」

早速ルキルが、挨拶代わりの煽《あお》り言葉を投げかけて来る。相変わらずの口の悪さだ。ただ一方で、彼女の視線がチラチラと、焼きそばを食べるメルのお方へと向かっている事にも気付く。これ、無意識でやってんのかな……指摘するのは止《や》めておこう、絶対に面倒な事になるし。

「勝つ為の準備に時間が掛かったんだ、少しは大目に見てくれよ。つか、集合時間には間に合っているからな？」

「何を言っているんだい、ケルヴィン？　決戦《デート》の時は、余裕を持って待ち合わせ場所に到着するのが常識！　時間ギリギリはよくないぜ？」

そんな言葉を発したのは、聖杭《ステーク》内の大きな機材（？）に腰掛けるセルジュであった。

「いや、誰とどんなデートをするつもりだよ……どっちかと言うと、決戦《ハイキング》だろ？」

「おっと、そんな返しがあったとは！　流石《さすが》の私も予想が〜い」

「ああ、俺もセルジュがここに居た事が予想外だよ。え、何？　お前も参加するの？」

「なーんで嫌そうな顔をするのかな、そこで？　普通、私みたいな超特大戦力の美少女が参加したら、泣き喜び踊り狂うところでしょ？　もう、しっかりしてくれたまえよ、ケルヴィ〜ン？」

「悪い悪い、それじゃ早速泣き喜び踊り狂わなきゃなって、誰がするかッ！」

セルジュとの会話は、どうしてこんなにも疲れるのだろうか？　キャッチボールをする毎《ごと》に、やたらとエネルギーを消耗している気がする。

「シュトラ、よく覚えておくのです。アレがノリツッコミというものですよ。セルシウス家の貴重なツッコミ役として、しっかり覚えてくださいね」

「うん、分かった！　私、頑張って習得する！」

そこの腹ペコ、シュトラに変な事を覚えさせるんじゃない。

……まあセルジュが参戦する事自体は、ドロシーとの手合わせを奪われた辺りで、何となく予感があったんだけどな。できれば当たってほしくない、悪い予感が。

「ちょっとちょっと～、貴方《あなた》達ぃ。デートとハイキング、どっちも素敵な催しだけどぉ、この戦いにゴルディアーナお姉様の命、そして世界の命運が懸かっているのだからぁ、もう少し真面目にやりなさいよ～」

「いや、セルジュは兎も角として、俺は至極真面目なつもりなんだけど？」

「失礼だなぁ。戦いの事しか頭にないケルヴィンと違って、私は真面目に臨んでいるよ？」

「どっちもどっちなのよねぇ……」

◇　◇　◇

聖杭《ステーク》を出発させる前に、改めて実行計画を確認する為にも全員でブリーフィングを行う。団結力を不安視するグロスティーナを安心させる為にも、ここはバシッと決めておきたいところだ。

「では、司会進行は私が担当致しましょう。問題ないですね？」

「いいや、問題大ありだ。十権能に最も詳しい、この俺が進行するべきだろう」

「おや？　信頼の置けない貴方に、どうしてこのような大任を任せられると？」

「その言葉、そのまま返してやろう。俺は今、ケルヴィンに制約を課された状態なんだ。一方で首輪も何もない貴様は、言ってしまえば横取りを目論《もくろ》むハイエナのような存在。信用など欠片《かけら》もないではないか」

「もう、喧嘩《けんか》は止めなさいよぉ」

なんて思っていたのも束《つか》の間《ま》、ルキルとケルヴィムの司会進行の取り合いが勃発。こいつら、シン総長とアート学院長並みに仲が悪いな……って、そうだ。ここには犬猿のペアがまだ居たんだった。頼む、そっちの二人はどうにか大人しくしていてくれよ？

「じゃ、間を取って私、シュトラが進行するわ！　全体の計画について、頑張ってお勉強して来たの！」

「ああ、シュトラなら安心して任せられるな。俺は良いと思うぞ？」

「ングング、ゴクリ！……私もシュトラを推薦《おつしや》しましょう。ルキル、良いですね？」

「え？　え、ええ、メルフィーナ様がそう仰るのなら……」

「……まあ、ケルヴィンがそう言うのなら、俺からはこれ以上何も言うまい」

という事で、シュトラ、無事司会進行役に就任。ブリーフィングも漸《ようや》くスタートである。

「私達の共通する目的は十権能の打倒、これだけは全員が一致しているわ。問題なのは、その後の話ね。ルキルお姉ちゃんは十権能全員をメルお姉ちゃんの信者にさせた上で、転生神として返り咲かせたい。ケルヴィムお兄ちゃんは十権能の長、エルドに成り代わった上で邪神アダムスを復活させて、世界全ての枷《かせ》を外したい。そして、私達の代表でもあるケルヴィンお兄ちゃんは、十権能と良い戦いができたら、それだけで大満足。プリティアちゃんを救出したその後の事は、まあ現状維持で良いんじゃない？って、そんな方針になっているわ。他の面々にも思惑は色々あるけど、大まかにはケルヴィンお兄ちゃんの考えに賛同している……ここまでの説明で、何か間違っているところはある？」

「ギルドとしては問題ないよ。まあ、貴重なアイテムも収集したいって文言を付け加えれば、それで完璧ってくらいかな？」

「私もセルシウス卿《きょう》の考えに同意しよう。脅威を無力化、そして私の美しさで改心させる事ができれば、正にベスト！……なのだが、我《わ》が儘《まま》は言っていられないからね。そこまでは求めないいさ」

「私は神柱の誇りを取り戻す事ができれば、それで良いので」

シン総長、アート学院長、ドロシーに続いて、ルキルとケルヴィムもその認識で問題ないと頷《うなず》く。パウル達は「転生神って何の事だ？」とか、そんな事を言っていた。後でやんわりと誤魔化しておこう。

「ふんふん、なるほどなるほど。それじゃ、十権能を倒したその後の事については？　要はさ、そこから目的が変わっちゃうって事だよね？　私がルキルとケルヴィムを倒しちゃっても良いの？」

「はい？」

「ほう？」

　ニコニコ顔のセルジュが、空気を読まない爆弾発言をぶちかましてくれた。当然、ルキルとケルヴィムもお怒りになってしまう訳で。

「え、ええと、そこまで喧嘩腰なのはどうかと思うけど、セルジュお姉ちゃんの話もあながち間違ってはいなかったり……言ってしまえば、それも方法の一つ。共通する目的が達成されれば、そこで協力関係は解消されてしまうから、そこで新たな戦いに発展する可能性は十分にあるわ。その時の状況にもよるし、正直今は何も決めようがないかな」

　一呼吸置いて、シュトラがケルヴィムとルキル、その交互に顔を向ける。

「あっ、もちろん、お話し合いで解決できれば一番だよ？　ケルヴィムお兄ちゃんはエルドなんかとは違うし、ルキルお姉ちゃんは新たな転生神の下《もと》での平和を目指しているって、私は理解《わか》ってるから。そんな二人なら、きっと話し合いに応じてくれる……よね？」

　上目遣い＆俯《うつむ》きがちに、そんな問い掛けをするシュトラ。ジェラールやアズグラッドであれば、一撃で撃沈するであろう、とんでもなく可愛《かわい》らしい仕草だ。実際今、実体化したジェラールが血を吐きながら沈んだところである。

「……フン、あのケルヴィンが話し合いなどで、俺の制約を解くとは思えんがな。まあ、そこの小娘の言う通り、俺はエルドと違って広い視野を持っている。それを求めると言うのであれば、無暗《むやみ》に否定はせん」

「……ええ、私だって無益な戦いを望んでいる訳ではありません。最終的に私の目的が達成できれば、方法は特に問いませんよ。話し合いが最良の手段だとすれば、私はそれに応じましょう」

「ほ、本当に？……やった～！　それじゃ、きっと約束、約束だからね？」

両腕を広げながらピョンピョンと飛び跳ね、無邪気に喜ぶシュトラ。沈んだジェラールに、止《とど》めを刺さんばかりの勢いだ。

「ぐふっ……」

「ねえ、ケルヴィン。ジェラールが瀕死《ひんし》なんだけど？」

「うん、そっとしておいてやれ……」

瀕死なジェラールの件はさて置き、シュトラのあの問い掛けは反則染みている。いや、見た目の可愛さもそうなんだけどさ、協力関係を結んだ周りの目もあるこの状況、話し合いなんてしないと下手に断ってしまえば、その時点で他の者達の警戒対象になってしまうだろ？　本心は別で、たとえそれがリップサービスだったとしても、この場では誰だって、あの問い掛けに頷いてしまうだろう。契約書も存在しないこんな些細《ささい》な問答、本来はどうでも良い事で、表面上はいくらでも取り繕えるしな。

……だが、シュトラには固有スキルの『報復説伏』がある。シュトラに対して悪意ある者に発動するこの能力は、シュトラの言葉を肯定してしまうと、以降もその言葉の通りに行動を実行するようになる、というものだ。つまり、シュトラの問い掛けに頷いてしまったルキルとケルヴィムは、協力関係が解かれた後も有言実行を果たさなければならず、素直に話し合いに応じてくれるようになった訳である。これで漁夫の利を狙った奇襲の類、その他諸々《もろもろ》の可能性は排除され、俺達《たち》は安心して十権能《じっけんのう》の討伐に集中できるようになったんだ。

まあ俺としては、そのまま戦闘続行も吝《やぶさ》かでなかったんだけど……今回の場合、どういった戦況で終結するのかが読み辛《づら》い。安全策を講じられるのであれば、やれるだけやって損はないというものだ。

『シュトラ、ナイスな仕事振りだ』

『えへへ、このくらいは余裕だよ～』

よ、余裕ですか……ぶっちゃけ、俺のような戦闘愛好家にとって、シュトラは一番敵に回したくないタイプだ。戦闘と何ら関わりもない場面で、こうして楔《くさび》を打たれていくってのは、恐怖そのものでしかないからな。恐ろしや、ああ、恐ろしや。

「次に、これから向かう白翼の地《イスラヘブン》について説明するね。他の大陸と比べたら小さい方だけど、それでも大陸は大陸、とっても広いよ！　迷子にならないように、しっかりと地図を頭に叩《たた》き込んでね！　こんなに小さな私でも丸暗記できたんだから、きっと皆にもできると思うの！」

それからもシュトラ主導によるブリーフィングは続き、的確に説明、ちゃっかりと問答トラップが仕掛けられていくのであった。あの、シュトラさん？　もっとこう、手心というものをですね……

◇　◇　◇

かつて天使の長達が眠っていた聖域、叡智《えいち》の間。彼らの寝床であった機械的な寝具は全て空の状態にあり、現在は十権能の長、エルド・アステルの椅子として使われていた。

「……」

機械の椅子に座るエルドは目を瞑《つぶ》ったまま一切動かず、生物らしい気配が感じられない。叡智の間自体も静寂に支配されており、まるで音という音が全て殺されているかのようだ。しかし、そんな静寂を打ち破る者が現れる。

「エルドよ、気付いておるか？」

「……ハザマか」

権能三傑《けんのうさんけつ》の一柱、ハザマ・シェムハザ。ローブで全身を覆い隠した老人口調の男であるが、その中身は明らかに人型でない事が見て取れる。ローブを通して、体が不気味に変形しているのだ。まるでローブの中で、触手か何かが蠢《うごめ》いているかのようである。

「偽神に裏切者、その他大勢の者達がこの白翼の地《イスラヘブン》へ近づいているようだな。気配が非常に曖昧なのから察するに、聖杭《ステーク》を使って結界を突破し、強襲を仕掛けて来るつもりなのだろう。……ハザマ、今日はやけに機嫌が良いようだな？」

「カカッ、分かるか？」

ローブ下の蠢きが普段よりも激しい。その事に気付き指摘したエルドであったが、彼自身は特に興味がないのか、ハザマと視線を合わそうともせず、無表情を維持したままであった。

「義体の身であるとはいえ、十権能を倒すだけの逸材がこの世に居る。そんな者達の気高き魂を、これからアダムスに捧《ささ》げる事ができるのじゃ。これに興奮せぬ訳にはいくまい？ワシがこの手で、残り全ての魂を掻《か》き集めてやろうぞ！　カッカカッカ！」

「……ああ、そうだな」

上機嫌にそう笑うハザマであるが、彼が欠片もそのような事を考えていない事を、既にエルドは見抜いていた。尤《もっと》も、そんな事はエルドにとっては些事《さじ》に過ぎず、改めて口にする事でもないのだが。

「他の者達は配置に就いたか？」

「カッカ――む？　ああ、うむ。互いの権能が干渉せぬよう、白翼の地《イスラヘブン》の各地に散って行ったわい。ワシもこの後、目を付けておった場所へと向かう。エルド、お主はどうする？」

「私はこのまま、ここに居残る。恐らくは、ケルヴィム辺りが一目散にやって来るだろう。ハザマとレムは奴《やつ》の権能との相性が悪いからな。私がその役割を負うつもりだ」

「ほう、言ってくれるのう。別にワシが相手をしてやっても良いんじゃぞ？　要らぬ気遣いをせずとも、そこまで耄碌《もうろく》はしておらんわい」

「フッ、そうか。まあ、いずれにせよ奴ら次第だ。対峙《たいじ》した贄《にえ》を打ち倒し、アダムスに捧げる。我々がすべき事は変わらない」

「その通りじゃ。ワシらが望む世界、生ある者達にとっての真の理想郷を成就させる為《ため》にも、このような前座試合に躓《つまず》いてはおれん。敵対する者は力でねじ伏せる、それこそが自然の摂理というものよ。では、ワシもそろそろ行くとするかのう。カッカッカ！」

ローブ下の蠢きと笑い声をより一層強めながら、ハザマが踵《きびす》を返す。

「かつての大戦、我々は敗北を喫した。終始敵の神々を圧倒し、主神の座、その後一歩まで迫ったというのに、敗北したのだ。ハザマ、その理由は一体何だと思う？」

呟《つぶや》くようなエルドの問い掛けに、ハザマはピタリと足と笑いを止める。相変わらずローブの中身だけは蠢いているようだが、なぜかその動きも緩慢なものになっていた。

「……カカッ、そんな事を今更聞くのか？　何、簡単な事じゃ。全ては憎きあの主神のせいよ。ワシらアダムス側に付いた神々の神格を、一瞬で消失させられる術を隠し持っておった、彼奴《あやつ》のな。神々の力の根底を辿《たど》れば、それらは全て主神へと繋《つな》がっておる。そして、主神はそれら力を自在に徴収できた。要は神であるが故に、主神には絶対に勝てないというシステムがあったんじゃ。下界を管理する我々もまた、あの主神という名の暴君に管理されておった、そんな馬鹿馬鹿しいオチじゃった訳よ！　カカカッ！　何という笑い話か！」

「そう、とんだ笑い話だ。我々は神であったが故に敗れた。だからこそ、我々は神に依存しない力を持たなければならない」

「うむ。何の因果なのか、この世界には既に神ならざる者が神を打ち倒したという、他では考えられぬ奇跡が起こっておる。つまり、この世界ならば神殺しの域にまで、自らを高める事が可能という訳じゃ。神としての肉体を失った事が、こうも状況を好転させてくれるとはのう。カカッ！　義体様様、といったところかのう！　後は権能さえ十全に使う事ができれば、言う事なしじゃて！　カッカッカ！」

再び歩み始めたハザマは、そのまま叡智の間より姿を消す。そんな彼を見送る訳でもなく、エルドは虚空を見詰めていた。

「……主神は唯一アダムスに対してだけは、完全に神の力を徴収する事ができなかった。だからこそ、我々とは異なる徹底的な封印を施したのだろう。私達が持つ権能は、そのアダムスより賜った神力の残滓《ざんし》のようなもの、主神と肩を並べるほどの神であったアダムスだからこそできた、神の御業《みわざ》なのだ。……ああ、だからこそアダムスよ、貴方《あなた》も神を辞める必要がある」

エルドの言葉は誰に聞こえる事もなく、彼の見詰める虚空の中へと消えて行った。

◇　◇　◇

叡智の間を出たハザマは、どういう訳か空を見上げ、溜息《ためいき》を漏らしていた。先ほどのエルドとの会話に、何か思うところがあった訳ではない。ただ眼前の人物の登場が、ハザマの予想を大きく超えていたのが問題であった。

「ふぅむ、少しばかり長話が過ぎたようじゃわい。まさか、こんなにも早くにここへ辿り着くとはな。しかし、ワシの老眼からしても、ケルヴィムには見えんのう……さて、お主は何者じゃ？」

大きく広げられた翼の影により、ハザマの巨体が徐々に隠されていく。

「……ドロシー」

翼の主、ドロシーは蒼天《そうてん》よりハザマを見下ろし、必要最低限の言葉を発する。片脚の鉤《かぎ》爪《づめ》には大杖《おおづえ》が握られており、辞典の如《ごと》く分厚い書物が彼女の近くに浮遊――明らかに臨戦態勢、今直《す》ぐにでも戦いを始めるであろう様子だ。

「ドロシー？……ああ、例の神柱か――」

「――黄泉飛ばす《モール》」

ドロシーの大杖に不可視の弦と不可視の矢が生成され、目にも留まらぬ速度で攻撃が放たれる。射線に入った時を一瞬にして数十年経過させる腐食の矢は、ハザマの胸部（？）と思われる場所に命中。矢の通り道となった肉は腐り落ち、ハザマの肉体に大きな穴を開けるのであった。……が。

「ふぅむ、最近の若者は気が早くていかん。ろくに言葉も交わさず、直ぐに拳を振るおうとしよる。じゃが、お主の力には興味があるのう。肉が腐った、という事は黒魔法の類か？　それにその姿は何じゃ？　ただの半人半鳥のようではないようじゃが、実に興味深いのう！」

「私は貴方に興味はないです。早々に死んで頂けると、とても助かるのですが？」

「カカッ、このハザマ・シェムハザを相手に、それは無理な話じゃて！　早々に諦めよ！」

ドロシーの矢に開けられたハザマの穴、その内部から新たな肉が爆発的な勢いで膨れ上がる。そこには既に攻撃で貫通された形跡はなくなっており、ローブ下で不気味に肉が踊っていた。

◇　◇　◇

聖杭《ステーク》の帰還機能による、世界を彷徨《さまよ》う白翼《イスラヘブン》の地の位置探知、そして結界の突破に成功した俺達は、現在白翼《イスラヘブン》の地の上空に居る。聖杭《ステーク》より飛び降り、下降する直前と言ったところだ。ちなみにスズ達は見学組なので、聖杭《ステーク》でお留守番である。

「まさか、あの甲冑《かっちゅう》の中に洗脳状態のグロリアを連れて来ていたとはな。流石《さすが》の俺も予想外だったぞ。まだその甲冑の中に居るのか？」

出発間際、ふとケルヴィムが俺に話し掛けて来た。視線の先に居るジェラールを、興味深そうに見詰めている。

「むむっ、何やら薔薇色《ばらいろ》の視線を感じるぞい！　ワシ困惑！　マジ困惑！」

「む？　急に妙な動きを始めたぞ？　中のグロリアが暴れているのか？」

「いや、そういう訳じゃないんだが……ええと、あんまり見詰めないでやってくれ。訳あって、あいつは熱い視線が苦手なんだよ」

慌てふためくジェラールに、何とも言えない哀愁を感じてしまう。

まあ、それはさて置き、ケルヴィムの言う通り、実のところジェラールの鎧《よろい》の中には、グロリア（セラの血染状態）が入っていたのだ。聖杭《ステーク》を動かす際にセラに命令させ、『間隙《かんげき》』の権能で道中の距離短縮を試みたんだが……嘘《うそ》みたいにうまくいったんだな、これが。

出発！　よし、もう到着！　という、ワープ染みた移動をした聖杭《ステーク》は、信じられない速さで白翼の地《イスラヘブン》へと辿り着いた。それはもう発案した俺でさえも驚く、前のめりな到着だ。俺でこれなんだから、敵の奴らなんてそれ以上に驚いているんじゃないかな？

「ちなみにだけど、ジェラールの中に居たグロリアは、さっき召喚術で帰還させたよ。今頃は北大陸の避暑地でまったりしていると思うぞ」

「北大陸？　グロリアを鍛錬に付き合わせたという、西大陸のダンジョンでなくてか？」

「俺らが出払っているから、そっちは見張る奴が居なくてさ。まあ、安心して任せられる悪魔に預けたから、逃げられる心配もないと思うぞ」

「北大陸の悪魔？……ああ、なるほどな」

俺が誰の事を言っているのかを理解したのか、ケルヴィムも納得してくれたようだ。

「へえ、これが天使達《たち》の大陸なのね！　建造物とかのセンスは正直微妙だけど、あらゆるものに魔力が満ち溢《あふ》れているわね！　ここで魔法を使ったら、いつもより威力が出そう！」

一方で、そんな北大陸の悪魔に近しい人物の声が耳に入って来た。そう、悪魔的なセンスを誇るセラである。

「セラ、興奮し過ぎて降りる時に舌を噛《か》むなよ？」

今にも飛び出して行きそうなセラに注意を促す。悪魔の翼やら尻尾やらがうずうずしていて、ちょいと落ち着かない様子だったのだ。

「失礼ね、噛まないわよ！　私の事よりも、こんな状況になっても食べ続けているメルを注意しなさいよ。今度はターキーを食べ始めたわよ？」

「ふぁい？」

モグモグと口を動かすメルの両手には、大きな大きなターキーが握られていた。オー、イッツビッグなターキー……

「セラこそ失礼ですね。食べる事において、私に並ぶ者は存在しないのですよ？　食べるとはよく噛む事、つまり私は咀嚼《そしゃく》のプロなのです。そんな私が自らの舌を噛むなんてミス、するとお思いですか？　たとえスカイダイビングの最中であったとしても、私は問題なく食事を遂行できます！」

　ドヤッ！　と、いつもであればセラがやるであろう表情を、器用にもターキーを口にしながら作り出すメル。確かに、これだけ器用なら、まあ……と、謎の説得力があった。

「おい、ケルヴィン。イチャついているところ悪いんだが――」

「『イチャついてねーよ（ないわよ）！』」

「フフッ、そんなイチャついているだなんて、そんなそんなムシャムシャ」

　シン総長に対し、俺達は息の合った反論をしてやった。そして、メルはターキーを食った。

「いやまあ、そこは正直どうでも良いんだけどさ。あのドロシーとかいう子、先に行っちゃったけど？」

「えっ？」

　総長が指差す方を見ると、そこには巨翼を使い、猛スピードで白翼の地《イスラヘブン》に降下するドロシーの姿が――って、何フライングしてんの!?

「おっと、私もドロシアラちゃんに負けてはいられないな。セルジュ・フロア、出るよ！」

「俺も先に行かせてもらうぞ。エルドは俺が討つ」

「待て待て、お宝は私のものだ！　ギルドの代表として、世界の遺産を確保してやろう！」

「そいじゃ、ワシも行くとするかの。中身が空になって、頗《すこぶ》る動きやすいぞい！」

「よっしゃあぁぁッ！　ムド、ボガ、俺達も行くぜ！　目指すはプリティアちゃんの場所のみぃぃぃ！」

「地獄の日々で溜《た》めた鬱憤、ここで晴らす……！」

「ま、待ってでけろ〜〜〜！」

「プリティアお姉様、今助けるからねんッ！」

ドロシーに続くように、続々と降下を開始する仲間&協力者達。結局、イチャついていた俺とセラ、飯が第一のメル、あちゃーという顔になっているシュトラが、取り残されたのであった。

「「……」」

「完全に出遅れましたね。あなた様が人目を憚《はばか》らず、私達とイチャついていたせいですよ？」

「お前は飯を食っていたせいな……」

「もう、お兄ちゃん達ったら」

シュトラには完全に呆《あき》れられてしまっているが、まだまだ戦いは始まってもいないんだ。遅れを取り戻す事は十分に可能だろう。しかし、あれほど我先にと戦いに向かったって事は、バトルに興味を持っている事の裏返しでもある。なるほど、皆そこまで戦いが好きになったのか。フッ、バトルジャンキー仲間として、俺も鼻が高いよ。

「セルシウス卿《きょう》、まだここに残っているのは、私の美しさの独り占めを狙っての事かい？

ああ、そういう事ならこのアート、いくらでもセルシウス卿の願いに協力しよう！　ほら、ほらあッ！」

……あ、いや、ルキルとアート学院長もまだ居た。君達も出遅れ組かい？　仲間かい？

「そんな仲間を見るような目で私を見ないでください。私にはこの聖杭《ステーク》を死守する役目がありますので、別にスタートダッシュに失敗した訳ではありませんよ」

「私も以前に話したように、初めから後方支援が目的だ。この聖なる遺物をライブ会場として、大陸中に我が音色を届けてあげよう。私の繊細かつ大胆な演奏は、能力の向上と様々な支援効果を仲間達に与え、敵の十権能《じつけんのう》の耳には刺激的な爆音を轟《とどろ》かせる。ああ、安心してくれ。いくら美しい私が目立とうとも、私の超人的な回避能力はこのライブ会場にまで適用され、敵の迎撃攻撃の全てを無意味なものに――」

「――よし、俺達もそろそろ出発しよう。シュトラ、俺と一緒に降下しような」

「うん、ケルヴィンお兄ちゃんの背中に乗らせてもらうね」

「わっ、ケルヴィンったら役得ね～。フライングしたジェラールが嫉妬してそう」

「まあ、今回ばかりはジェラールが悪いですね。仮孫に良いところを見せようと、張り切り過ぎていたのかもしれませんが」

こうして俺達は聖杭《ステーク》を飛び降り、十権能との戦いの場を目指すのであった。

「……ルキル君、私の美しさに見惚《みほ》れてこの場に残ってって、あれ、もう居ない!?」

◇　◇　◇

上空から降下する最中、改めて白翼の地《イスラヘブン》を見渡す。やはり浮遊大陸と言うだけあって、なかなかに広大だ。

白翼の地《イスラヘブン》の印象として、まず最初に挙がるのは街の少なさだろう。と言うか、浮遊大陸の中心部のみにしか、天使達の街は存在しない。唯一存在するその街の名は、天の都『サンゼルス』。ここにしか街がないのに、都なのはこれ如何《いか》に？　とも思ってしまうが、古くからそう伝わっているのだから、今更突っ込んでも仕方がない。兎《と》も角《かく》、このサンゼルスには天使達が生きていく上での衣食住、その全てが揃《そろ》っているのだという。

建造物の殆《ほと》どは白銀色で、セラの好みとは真逆の神々しいデザインで占められている。まあ、街全体がデラミス大聖堂みたいな感じ、って言えば分かりやすいか。デラミス大聖堂も同じような色合いだったし、もしかしたら同じ素材で造られていたり？　太陽光が反射して、慣れないと眩《まぶ》しいくらいだ。だからこそ、街から感じられる神々しさが倍増しているのかもしれないが……コレットがこのサンゼルスを訪れたら、その身に秘めた信仰心を抑え込む事ができずに、二重の意味での聖地巡礼をし始めそうだ。ほら、メルのかつての故郷でもある訳だし、尚更《なおさら》やばそうだろ？　うん、やばそう……あと、かつて天使の長達が居たという『叡智《えいち》の間』も、このサンゼルスの中枢に位置しているらしい。

「衣食住の全てを賄っていると言っても、それほど良い場所ではありませんよ。次代の神候補として厳しい規律がありましたし、食事は必要な栄養素を摂取できればそれで良いという、何とも食べ甲斐《がい》のない固形食ばかりでした。娯楽も酷《ひど》いもので、瞑想《めいそう》と大図書館での知識の習得、推し活に――コホン！……神に対する信仰活動くらいしか、やる事がありませんでしたから」

「メルにとっては厳しい環境だな」

「その通りです！　まあ、そんな経緯があったからこそ、あなた様とも出会えたのですがムッシャムシャ（ポッ）」

頼むから、顔を赤らめながら飯を食わんでほしい。まあ、天使の取り纏《まと》め役であるラファエロさんでさえも、あんな感じだったんだ。一般的な天使が重要視しているのは、推し活という名の信仰なんだろう。故郷を飛び出したメルとは、根本的に価値基準が異なっている。

「ドロシーとケルヴィムは、っと……どうやら一直線に、そのサンゼルスへ向かったみたいだな。確かに、あの街中からはでかい気配を二つ感じるが、さて」

残る十権能のうち、二人がそこに居るとして、他の奴《やつ》らは――ああ、居た居た。

三人目、あのでかい山の頂上。配下ネットワークに構築した地図情報から察するに、あれは白翼《イスラヘブン》の地で最も標高の高い『エンベルグ神霊山』である筈《はず》だ。遥《はる》か空の上空に佇《たたず》む浮遊大陸、その中で一番高いところにある場所という事で、神の住まう領域に最も近い神聖な場所、ともされているんだそうだ。その分空気が薄く、いや、殆どないに等しい環境である為《ため》、天使達でさえも頂上に登る事はできないんだとか。

「なるほど、面白い場所を戦場に選んでくれたもんだ」

「エンベルグ神霊山に向かったのは、ダハク、ムドファラク、ボガ、そしてグロスティーナの四名ですね。という事は……」

「ああ、まあそういう事なんだろう。俺も死ぬほど興味があるけど、流石にあいつらの邪魔はできないからな。あそこはパスしておこう。よし、次」

……おし、見っけ。けどこいつ、随分と大陸の隅の方に居るな。既に地上へ降り終えたジェラールが、必死の猛ダッシュして向かっているみたいだけど、まだまだ道のりは遠そうだ。

「場所的には、ええと……」

「白翼《イスラヘブン》の地を浮遊させている心臓部の一つですね。確か、そこはメインの動力部になっていた筈です。他にも幾つかの予備があった筈ですが、破壊されると色々と厄介な事になるかと」

「げっ、マジかよ。白翼《イスラヘブン》の地を地上にぶつける、なんて馬鹿な事をあのチビっ子が言っていたけど、本当にそうなったら洒落《しゃれ》にならないぞ」

「ジェラールの鈍足だと、到着が大分遅れそうね。ケルヴィン、私もそっちの方に行ってみるわ。何だか嫌な予感がするし」

「セラ、お前が言うと大体本当の事になるんだから、あまり不吉な事を言うなよ……だがまあ、セラに任せれば安心か。よし、頼んだ！」

「フフン、頼まれてあげる！」

魔法を詠唱、速度を倍加させる風神脚《ソニックアクセラレート》をセラに付与する。その直後、セラは紅のオーラを纏い、宙を全速力で駆け抜けて行った。おー、風神脚《ソニックアクセラレート》込みとは言え、また一段と速くなったものだ。

「……セラに譲ってよろしかったのですか？　あの場所から感じる気配、エンベルグ神霊山のものと同じくらい強いものでしたよ？」

「まあ、それはそうなんだけど……あそこまで遠いと、俺の欲望が我慢できるか怪しい」

「あ、ああ、そういう事ですか。ご馳走《ちそう》を目の前にしたら、尚更ですからね……では、あそこの五人目は？」

メルの視線の先、そこにはエメラルド色に澄んだ湖、そしてその中央にそびえる、ひと際大きな巨樹があった。湖だけでなく、その巨木自体もエメラルドカラーで、実に幻想的な光景だ。

「あの巨樹は『世界樹』と呼ばれる、奇跡そのものです。先ほどのエンベルグ神霊山と同じように、天使達《たち》から神聖視されています。葉を煎じれば万病に効き、枝で体の箇所を固定すれば、数分後にはどんな骨折も完治、中には死人が蘇《よみがえ》ったという逸話もあるほどでして。私も子供の頃、よくお世話になったものですよ」

「え、子供の時に何かあったのか？　もしかして、昔は病弱だったとか……？」

「いえ、駆けっこをして転んだ時などに、こう、葉をむしっと」

　無造作に何かを摑《つか》み取るような、そんな仕草をしてみせるメル。何か、とはメルが言う通り、世界樹の葉っぱな訳で——って、いやいや、お前自分で奇跡そのものとか紹介しておいて、気軽に何やってんの!?　天使達に神聖視されてるって事は、そういう事じゃないの!?

「清楚《せいそ》な私も、あの頃は年相応にやんちゃだったのですよ」

「お前さぁ……」

　妻の新たな過去を知り、嬉《うれ》しいような悲しいような。が、俺の背中に居るシュトラは全く違う感想を抱いたようで。

「ねえねえ、メルお姉ちゃん。世界樹って私も御伽噺《おとぎばなし》として知ってるけど、その世界樹だったりするの？」

「ええ、その世界樹だったりしますよ。白翼の地《イスラヘブン》は見ての通り浮遊大陸ですから、何かの拍子で落葉した世界樹の葉が風に乗り、地上へと舞い降りる事があるのです。それが伝説の基となり、世界のどこかに世界樹と呼ばれる伝説の巨樹が存在するんだ！……といった風に、言い伝えが出来上がった訳ですね。癒しの効果だけでなく、樹木の大きさも世界一だとか、地域によって表現が大袈裟《おおげさ》になっているところもあるようですが」

「わあ、本当にそうなのね！　凄《すご》い凄い！」

「シュトラ、珍しく興奮気味だな。そんなに凄い事なのか？」

「うん、とっても！　実は私、地図を見た時から気になっていたの。世界樹の近くに敵がいるのなら、私はそこに行く！」

　おっと、シュトラも行先決定か。だけど、あの世界樹近辺に向かった奴は、先行組に居なそうなんだよな。流石《さすが》にシュトラを一人で向かわせるのは、お兄ちゃん、ちょっと心配だ。

「メル」

「分かっていますよ。私も世界樹へ向かいましょう。シュトラ、私の背に」

「はーい」

　よじよじと俺の背からメルの背へと、シュトラが移動する。

「それで、結局あなた様は如何《いかが》されるのです？　六人目の場所ですか？」

「いや、それが十権能の六人目、いくら気配を探っても全然見つからないんだよな。どっかに隠れているんだろうが……って、セルジュとシン総長もどこに行った？　全然気配がしないぞ？」

「隠密《おんみつ》モードで六人目を捜している、といったところでしょうか。或《ある》いは、隠密モードでお宝探し？」

「あー……」

　どっちもあり得るし、どっちも自由人だから予想がつかない。まあ、最低限の仕事をしてくれるとは思うし、今は二人を信じるとしよう。となれば、今俺が選ぶべき道はどれだろうか？

「――よし、決めた」

◇　◇　◇

世界樹がそびえる湖、そこには十権能の一柱である元支配神、レム・ティアゲートが居た。湖の辺《ほとり》に腰掛けた彼女は足先だけを水に入れ、時折ちゃぷちゃぷと水を跳ねさせる。長閑《のどか》な環境、そしてレムの幼い容姿と相まって、その光景は平和そのものだ。

「来た……？」

何かを察したのか、軽く動かしていた足を止め、レムは背後を振り向く。そこへやって来たのは――

「やあ、可愛《かわい》らしいお嬢さん。一人？　今暇？　私とお茶しない？」

「……」

――セルジュ・フロア、可愛らしい女の子が大好きな、歴代最強美少女勇者であった。平和だったこの場所が、セルジュはレムの姿を見るや否や、あろう事か脊髄反射でナンパを仕掛けたのだ。一気に何とも言えない空気に包まれ始める。当たり前だが、レムも眉をひそめて警戒している様子だ。

「何でよりにもよって……貴女《あなた》がここに……」

「え、そんなに驚いてくれるの？　サプライズにしようと思って、わざわざ気配を消して来たんだよね。いやはや、頑張った甲斐《かい》があったってものだよ～。じゃ、ちょっと待っててね？　こんな時の為に、私ってば早起きして、お弁当を作って来たり～」

「た、食べません、よ……？」

「ええっ!?」

当然の反応に、セルジュはマジなショックを受けていた。どうやら、本気でナンパをするつもりだったようだ。

「い、いやいや、そんな即決で断るものじゃないってば～。私、料理においても完璧美少女だから、拙くも努力の跡が垣間見《かいまみ》える、好感度爆上げなお弁当に仕上げて来たんだよ？　愛情たっぷり、レムちゃんを想《おも》いながら作った、超絶愛のお弁当！　食べたら会心の一撃、間違いなし！」

「ますます、どうでも良い、です……貴女の目的はいまいち、よく分かりませんが……私の目的は、とても明白、明瞭、です……」

――ズザザァァ――――ン！

レムの言葉を合図に、世界樹の湖が一気にせり上がる。初めから何かが湖《そこ》に潜んでいたのだろう。その数は凄《すさ》まじく多く、そして巨大であった。

「おっと？」

流石のセルジュもそんな状況では会心弁当を出す事ができず、湖から距離を置くようにバックステップで後退していた。

「何だ何だ、君達は？　私はこれから連れとデートなんだ。邪魔しないでほしいなぁ」

「誰が、連れですか……むしろ、この子達が私の連れ、なのです……」

湖から出現したそれらは、言うなれば質量を伴った影のような存在で、辛うじて人型のシルエットを保ってはいるが、そのどれもが黒い靄《もや》を纏い、酷く朧《おぼろげ》気な状態だった。大きさには個体差があり、2メートルほどの者が居れば、10メートルに届くほどの巨軀《きょく》を持つ者も居た。そららは湖から次々と這《は》い上がり、辺《ほとり》へ、そして更にその先へと侵食していく。空いた隙間はすっかり影に埋め尽くされ、神秘的であったあの光景は、今やどこにも見当たらない。

（うへー……話には聞いていたけど、流石にこれは多過ぎない？　何これ、数百ってレベルじゃないよね？　数千、下手をしたら万までいっちゃうかも？）

弁当をどのタイミングで取り出そうか、未《いま》だに迷っていたセルジュであったが、流石にこうなってしまっては無理だなぁと、状況の見極めへとシフト。漸《よう》く本格的に戦う気になったようだ。

「ふぅん？　こんなに連れが居るのなら、少しは警備役に回した方が良かったんじゃない？　それとも、あんまり遠くまでは展開できないとか？」

「そんな事は、ありません……けど、教えてもあげません……」

「なるほどなるほど。下手に分散させるよりも、こんな風に戦力を一ヵ所に集中させて、確実に撃破する事を狙った訳だ？　何だかんだ言って、私の事を評価してくれているんだね、レムちゃん！　好き好きッ！」

「な、何言ってるの、この人……？」

レムを余計に困惑させる事に成功したセルジュであるが、状況はあまり芳しくない。幻想的であったエメラルドカラーの湖が、今や漆黒の巣窟へと変貌してしまった。つまるところ、右も左も敵だらけなのである。

（敵が増えて一大事、でもそれより不味《まず》いのは……とっておきのデートスポットが、台無しになっちゃったって事！　こんなところに来て喜ぶの、悪魔くらいなものだよねぇ……）

……正直なところ、この場面でそれは比較的どうでも良い事である。だがまあ、セルジュが考えている通り、前者だったらまだしも、後者はデートスポットにはなり得ないだろう。どこかの死神なら異論を唱えていたかもしれないが、生憎《あいにく》とセルジュにはそのような趣味がなかった。

「レムちゃん、支配の神様だったんだよね？　それ、一体何を支配しているのかな？　そんなのは奈落の地《アビスランド》にも居なかったと思うんだけど、私の気のせい？　倒したら周り綺麗《きれい》になる？」

「し、質問ばかり、ですね……わざわざ教えてあげる義理は――」

「――当然、ないよね～。うん、知ってた知ってた～」

苦笑しながら聖剣ウィルを抜き、徐《おもむろ》に刃を分裂させていくセルジュ。二振りのウィルは四振りになり、更に八、十六と得物の数が倍々に増えていく。

「面白い剣、ですね……けれど、その程度の数では――」

「――全っ然足りないって言いたいんでしょ？　大丈夫、私は量より質のタイプだから。それに沢山の敵を相手するの、結構得意だし？」

「あ、あの……できたら私の言葉、遮らないでください……グスッ……」

泣きそうになってしまうレム。だが、これを何とか堪《こら》える。僅かに涙を溜《た》める程度で我慢する。

「ご、御託はもう沢山です……！　貴女がどこの誰であろうとも、私の人形達には、決して――」

「――ちょっと待ってぇ――――！」

「ッ!?」

真上より聞こえて来たその叫びに、セルジュとレムは空を見上げた。そこには猛烈なスピードで迫るメル、そしてその背に掴まるシュトラの姿が。

「よっと！……ふう、何とか間に合ったようですね。急いだせいで、余計なカロリーを使ってしまった気がします」

「ありがと、メルお姉ちゃん。私の我《わ》が儘《まま》で急いでもらって、ごめんなさい」

「いえ、良いのです。それよりも……どうやら私達、注目を一身に浴びているようで」

そう言って、メルは面倒臭そうに辺りを見回す。そこは今も尚《なお》、湖から敵が増殖を続ける敵陣の真っただ中。既にメル達の周りは、敵の影だらけとなっていた。

「フッ、どうやら今日の私、いつにも増して幸運みたい。まさかレムちゃんに続いて、シュトラちゃんまで来てくれるとはね！　私、『絶対福音』に初めて感謝しちゃいそう♪」

「ちょ、ちょっと！　別にそういうつもりで来た訳じゃないよ!?」

「……あ、あれ？　あの、私は？」

　話の中に自分の名前が出て来ない。その悲しい事実に気付いたメルは、自らの顔を指差し、何かを訴えかけるようにセルジュに確認する。

「え？　あー、いや、うん……しょうみ、転生神メルフィーナは何か違うかなって」

「ど、どういう意味です!?　私、自分で言うのも何ですけど、それなりに容姿は整っている方だと思いますよ!?　ほら、十七歳ですし！」

「十七歳、私《それ》の世界ではツッコミどころだからね？　それに何でと言われても、いまいちピンと来ない！……としか、言いようがないと言いますか」

「む、むきぃぃぃぃ！」

「メ、メルお姉ちゃん、落ち着いて！　他の誰が何と言おうと、ケルヴィンお兄ちゃんはお姉ちゃんの事が好きだから！」

　ギャーギャー、ギャーギャーと、世界樹周辺が一気に騒がしくなる。周りを取り囲む影達《たち》も、どうしたものかと微妙に困っている（？）ように見える。そんな中、一人だけ流れから取り残されたレムは、全身を小刻みに震わせており――

「うう、グスッ、グスッ……私の、話、グスッ……遮らないでって、言ったのに……あまつさえ、む、むむ、無視され、てる……！　うっ、うっ、ううう……うわぁ――――ん！」

◇　◇　◇

「うぇっ、うぇっ……うぇぇぇ――――ん！」

世界樹周辺に轟《とどろ》く、レムの慟哭《どうこく》。それは普段の声量の小ささからは想像のつかない、途《と》轍《てつ》もなく大きな泣き声であった。

「お、おいおい、レムちゃん？　それはいくら何でも、泣き過ぎってものじゃないかい？　流石の私も吃驚《びっくり》だぜ？」

「いえ、あの泣き声こそが支配神の本領なのですよ。周りをよく御覧になってください」

「へ？」

メルフィーナの言うように、レムが泣き叫ぶ事によって、三人を取り囲んでいた影達にも変化が生じていた。先ほどまで困った様子の彼ら（？）であったが、今は一切迷いが見られないのだ。もっと言ってしまえば、敵意と殺意しか宿していないような、殺伐とした雰囲気なのである。

「支配神のコントロール下にある者達は、彼女の感情によって戦闘力を大きく変えていきます。彼女の心の内を表すかの如《ごと》く、平時であれば優柔不断、個体の強さもまちまち……ですが、一度《ひとたび》彼女が感情のままに泣き叫べば、それらは一転して冷酷な戦闘マシンと化すのです。この他にはない特徴から、かつて彼女は『泣きむ支配神』として、神々から恐れられていたとか」

「何その面白設定!?」

「えっと……ブリーフィングの時に私、ちゃんと説明した筈《はず》だよね？」

「えっ、そうなの？……てへぺろっ！」

可愛らしく舌を出し、誤魔化しを図るセルジュ。どうやら、事前の打ち合わせを真面目に聞いていなかったようだ。プンスカと、シュトラに怒りマークが付きそうである。

「ヒック、ヒック……また、また私を無視して、自分達ばかりでお話ししてる……うぅぅあ――――ん！」

「「ッ！」」

この期に及んでそんな調子のセルジュが気に障ったのか、レムは更に大きな泣き声を上げた。そしてその声が合図となり、遂《つい》に周りの影達が行動を開始する。

ある影は人間のように走り、ある影は獣の如く四足歩行で、またある影は巨体を大きく跳躍させて、メル達の下《もと》へと迫り来る。口がない為《ため》なのか叫びは皆無、但し周辺にはレムの泣き叫ぶ声で、そして影達が鳴り響かせる跫音《きょうおん》で一杯になっていた。

「何はともあれ迎撃だね！　メルフィーナにシュトラちゃん、自分の身は自分で守れる？」

「愚問ですね」

「ゲオルギウス、よろしくね！」

聖剣の二刀流、そして展開させていた宙のウィル達を従わせるセルジュ。ケルヴィンが創り出した新たな相棒、銀色に輝く銀翼の熾天使《ゼラフ》を構えるメル。戦闘用巨大熊型ヌイグルミ、ゲオルギウスの背に乗り移り、両指の魔糸で複数の騎士型ゴーレムを操るシュトラ。一瞬で臨戦態勢となった三人は、互いに背を預ける形で影達を迎え撃つ。

◇　◇　◇

「むっ？　今、大地が揺れんかったか？」

「空飛んでる私にそれ聞いたって、分かる訳ないじゃないの」

無事に合流を果たしたジェラールとセラは、現在も目的地に向かっている最中に居た。ジェラールは鎧《よろい》をガシャガシャと鳴らしながら全力疾走、セラは悪魔の翼を羽ばたかせながらの空中移動だ。ジェラールの速度に合わせている為、セラのスピードは若干抑え目である。

「浮遊大陸なんだから、地震が起こったって事はないでしょ。考えられるとすれば、どこかで戦闘が始まったとか、そんなところじゃない？」

「じゃろうなぁ。しかし、ううむ……ワシら、随分と出遅れておらんか？　頑張って走っとるのに、未だに目的地にさえ着かんのだが」

「まあ、あんまり遠くて、ケルヴィンも私らに任せるくらいの場所だからね」

「む、そうなのか？」

「ええ、私が出発した後にケルヴィンがそう言っていたの、少しだけ聞こえたからね。けど、そこに居る十権能《じっけんのう》の気配……うん、やっぱり馬鹿みたいに強いわ。それこそ、グロリアとは比較にならないくらいね」

「ふむ、強敵なのは間違いなさそうじゃの……っと？」

小さな丘を駆け抜けたジェラールの眼前に、建物らしきものが現れる。らしき、と表現したのは、それがこれまでにジェラールが目にした事のない、何やら異質な雰囲気が漂う人工物であったからだ。

「アレは何じゃ？　平原のど真ん中に、銀の箱のようなものが置かれておるぞい？」

「んんー……？」

平原の上に置かれていたのは、真四角の銀の箱だった。両開きの扉のようなものが正面に見える。家、と言うには箱のサイズが小さく、小屋程度の大きさしかない。なぜこんなものが、自然物しか見当たらない平原に？　そんな疑問が二人を取り巻く。

「一応、ここらが目的の場所だった筈よ。この大陸を浮かばせている心臓部があるって、メルはそう言っていたのだけれど……」

いくら周りを見回しても、それらしきものは銀の箱しか確認できない。では、あの銀の箱が白翼の地《イスラヘブン》の心臓部なのかと言うと、それも違うような気がした。十権能の気配は、箱の中からはしていないのだ。

「敵の気配は地面の真下……あっ、これってもしかして、エレベーターってやつ？」

「エレベーター？　ギルド本部にあった、あの珍妙な装置の事か？」

「そうそう、そのエレベーター。ケルヴィンから本部の話を聞いて、実は私もそのエレベーターに何度か遊びに行ったのよ。なかなか楽しいわよね、アレ！」

「あ、遊びにって……よくギルドの受付が通してくれたのう？」

「うん、最初は止められたんだけどね。でも、シンって人が通りかかって、満足そうにオーケーを出してくれたの！　フッ、漸《ようや》くものの価値を分かる人物が現れてくれたか……って！」

「そ、そうか……」

セラの物真似《ものまね》は妙に似ていた。

「きっとあの箱の中も、その類の装置になっているのよ！　地下に急降下で移動するの！」

「急降下かどうかはさて置き、アレが地下へと繋《つな》がる入口だとすれば、十権能の気配が地面の下にあるのも頷《うなず》ける話じゃのう。よし、ならばあの正面の扉、開けてみるとするか！」

周囲を警戒しつつ、箱の扉へと近付く二人。この間、敵に動きは一切なく、妨害や攻撃をされる事も特になかった。

「ここまで何もないと、逆に不安になるわね……私達、誘い込まれているのかしら？」

「向かう先に罠《わな》が仕掛けられていないか、一層警戒しなければならんのう」

箱の前に到着した二人は、改めて扉を確認する。扉は何かを操作して開けるタイプのもののようで、ドアノブのようなものは付いていない。しかし、周辺に操作盤らしきものは見当たらなかった。

「ふんぬっ！」

——ガシャン！

よって、扉は力ずくでオープン。扉は重厚かつ頑丈だったが、ジェラールの馬鹿力がそれら問題を全て解決してくれた。

「扉の中は……やだ、真っ暗ね。エレベーターもないし、底の見えない穴がどこまでも続いているだけだわ」

「むう、やはり正規の方法で開けんかったからかのう……どうする？　ワシらはエフィルのように、灯《あか》りなんて出せんぞ？」

「んー……仕方ないし、このまま潜るしかないんじゃない？　光がなくても私は夜目がきくし、後はまあ、勘で何とかなるでしょ」

「勘で何とかなるのは、セラだけなんじゃよなー……」

「何言ってんの。ジェラールだって、『心眼』のスキルがあるじゃない！　心の目で見れば、きっと行けるわ！」

「いや、そういう効果はないんじゃけど、心眼……まあ、確かになるようになるか。幸い、ワシなら多少高い場所から落下したとしても、特に問題はないからのう」

「なら決まりね！　よーし、行くわよー！　とうっ！」

「決断早っ!?　待て待て、ワシも行く！　ほいっと！」

セラとジェラールは穴に飛び降り、暗闇の中へと消えて行った。

◇　◇　◇

セラ達が飛び込んだ暗闇、言ってしまえばエレベーターのシャフトなのだが、その中はどこまでも闇が広がっていた。真下に続いていると思えば、決してそういった訳でもなく、緩やかに方向を転換したり斜めに進み始めたりと、かなり入り組んだ構造となっている。

「うごあっ!?」

「もう、ジェラールったら静かに進みなさいよ。敵に気付かれちゃうじゃない！」

「そ、そうは言ってものう……」

そんな道を下って行くに当たり、ジェラールは何度も壁との衝突を繰り返していた。パーティー の頑丈さを誇るジェラールである為、ダメージを負う事は一切ないが、その度に大きな音が発生&発生。夜目の利くセラは兎《と》も角《かく》として、灯りもなしにこのような道を突き進むのは、やはり無謀であったようだ。

「まあ、でも今更かしら。十権能の中でも上位に位置する敵なら、私達がここへ入った時点で気付いているでしょうしね」

「じゃろうな。しかし、何もして来ないのは不思議じゃのう。暗闇に乗じての不意打ち、罠の類を仕掛けるなど、やりようは幾らでもあると思うのじゃが」

「うーん……案外、ケルヴィンみたいに正面からの戦いが好きな奴《やつ》だったり？　ほら、ゴルディアーナを倒した十権能も、そんな感じだったんでしょ？って、思い出したらムカついてきちゃった。今回はダハクに譲ったけど、次は私がゴルディアーナの敵《かたき》を討ってやるんだから！」

「いやいやいや、敵って。ゴルディアーナ殿、まだ死んでおらんから。囚《とら》われの身じゃから」

「分かってるわよ。ゴルディアーナが挨拶もなしに死んじゃう訳ないもの。それに……まあ、ジェラールだったら、敵討ちを先にやらせてあげても良いわよ。私は親友だけど、ジェラールは、その……ゴルディアーナと大人の関係だった訳だし――」

「――一切合切違うわい！　そんな関係捏造《ねつぞう》せんでくれ！」

シャフト内にジェラールの叫びが響き渡る。最早《もはや》そこに隠密《おんみつ》行動という言葉は微塵《みじん》もない。その道のプロ、今回不在のアンジェがこの様子を目にしたら、泡を吹いて倒れてしまいそうだ。

とまあ、そんな感じでわいわい騒ぎながら二人が道を進んで行くと、僅かな光が灯《とも》された広大な空間に行き着く。空間の中央には巨大な機械装置が鎮座しており、何本もの太いケーブルと繋がっていた。またその機械装置の真上には、赤紫色の大きな宝石が浮遊している。

「見るからに重要そうな物体じゃのう」

「十中八九、この浮遊大陸の動力源《コア》よね。で、アンタは？」

　二人の目に映っていたのは、白翼の地《イスラヘブン》の動力源だけではなかった。機械装置の前にて、祈りを捧《ささ》げるような格好で座っていた人物が居たのだ。その者の名はイザベル・ローゼス。セラの問い掛けを受けて、彼女は床に置いていた杖《つえ》を手にし、静かに立ち上がる。

「じ、十権能の一人、イザベル・ローゼス、です。あの、降伏するつもりは……ありません、よね？　それで、大人しく魂を明け渡す気も——」

「ないわね！」

「ないわい！」

「で、ですよね、そうですよね……すみません、変な事を聞いてしまって。でも、でも……素晴らしいです」

　顔を上げたイザベルの表情は、非常に晴れやかなものだった。今から戦いに挑もうとする者の顔とはとても思えず、むしろ相手を慈しんでいるようにも見えるほどだ。

「神を前にしても己を曲げず、自らの意志を最上とするその姿勢……感嘆に値します。ああ、やはり世界はこうあるべきだったのですね」

「……？　何訳の分からない事をごちゃごちゃ言ってるのよ？　戦う気あるの？」

「ええ、ええ、もちろんですとも。是非とも、この世界で生まれ育った貴方達《あなたたち》を、もっと理解したい。直《じか》に感じてみたいのです」

胸に手を当て、牧師のような語り口調で話を続けるイザベル。その声色は柔らかで、耳に心地よいものだ。しかし、だからこそ、この戦場には場違いとも言えた。

『……ジェラール、こいつ大丈夫かしら？』

『ワシに聞かんでほしいわい。だが、油断するな』

『当然、欠片《かけら》もしていないわ』

セラとジェラールは既に臨戦態勢を整え終えている。今は相手の出方を窺《うかが》うに止《とど》めているが、戦うとなればいつでも始められる状態だ。二人はイザベルの言葉、そして一挙手一《いっきょしゅいっ》投足《とうそく》に集中する。

「だからこそ、私も誠意を示そうと思います。――聖死架苦刑《ドライエック》」

「「ッ!?」」

何の予備動作も、魔力の流れも感じられない刹那の瞬間。気が付けばセラ達は、結界らしき壁に取り囲まれていた。結界は全体的に淡い青色で、歪《いびつ》な紋章が描かれた立方体となっている。つまるところ今、セラ達はその四角い結界の内部に居る訳だ。傍目《はため》からすれば閉じ込められてしまったように見えるが、セラが危機感を覚えたのは、それとは別の事柄だった。

『うわっ、結界の構築、全っ然気が付けなかったわ……ジェラールは？』

『セラが気付けんかったら、ワシはお手上げじゃわい。奴の権能か？』

そう、セラの察知能力をもすり抜ける、結界の展開力の早さが問題であったのだ。今のケルヴィンでさえ、栄光の聖域《グローリーサンクチュアリ》などの魔法を使用する際は、瞬き程度の間は必要としている。魔力の流れを隠そうとしても、セラならば感じ取る事ができる。だが、今に目にしているイザベルの結界魔法からは、そういったものを何も感じ取る事ができなかった。発現まで何の予兆もなく、全く認識できないというのは、セラの悪魔生において、これで二度目の事である。

（なるほどね。突然目の前に攻撃を置きに来てた、あのグロリアの姉らしい能力じゃないの……！）

権能三傑《けんのうさんけつ》の一柱に数えられる『守護神』イザベル・ローゼス、ケルヴィムの情報通りであれば、彼女はグロリアよりも格上の存在である筈《はず》だ。非常に厄介。と、セラはそう思うと同時に、やっぱりケルヴィンもこっちに来れば良かったのに、なんて事も想《おも》ってしまう。

「色々と不思議に思っているようですね。ならば説明致しましょう。私の権能『境界』は、ある条件下で結界を作り出すというものです。今作り出した結界も、もちろんその権能によるものですよ」

「へえ、気前が良いのね。まあ、教えてくれるってなら聞いてあげるけど？」

「フフッ、素直な性格の方のようですね。ますます素晴らしい」

「お世辞は要らないわよ。で、その条件ってのは？」

「この権能の名の通り、そこに何らかの境界がある事、ですよ。身近なもので喩《たと》えれば、敷地を区切る庭の塀。大きな規模で表せば、国と国とを区切る国境線──どんな些細《ささい》なものでも、どれほど厳格なものでも、それが境目であると私が認識すれば、この権能は力を発揮するのです。即座に、自在に、自由に、無制限に発揮されるのです」

「ふむ？　その説明が本当であったとしても、ワシらの周りにその境界に当たるものはないと思うが？」

「……ジェラール、床よ」

「む？」

　ジェラール達の足場となる床には、大量のタイルが敷き詰められていた。それらは何の変哲もない、どこにでも見受けられそうな、ただの床タイルだ。しかし見方を変えれば、その一つ一つには境界線がある。今二人を取り囲んでいる結界も、確かにそれらタイル同士の境目、その組み合わせから成り立っているものであった。

「……これを境界と言い張るのか。まるで幼子の言葉遊びのようじゃのう」

「いえいえ、子供の遊びも馬鹿になりませんよ？　子供には子供にしかない、豊かな発想力がありますからね。それに、ほら、貴方達は今もこうして、多くの境界を跨《また》いでしまっている」

　──ズッ……！

　次の瞬間にセラ達に降り注いだのは、境界の全てを区切ろうとする格子状の結界、否、結界という名の刃であった。

◇　◇　◇

――ズッ……！

「おっ！」
「むっ」
「あらん」
「え、えっ？」

エンベルグ神霊山、頂上。目的の気配を辿《たど》りこの場所へと至ったダハク一行は、突然遠くから発せられた殺気を感じ取っていた。ボガだけはよく分かっていない様子だが、ダハク、ムドファラク、グロスティーナの三名は、彼方《かなた》でまた新たな戦いが始まった事を理解したようだ。

「へっ、どうやらまた新しい祭りが始まったようだな。どうだ、俺達もそろそろ始めねぇか？　なあ、ハオさんよぉ？」

「……」

ダハク達は現在、十権能《じっけんのう》の一人であるハオと対峙《たいじ》しているところだ。目を瞑《つぶ》り、沈黙を続けるハオの背後には、封印されたゴルディアーナの姿が見える。十字架の前に宙吊《ちゅうづ》りにされてしまったゴルディアーナは、全てを受け入れるが如《ごと》く、両腕を大きく広げた慈愛溢《あふ》れるポージングで封印されていた。……以前と若干ポージングが異なっているような気もするが、そんな事はダハク達が知る由もないので、誰もツッコミを入れようとはしていない。

「ッチ、だんまりかよ。相変わらず無愛想な野郎だ。だがよ、俺達はてめぇに借りを返さなければならねぇ。プリティアちゃんをあんな痛々しい姿から、一秒でも早く助け出す為《ため》にもな！」

「そうよぉ！　お姉様を助け出す為に私達ぃ、死に物狂いで強くなったんだからん！」

「……強くなった、か。なるほど、多少はできるようになったらしい。貴殿らの内から出《い》でる力強さを、確かに感じ取る事ができる。しかも、これまでとは異なる力も手に入れたようだ」

　ゆっくりと目を開いたハオの顔は、未《いま》だ無表情そのものだ。しかし、その声色はどこか嬉《うれ》しそうに笑っているようでもあった。

「お、おお……？　何だか、心を読まれているみたい、だな？」

「そんな事、メル姐《ねえ》さんだって主《あるじ》に対してよくやってる。別に珍しくない」

「そう、この程度の事は特段珍しくはない。相手の気を探る術に長《た》けた者であれば、いつかは辿り着ける程度のものだ」

「……真面目に返されるのも困る」

悪態を悪態と捉えないハオに対し、ムドはかなりやり辛《づら》そうである。

「この偽神の守護をしていれば、必ず貴殿らが来るとは思っていたが……うむ、俺の予想を上回る成長っぷりだ。どうやら、蛮勇を振るう未熟者からは脱したようだな。今のうちに、以前の言葉を訂正しておこうか？」

「ああん？　要らねぇよ、てめぇの言葉なんかよ。それにだ、てめぇは言葉なんかよりも、拳で語った方が性《しょう》に合ってんじゃあねぇか？」

「竜である貴殿が拳を語るのか？　面白い、是非ともご教授願いたいものだ。武を学ぶ竜との戦いなんて、そう経験できるものではないからな」

「ハッ、言っていやがれ！　てめぇら、行くぞぉ！」

闘志を燃やすダハクの全身に、何やらオーラめいたものが纏《まと》われ始める。それは紛れもなく、ハオがゴルディアーナとの戦いでも目にした、あの『ゴルディア』のオーラ。色は基本の赤であり、まだまだ発展の途上ではある。しかし、短期間にゴルディアの基礎を習得したこの事実は、偉業と呼ぶに相応《ふさわ》しいものだった。

「ほう」

それこそ、ハオを唸《うな》らせるほどに。……但し。

「ダハク、口が悪い。てめぇなんて言葉で、私を含まないでほしい」

「てめぇ、って誰、なんだな？　おではボガ、なんだな？」

「うーん、お姉様を救出する大事な場なんだものぉ。もっとお上品にやりたいわん。ねぇん、やり直さな～い？」

「ハァ――――!?　馬鹿、この馬ッ鹿共!?　おいおいおいおい、こんな時にふざけてんじゃねぇよマジかよ!?　プリティアちゃんの前なんだぞ!?　色々と台無しじゃねぇか!?」

「……」

纏い始めていたダハクのオーラは、そんなツッコミと共に四散してしまっていた。息が合わないと言うか、何とも締まらないと言うか……兎《と》も角《かく》、緊張感が一気に吹き飛んだのは事実だろう。対峙するハオからも、何とも言えない微妙な空気が漂って――

（この俺を前にして、このような茶番を披露するとは……フッ、面白い。力と武だけでなく、土壇場での胆力もつけて来たと、そう言いたい訳か。やりおる）

――違った。むしろ感心しているようだった。この男、どうやら冗談を冗談と捉える事ができないようである。

「ったくもう、締まらねぇなぁ！　分かったよ、仕切り直すよ！……ムド、ボガ、グロス！　今度こそ俺達の手で、プリティアちゃんを助け出すぞ！」

「ダハクがそこまで言うのなら、まあ仕方ない。地獄の鍛錬の成果、今こそ見せる時」

「む、むん……！」

「さあ、いくわよ！　メイク☆ア～～～ップ（はぁと）」

個性豊かな叫びと共に、改めて四人がオーラを纏い始める。更に、だ。ダハクは地面から生やした植物、ムドファラクは極彩色の光、ボガは突如として迫《せ》り上った岩の中に、その姿を隠していった。一方のグロスティーナは、何やら裸体となって紫色の光を発し始め、某魔法何たらの変身シーンの如く——訳あって、これ以上のグロスティーナの説明は省く事とする。
「ほう、竜本体への変身というものか？」
「へっ、別に今攻撃してくれたって構わないんだぜ？　俺らとお前は敵同士なんだから
よぉ！」
「いいや、遠慮しておこう。それで強くなるのだろう？　ならば、邪魔をする必要はどこ
にもあるまい」
ダハク達が隙を晒《さら》しているこの最中にも、ハオは一歩もそこから動こうとはしなかった。
どうやらこの間も手出しはせず、ダハクらがどのように変化するのか、見定める事に徹す
るつもりでいるようだ。
「ッチ、また余裕をかましやがって……ならよ、とことん見やがれ！　これがプリティア
ちゃんのナイトとなる、新たな俺の姿だッ！」
（……ナイト？）
ダハクの発した言葉の意味が、一部理解できなかったハオであったが、それはそれとし
て、四人の変化に注目する。分け隔てなく、グロスティーナの変身にも注目する。
——グゥオォ———ン！
鳴り響いたのは爆発音、或《あ》るいは竜の咆哮《ほうこう》だろうか。ダハク、ムドファラク、ボガから何

かが弾《はじ》け、土埃《つちぼこり》が周囲に巻き起こる。が、それら土埃もまた一瞬にして四散した。

「……待たせたな」

人型でありながら竜の性質を色濃く引き継ぐ、そんな新しい竜形態となったダハク達が、ハオの前に姿を現した。

「よぉ、見違えただろ？　これが俺達の新たな力だ」

先頭を切って歩みを始めたのは、ダハクの声を発する歪な竜であった。人型でありながら、竜の特徴を苔《こけ》の交じった樹木で形成し、動物の頭蓋骨を模した木の仮面で顔を覆い隠している。歩んだ後に残った足跡からは、正体不明の植物が瞬く間に生い茂り、まるでこの山の頂上を、緑で溢れさせせんとしているようでもあった。

「さっさと終わらせて、糖分摂取の時間に移る」

その次にハオの目に付いたのは、全身から煌《きら》びやかな光を放つ竜だった。先述の人型の樹木竜と比べ、こちらはスマートな姿で纏まっており、顔も直《じか》に晒している為、見ただけでそれがムドである事が理解できる。また、赤・青・黄の色をした三種の光輪が、衛星の如く彼女の周囲を旋回していて、それらもまた色に従った眩《まばゆ》い輝きを放っていた。

「この姿のおで、しったげづよい……！」

必然、最後の竜も人型だ。しかし、それでいてその竜は、ひと際大きな図体《ずうたい》をしていた。漆黒の岩で形成された重厚かつ荒々しい鎧《よろい》は、見る者をただただ圧倒する凄味《すごみ》があった。また、その重鎧はどうも熱を帯びているようで、基調となる黒の他にも、真っ赤に染まった部分が所々に見受けられる。まるでマグマが流動しているかのように、絶えずグツグツと煮え滾《たぎ》る音を発しているのだ。恐らく赤い部分は、それだけ超高温に達しているのだろう。

「そ・し・てぇ～～～……大トリは私よん！」

そんな新たな姿となった竜王達《たち》の頭上に降臨したのは、紫色の不気味な妖精《グロスティーナ》であった。変身後の彼は、以前よりも更に蝶々《ちょうちょう》と似通った姿に変化しており、頭部には触覚、尻には蝶々の腹に当たる部分が追加され――訳あって、これ以上の説明は省く事とする。

◇　◇　◇

山の方で力強い圧を確認。どうやら、ダハク達が本格的に十権能とやり始めたようだ。これで各所での反応は三度目となる。それに加えて、さっき全身ローブ姿の何者かとドロシーが、地面に潜って行くのがチラッと見えた。多分ローブの奴《やつ》が十権能で、ドロシーはその後を追って行った流れだと思う。けど、何で十権能は地面の中に？　ドロシーもドロシーで人魚っぽい形態に変身して、普通に地面を掘り進んで行っちゃったし……普通、人魚なら対応するのは水の中だろ？　何で土の中も対応可能になってんだよ。マジで万能か。

って、それどころじゃなかった。あの謎のローブが十権能となれば、残る十権能はあと二人だけって事になる。一人は未だ行方知れず、反応らしい反応も今のところは皆無。そして最後のもう一人ってのが、十権能の長エルドだ。先行したケルヴィムとそろそろ衝突しそうな予感のする、俺にとっての貴重な敵戦力である。

「一人で楽しむなんてもったいないぞ、ケルヴィム！　俺は共同戦線も嫌いじゃない、むしろ好きまであるぜッ！」

風神脚《ソニックアクセラレート》で上乗せした速度を活《い》かし、俺は奴らの待つ『叡智《えいち》の間』とやらに急いだ。そこに最上のご馳走《ちそう》がある。なら、急がなきゃ嘘《うそ》ってもんだ。

太陽光に煌めく建造物群、その中心地に位置するひと際荘厳な神殿に、青春真っ盛りのヘッドスライディングを決める勢いで、俺は頭から飛び込んだ。セーフ、セーフか!?

「よし、まだ戦いは始まっていな、い……？」

そして、俺は見てしまったのだ。……裸一貫状態の、そう、文字通り何も衣服を身に着けていない、野生のケルヴィムの姿を。うわぁ、アウトだよぉ……

「おお、おい!?　何でまた裸なんだよ!?　ケルヴィム、こんな時に趣味を晒すな！　馬鹿なのか!?」

「は？　ケルヴィン、貴様こそ変な誤解をするな！」

何やらケルヴィムが弁明をしたい感じの雰囲気だが、既に俺のテンションはガタ落ちである。おい、マジでどうしてくれるんだ、この憂鬱な気分。

「好き好んでこのような格好になった訳ではない！　エルドの権能を食らったのだ！」

「権能だって？……はい、権能!?」

俺、思わず叫んでしまう。

「こんな時に馬鹿な冗談言うなって！　貸したあの装備、エフィルが作ったもんなんだぞ!?　S級装備がそんな簡単に消えるもんか！」

「あったものは仕方なかろう!?　奴に接近した瞬間、装備が全て弾け飛んだのだ！」

「そんな訳あるかッ！　理性が弾け飛んだの間違いだろうが！」

「なければ俺だってこんな格好しておらんわッ！　それにだ、バトルジャンキーの貴様に理性云々《うんぬん》を言われたくないわ！」

「……フッ、合流して早々に口論とはな。これが我々を裏切った副官の末路なのか、ケルヴィム？」

　ふと、何者かが俺達の会話に口を挟んで来やがった。真っ裸のケルヴィムの姿が強烈過ぎて、なかなか視界に入らなかったが……ああ、居た居た。叡智の間の奥の方に、エルドと思わしき赤髪の男が居た。十権能《じっけんのう》は皆堕天使だった筈《はず》だが、なぜかこいつは普通の天使のような白い翼を展開している。いや、翼の形を模したエネルギー体か？　うん、これを目にした後でも、やはりケルヴィムの格好の方が気になると言うか……いや、もう何も言うまい。

　エルドが有している権能については、神話大戦時代に一度も目にする機会がなかったとかで、副官のケルヴィムさえも知らない状態にあった筈だ。少なくとも、本人からはそう説明されている。だからこそ、何かあると踏んで俺はここへと馳《は》せ参《さん》じた訳だが……秘匿されていた謎の権能の正体が、相手を裸にする能力だった――って、おい！　冗談にしたって笑えないぞ!?　十権能の長、お前はそれで良いのか!?　いや、まあ確かにそんな能力だったら、人前で披露する訳にもいかないってのは、納得の理由だけれども！

「そう睨《ね》め付けてくれるな、ケルヴィン・セルシウス。最低限の挨拶だけでも、まずはしておこうじゃないか」

「いや、挨拶って……正直この状況が気になって、挨拶に集中できるか怪しいところなんだけど？」

俺が苦心して選んだ結果、協力者が全裸で敵の能力が相手を裸にするというもの――おい、いくら俺でも泣くぞ？　流石《さすが》にそんな状況で、そんな敵と戦いたくないって……

「フッ、なるほどな。よほど私の権能が気になっていると見受けられる」

「ああ、色々な意味で気になってるよ、ホントに……」

「ケルヴィン、精々気を付けろ。無暗《むやみ》に接近すれば、俺と同じ目に遭うぞ」

「ああ、精々気を付けるよ。これ以上カオスな状況にしたくないしな……」

「……？　おい、心なしか戦意が低くなっていないか？　何をやっているのだ、この土壇場で！　貴様は俺が目を掛けた男なんだ！　しっかりしろ！」

うん、俺も同じ言葉をお前らに返してやりたい。

一応、ケルヴィムの枷《かせ》は相手が十権能である時に限り、制約が緩むように設定し直している。よって、ケルヴィムにこの戦いを一任するという手も、あるにはあるんだが……いいや、ここまで来ておいて、それはないな。血の涙を流してでも、俺はこの戦いに参戦する……！

「悪い、ちょっと呆気《あっけ》に取られてしまったんだ。まさか十権能の長の権能が、相手を裸にするものだったなんて……普通、予想なんかできないだろ？」

「俺だってそうだ！　エルド、やはり貴様は十権能の長に相応しくない！　潔く俺に敗北し、その座を明け渡すがいい！」

「……フッ、何か勘違いしていないか？　と言うよりも、まだ気付かないのか？」

「何がだ⁉」

「この力について、だ」

そう言って、エルドは白の翼からエネルギーを抽出し、複数の剣を創造してみせた。

ん？　待て、この力はもしかして……

「お前、それはバルドッグの？」

「そう、バルドッグの権能『鍛錬』の能力だ。まさか、ここまで説明する必要があるとは、夢にも思わなかったぞ、ケルヴィム？　お前は私が想像していたよりも、随分と頭が鈍かったらしい」

「貴様……！　いや、今はそれよりも」

「ああ、エルドがなぜバルドッグとやらの力を行使しているのか、っての方が問題だな」

バルドッグと戦ったセルジュの話によれば、ええと……『鍛錬』は周囲の物質をエネルギー体に変換し、新たな物体を作り出す為《ため》の材料にする力があるとか何とか。となれば、ケルヴィムに貸した装備が分解されてしまったのも納得がいく。なるほど、そうか。ケルヴィムは趣味で脱いだ訳でなく、エルドの権能もそんなふざけたものではなかった訳だ。

フッ……マジで良かった！

「待たせたな、ケルヴィム。俺の戦意、ただ今満タン状態だ」

「……随分と急だな？」

「仕方ないだろ、急にやる気が出てきたんだ。それと……おい、エルド。お前の権能、ひょっとしてお仲間の権能をコピーするとか、そんな類の能力なのか？」

「だとしたら、どうする？」

「決まってるだろ？……最ッ高だよ！　クハハハハッ！」

十権能の能力をコピーできる。それはつまり、俺が今まで戦う機会を逃した奴らとも、疑似的に戦えるって事だ！　これが最高の展開と言わずして、何と言う!?　『鍛錬』『致死』『支配』『不壊《ふえ》』『魁偉《かいい》』『間隙《かんげき》』『境界』——そしてまだ見ぬ未知の力！　俺の選択は間違っていなかった！

「良い闘志、そして人とは思えぬ顔だな。この場にハオが居たならば、お前を心から歓迎していたところだろう」

「この場に居ない奴の話なんてするなよ。これ以上煩悩が増えたら、それこそ洒落《しやれ》にならん。それにだ、そう思うのなら、お前が俺を歓迎してくれ。何、他人の能力を十全に使えるとは思ってはいないさ。その代わり、コピー能力を活かした戦い方をしてくれるんだろう？」

「さて、どうだろうな？　期待しているところ、非常に言い辛《づら》い事ではあるのだが……私の権能である『統合』は、そこまで便利なものではないぞ？」

◇　◇　◇

「――戦いの火蓋は切られた。さあ、奏でよう。この舞台に相応《ふさわ》しき、天上の吹弾を！」

聖杭《ステーク》の搬入口から身を乗り出し、かなり危険な姿勢で演奏を始めようとしていたのは、他でもないアートであった。ギラギラと物理的に輝く彼は、今日も絶好調であるらしい。

「……」

そんなアートのところへ、と言うよりも搬入口に用があったルキルは、大声で理解不能な台詞《せりふ》を叫ぶアートに対し、何とも言えない表情を向けていた。言葉は発しない。表情のみの抗議である。

「おっと、ルキル君も私の特別コンサートに参加希望かい？　なるほど、大歓迎だ！　素晴らしき二重奏《デュエット》を奏で、この戦場に花を添えようじゃないか！」

「……いえ、遠慮しておきます」

「それは残念！」

どこからともなく別の楽器を取り出し、ルキルに手渡そうとしたアートであったが、即答で断られてしまう。楽器、懐へ退散。

「では、なぜこんなところへ？　聖杭《ステーク》の操縦はもう良いのかな？」

「ええ、各戦地から遠く、被害を受けないであろう場所への移動が終わりましたので。今後はメルフィーナ様の素晴らしさを、十権能に理解《わから》せる為の行動に移りたいと思います」

「なるほど、所謂《いわゆる》布教活動というものかな？　よし、私が如何《いか》に美しく世界の遺産として相応しいのかを、それと共に布教する事を許可しよう！」

「……はい？」

「私はここで、皆に音響芸術を届けるという大事な使命を担っている。だからこそ、残念な事に十権能達《たち》の前に姿を晒《さら》す事ができないんだ。それは十権能にとって、大変に不幸な事だ。世界一の美を、彼らはその脳裏に刻む事ができないのだからね。こんな悲劇、暴動が起きたって何も不思議じゃない！　心が荒《すさ》み、交渉が決裂してしまう恐れだってある！　だから、だからッ！　せめて君の言葉で！　私の美貌を表現してほしいんだ！　さすれば、彼らも心を開いてくれるだろう。ああ、私の美しさは最早《もはや》罪だなぁ……」

「は、はぁ……？」

名誉ある（？）宣伝大使の任務を勝手に担わされたルキルは、黙って頷《うなず》く事しかできなかった。有無を言わさないくらいに勢いが凄《すさ》まじく、一々反論する気も起きないほどにアホらしかったのだ。

「と、兎《と》も角《かく》です、私は聖杭《ステーク》を離れます。隠密《おんみつ》状態に設定していますから、そもそも発見される事もないとは思いますが、もしもの時の防衛はよろしくお願いします」

「ああ、任せ給《たま》え。私の『紙一重』は聖杭《ステーク》を、いや、このライブ会場の全てに適用される。どんな攻撃が来たって、悉《ことごと》く回避してみせるさ」

「……スポットライトだとか、そんな機能はありませんから、操作盤を勝手に弄《いじ》らないでくださいね？」

「もちろんだとも。これでも教職に就く者でもあるからね、不道徳的な行為は一切しないと約束しよう」

「……そうですか。では」

「さあ、英雄の出陣だ！　盛大に送り出そうじゃないか！」

聖杭《ステーク》を飛び立つルキルを応援するかの如《ごと》く、アートは心からの演奏を彼女へ届ける。それはまるで勇者の旅立ちを表すかのような、勇猛かつ晴れ晴れとした曲であった。耳にするだけで勇気が湧き、世界が素晴らしいものに見えてくる。ただ、どうにもルキルの好みとは合わなかったようで、彼女はその曲から逃げるかのように、猛スピードで彼方《かなた》へと消えて行ってしまった。

「フッ、早速私の奏でが効力を発揮しているようだ。まったく、自分の才能が末恐ろしいよ。……ところで、シン、そこに居るかな？」

「ふわぁ、あぅ……ああ、暇過ぎて寝ちまうところだったけどね。この不協和音のお陰でギリギリ耐えられたって感じだ」

「ハッハッハ、そろそろ耳掃除する事を勧めるよ」

アートの背後より現れたのは、聖杭《ステーク》を出発した筈のシンであった。隠す様子もなく欠伸《あくび》をしているところを見るに、かなり前から聖杭《ステーク》内に隠れ潜み、この時まで待っていたようである。

「それにしても、誰にも気付かれない見事な隠密だったじゃないか。正直うちのカチュア君でもない限り、事前情報なしには見破るのも難しいくらいだった。君、そんなに隠密行動が上手《うま》かったっけ？」

「ん？　ああ、この聖杭《ステーク》とやらの隠密機能を司《つかさど》る装置《マジックアイテム》を、少しばかり拝借してね。私に効果を付与できるようにしておいた。いやはや、神話時代の遺物は凄《すご》いものだよ。引っこ抜いた箇所がバチバチいっていたが、まあ聖杭《ステーク》本体が墜落しなきゃ大丈夫ってね。いやあ、ジルドラの研究所から色々とパクったりしていた、あの懐かしき日々を思い出すよ。くふふ！」

「……さっきルキル君が操作盤を弄るなとか、そんな事を言っていなかったかな？」

「知らん。アンタには言っていたようだが、生憎《あいにく》と私は言われていない。つうか、言われる前に拝借したからセーフだ」

「いやいや、アウトだろ……ハァ、これが天下の冒険者ギルドの総長とは」

大きく大きく溜息《ためいき》をつくアート。早くもルキルとの約束を破る形となってしまい、多少なりともショックだったようである。

「こんなんだから、冒険者の総長なんだよ。それよりも、そのまま演奏は止めるなよ？　どこかの誰かに怪しまれるかもしれない」

「君に言われるまでもない。私が私らしく輝く為、私はこの演奏に魂をかけているのだから！」

「ああそう。それで、どうだった？　それなりの時間、アレと話す機会はあった筈だ。探りもそれなりに入れられたんだろう？」

「んんー……なかなか強情な子だったかな？　非常にもったいない事に、この美貌を誇る私に対しても、全く心を開こうとしていなかった。いやはや、本当にショックだったよ。私の心はほんのちょっとだけ傷付いてしまった……」

「アンタの心の傷なんてどうでも良いよ。本当にどうでも良い。うん、クソ食らえ」

「フッ、念押しして言い過ぎだろ」

アートの心は再び傷付いた。

「まあ、いつもの口喧嘩《くちげんか》はこの辺にして……やっぱり、あの堕天使は信用ならないねぇ。ケルヴィンは敢《あ》えて泳がせているようだけど、アレは放っておくと明らかに危ないタイプの生物だ。まだ私達に話していない、何かを隠している気がする。それも、致命的な事態に陥る何か……うん、うん、よし、決めた！　皆の知らないところで、密《ひそ》かに始末しておいた方が無難だろう！」

「おっと、これはまた物騒だ。それは勘かい？　それとも経験則からそう感じたのかな？」

「ハッ、知ってて聞いてるだろ？　当然、両方だ。ったく、歳《とし》を取ると心配性になっちまってしょうがないよ」

「私としては、もう少し様子を見た方が良いと思うのだがね。ほら、教職に就いてるの不道徳な行為はしないの、そんな感じの事を言ってしまった訳だし」

「それはアンタが勝手に抜かした事だろうが。世界の脅威を人知れず排除するのも、見方によっては道徳的な正義の行いだよ。そうでなかったとしても……ま、悪役は年長者が被《かぶ》るもの、って事で納得するこった」

やれやれと首を振りながら、シンは搬入口の先へと進み始める。

「一応確認しておくが、私のバックアップは必要かな？」

「愚問過ぎて答える気にもならないけど、こっちも一応言っておくよ。不要、逆に調子が悪くなるっての」

「だろうな。では、そちらは好き勝手にやってくれ。私は私の矜恃《きようじ》を示す」

「おう、そうしてくれ。じゃっ！」

次の瞬間、シンの姿が完全に消失する。寸前まで会話していたアートでさえも、今はもう気配すら追う事ができない。

「……間近ならまだしも、距離が開くとお手上げだな。S級の察知スキルを持つ私をも欺くのか……って、んんっ？　ひょっとしてこの聖杭《ステーク》、もう隠密状態じゃない？」

シンが装置を抜き取ったとなれば、まあそういう事になるだろう。

「……フッ、そうか。まあ良いさ。それはつまり、私がより目立てるという事なのだから！　さあ、ありのままの私に見惚《みほ》れると良い！　私の演奏に聞き惚《ほ》れると良い！　観客は揃《そろ》い、舞台は整った！」

相棒の『精霊王の弦楽器』をより激しく掻《か》き鳴らし、アートの輝きは、よりクソ眩《まぶ》しいものへと変貌するのであった。

◇　◇　◇

世界樹の湖周辺で繰り広げられる戦いは、時を追う毎《ごと》に苛烈さを増していた。湖の中から無制限に増え続けるレムの影に対し、シュトラ達は一丸となって対抗。メルが青魔法で作り出した氷で敵の足止めをし、そこへ複数の聖剣を操るセルジュが最大火力を叩《たた》き込む。倒し損ねた敵はシュトラのゴーレム達によって、その全てが殲滅《せんめつ》されていった。即席の連係とはいえ、そこは流石《さすが》の歴戦の猛者。息の合ったチームプレイは、全ての行為を最適化していると言える。

……だが、それでも状況は拮抗《きっこう》していた。それだけ出現する敵の数が尋常でなく、倒せば倒すほどに新たな敵が出現、一向に敵の頭であるレムのところにまで行き着く事ができない。泣き声で居場所は特定できるが、影の大群に隠れてしまって、今は彼女の姿も視認できない状態だ。

「いつどこを見回しても、地味な影ばっかりだ！　あんまり倒しているって気がしないよねぇ！」

「何を呑気《のんき》に言っているんですか！　いくら節約して魔法を使っているとはいえ、私達にも魔力の限度ってものがあるんですよ！」

「もう、またむきぃぃぃとしてるぅ。あんまり怒りっぽいと、歳がバレるよ？」

「む、むきぃぃぃ！」

「二人とも、まだまだ余裕がありそうで良かった。けど、この状況が続くのは、確かに良くないかも」

ゲオルギウスの背中にて、魔糸を操りながらシュトラが頭を悩ます。今のところ敵の影達は、大小問わず、攻撃が当たれば一撃で倒せる程度の強さでしかない。但し、その強さ自体は平均的なS級モンスターと遜色なく、決して油断して良いものではなかった。時間が掛かれば掛かるほどに、自分達が不利になっていくのは明白だ。

「……セルジュお姉ちゃん、あのレムって子が居る方向に、火力を集中させる事はできそう？」

「んー？　できなくはないけど、文字通り攻撃が全方位からの一点集中に切り替わっちゃうよ？　道は開くだろうけど、他の方向から敵が雪崩《なだ》れ込んで来ちゃうと思うな」

「メルお姉ちゃん！」

「ええ、ならばより時間を稼げば良いだけです！　代わりに私が踏ん張りましょう！」

「うん、私もその分頑張る！　だから、セルジュお姉ちゃん！」

「……セルジュお姉ちゃん大好きって、そう言ってくれたら良いよ？」

「はえ!?　こ、こんな時に何を言っているの!?」

「やだやだ、言ってくれなきゃ私、これ以上力が出ないよ〜〜〜！」

「「……」」

　唐突に駄々を捏《こ》ね始めるセルジュ。力が出ないと言っているが、周辺の敵は変わらずに殲滅している事から、そういった様子は微塵《みじん》も感じられない。要するに、単なる我が儘《わがまま》である。嘘《うそ》だと簡単に見破れるが、これ以上駄々を捏ねられても困るのは事実。シュトラは大きく大きく大きくを溜息をつき、そして――

「大好きなセルジュお姉ちゃん、私の為《ため》に頑張ってくれない、かな……？」

　――精一杯のお願いをするのであった。目に涙をため、庇護《ひご》欲をより掻き立てるように、あざといくらいにシュトラは頑張った。

「よっしゃぁあああ！　セルジュお姉ちゃん、超頑張っちゃうよぉぉぉ！」

　結果としてその頑張りが実を結び、セルジュお姉ちゃんの感情が爆発。その昂《たかぶ》りと連動してなのか、彼女が持つ聖剣が見る見るうちに巨大化。最終的に巨人用かと勘違いしてしまいそうな、そんな馬鹿げた大きさにまで至っていた。

「この気持ち、レムちゃんにも届け！　神聖巨剣《ウィル・アスガルト》！」

超人的な身のこなしで半ば無理矢理に振るわれた巨剣は、その巨大な刃による斬殺兼圧殺的な暴力だけでなく、一方向へどこまでも伸びる斬撃をも飛ばしていた。不幸にもその方向に居た影の集団が、刃と斬撃にまるっと呑《の》み込まれる。その後には肉片の一つも残っておらず、更には攻撃の通り道に遅効性の飛ぶ斬撃を残して、その領域へ侵入しようとする敵を改めて切り刻んだ。

「わ、私の雑輩《ポーン》の歩兵が……！」

「よっし、道ができたよー。その代わり、私にもなかなかの反動が来てるけどね！」

「ありがとう、セルジュお姉ちゃん！　後は私とメルお姉ちゃんが！」

「うう、させない、もん……雑輩《ポーン》の歩兵……！」

「こちらこそ、好きにはさせません！　絶氷山壁《ディープヘイルベルク》！」

メル達《たち》の周囲、守りを固めるゴーレム達の丁度目の前に展開されたのは、氷山の如き巨大な障壁だった。このS級青魔法は敵の影ごと氷結させ、障壁の一部としてしまう。だが、黒い波と化した影達は、この氷塊をもよじ登ろうとしていた。手足が凍結しようとお構いなし。凍ってしまった仲間達を新たな足場として活用し、力ずくで踏破するつもりであるらしい。また、氷結してしまった影達も、氷の内側より暴れ出そうとしている。

「クッ、やはりしぶとい！　もって数秒です、今のうちに前進しますよ！」

「うん！」

「いざ、レムちゃんのところへ！」

できた道が影の波に押し戻される前に、敵集団を操るレムをどうにかしなければならない。斬撃の通り道を駆け抜け、メル達は疾風となってレムの下《もと》へと迫る。

「ひ、ひぃぃ……！」

「わーい、レムちゃん見っけぇ！」

セルジュの瞳に映ったレムは、影達が担ぐ神輿《みこし》のような台の上に居た。御輿もまた黒く染まっており、それ自体も影のようである。

「ヒック……こな、来ないでぇ……！」

「ふっふっふ。大丈夫、私は怖くない、怖くないよ～？　だからレムちゃん、そっちに行かせてもらうね～？」

「ひぃぃぃ……！」

「セルジュ、止《や》めなさい。それ、味方が言って良い台詞《せりふ》じゃないですから」

「う、うん、流石にそれはちょっと、あの子が可哀《かわい》そう……」

「いやいや、お宅のケルヴィンより随分マイルドだと思うけど？　私は優しく語りかけているだけで、物騒な事は何も言ってないよ？」

「十分に物騒ですよ……」

「看過できないレベルだよ……」

「えぇー」

ケルヴィンを比較対象に挙げるセルジュであるが、残念ながら賛同の意見は得られない。彼女の危うさはまた別方向のものなので、まあ当然の事ではあった。

「グスッ、グスッ……た、助けて、廃残の騎士《ナイト》……！」

「へっ？」

そんなセルジュのせいなのか、それとも悲しみが臨界点を超えたのか、レムは何者かに助けを求める叫びを上げていた。

――ダダァァ――――ン！

するとその次の瞬間、レムの神輿の近くで爆発音が鳴り、宙に数多《あまた》の影が舞い上がった。一体何事かとシュトラ達が視線を移すと、そこには軍馬に騎乗した騎士と思わしき新たな影の姿が。他の影達と同じく、その姿は朧気《おぼろげ》に映るが、騎士の手にはランスと思わしき武器が握られている。また軍馬と騎士、その両方がこれまでの影の最大サイズを誇っており、騎乗した状態での高さは20メートルにも届きそうだ。しかも、これが全部で3体も居る。

「うわ、これまたでかっ!?」

「クッ、ポーンという言葉から薄々察してはいましたが、やはり別種の駒が居ましたか……！」

「ポーンにしては数が多過ぎる気もしたけどね！　ずっこいよなぁ！　全然チェスじゃないよなぁ！」

「お姉ちゃん達、お話ししている暇はないよっ！　もう攻撃が来る！」

シュトラの警告通り、新たに出現した影の騎兵達は既に行動を開始していた。ランスを前に構えての突貫攻撃、ランスチャージである。見た目から十分に予測できる、姿そのままの攻撃方法だ。但し、その速度と質量が不味《まず》い。力強く駆け出した三体の騎兵は、もうシュトラ達の眼前にまで迫っていたのだ。

「豁サ縺ャ縺後＞縺！」

理外の言葉を発しながら、シュトラ達と正面から衝突しようとする影の騎兵。狙い澄ましたランスは正確に三人へと向けられ、勢いのままに射殺そうとした。当然、三人はこれを迎え撃つ。

「聖斧《マサカリ》っとぉ！」

余裕をもって攻撃を躱《かわ》したセルジュは、聖剣を巨大な斧《おの》の形態へと変化させ、すれ違い様に敵軍馬の足を四本まとめて刈り取る。機動力の要を失った騎兵は、地面に叩きつけられながら落馬。軍馬共々、その姿を消失させた。

「フッ！」

飛行を駆使して敵の懐へ潜り込んだメルは、槍《やり》による二連突きを騎士と軍馬の急所に放ち、見事にそれらを貫く事に成功する。その後の顚末《てんまつ》はセルジュの相手と一緒で、貫かれた騎兵は消滅していった。

これで倒した騎兵は二体、あとはシュトラに向かった敵のみ——だったのだが。

「ゲオルギウ——きゃあっ……！」

「シュトラ!?」

シュトラの悲鳴が聞こえて来たのは、二人が迎撃を終えた直後の事だった。

◇　◇　◇

シュトラの悲鳴を聞きつけたメルとセルジュは、直《す》ぐ様《さま》方向転換を開始。Vの字の軌道を描きながら戻った彼女達が目にしたのは、腹を切り裂かれたシュトラ——ではなく、彼女の身代わりとなったゲオルギウスの姿だった。

「シュトラ、大丈夫ですか!?　直ぐに回復魔法を！」

「わ、私は大丈夫！　けど、私を庇《かば》ったゲオルギウスが……」

不幸中の幸いと言うべきか、シュトラは無事であった。ただ、騎兵の攻撃によって裂かれてしまったんだろうゲオルギウスのお腹《なか》からは、大量の綿がはみ出してしまっていた。体の上下も辛うじて繋《つな》がっているような状態である。シュトラが魔糸で操ったとしても、これでは立ち上がるのも難しそうだ。

「ありゃりゃ、ぱっくりと破損しちゃってるね。けど、シュトラちゃんを護《まも》り通したその勇気に、私は敬意を表するぜ、クマ君」

「ごめんなさい、私が力不足のせいで……！」

「おっと、戦場でそういう言葉は言いっこなしだよ、シュトラちゃん。悲しむのは全てが終わった後にだ」

「そうですよ。シュトラが居なかったら、最初の均衡状態を作り出す事もできませんでした。今はただ、貴女《あなた》が無事であった事を嬉《うれ》しく思います。立ち上がれますか？」

「お、お姉ちゃん達……うん、大丈夫。そう、そうだよね。謝っている場合じゃなかった。私、頑張るよ！」

「よしよし、セルジュお姉ちゃんの予想通り、シュトラちゃんは強い子だ！　メルフィーナが神様っぽい事を言いだした時は、ちょっと鳥肌が立ったけどね！」

「むきぃぃぃ！」

「メ、メルお姉ちゃん、どうどう」

「っと、お喋《しゃべ》りをしている時間はないんだった！」

シュトラが立ち直ったのは良かったが、三人が歩みを止めてしまった事で、影達はレムへと至る道を完全に塞いでしまった。シュトラを攻撃した最後の騎兵は、猛スピードの勢いのまま後方にあった絶氷山壁《ディープヘイルベルク》に衝突し、これを粉々に粉砕。何体かの影達を踏み潰しながらも方向転換し、再びランスの矛先をシュトラ達に向けようとしているところである。

「ヒック、ヒック……私のお人形を壊しちゃうなんて、酷《ひど》い……うう、廃残の騎士《ナイト》ぉ……！」

――ダダァァ――――ン！

聞き覚えのある爆発音。厄介な事に倒した数と同じ二体分の騎兵が、レムの真横に再び配置されたようだ。

「うへー、また出て来たよぉ」

「二体倒され、二体補充……どうやらあのナイトという駒は、三体まで同時に操れるようですね。良かった、無制限に出て来る訳ではなさそうです」

「まっ、無限に復活する可能性はあるけどね〜。あと素朴な疑問なんだけど、チェスのナイトって二つだけじゃなかったっけ？　数が合わなくない？」

「ポーンがこの数の時点で、チェスの常識は捨てた方が良いかと」

「あー、はいはい。僕の考えた最強のチェスって感じね」

そんな会話を挟みながら、メルとセルジュが周囲の歩兵駆除に勤《いそ》しむ。また元の状況に戻ったようにも思えるが、強力な騎兵が出て来た時点で、状況は明らかに悪化していた。シュトラもゴーレムを操って奮闘するも、ゲオルギウスを失ってしまった分、彼女自身の機動力は明らかに落ちてしまっている。

「シュトラ、私の背に乗ってください！」

「ううん、それだとメルお姉ちゃんの重荷になっちゃう！　私の事は気にしないで大丈夫！」

「ですが……」

「私が戦いで頼りにならないのは分かってる！　けど、それでも……私、足手纏《あしでまと》いにはならないからっ！」

シュトラの決意が魔力となって爆発し、彼女の指先から魔糸へ、そしてゴーレムへ、更には周囲へと伝わっていく。

「冱寒の死糸《フリジッドデスレッド》！」

それはシュトラが唯一完成させた、S級青魔法【冱寒の死糸《フリジッドデスレッド》】。エフィルが矢に炎を纏わせるが如《ごと》く、自身の魔糸に青魔法を伝わせ、使役するゴーレムを魔法の発射口にするというものだった。

「これは……！」

「おおっ、見た事のない魔法だね。ひょっとして、シュトラちゃんのオリジナル？」

「一応ね。お姉ちゃん達、ゴーレムより前に出ないように気を付けて」

シュトラ達を守るように陣を敷いていた各ゴーレムの鎧《よろい》の隙間から、大量の銀の糸が放出され始める。それら糸は三人に襲い掛かろうとする影達へと導かれ、高速で彼らの体に絡まっていった。

この銀の糸には二つの働きがあった。一つが、触れた箇所を急速凍結させる事。腕に絡まれば腕のみを、足に絡まれば足のみを、集中的に凍らせてしまうのだ。そして二つ目の働き、それが――断ち切る事だった。

「菴輔□縺薙l縺ッ?」

「繧ヨ繝」繝?シ?シ」

直後に上がる、影の悲鳴染みた声。恐るべき事に、糸は影に触れた瞬間にその部位を急速凍結させ、その凍った箇所を狙って、次々に輪切りにしていった。その行為に敵の耐久性は関係していないのか、糸は一切阻害される事なく敵を捕らえ、容易に屠《ほふ》り続けている。

「うわぁ……い、意外とエグイ倒し方をするね、シュトラちゃん。にしても、凄《すご》い威力だ」

「低温脆性《ていおんぜいせい》を利用した魔法よ。水分を一杯含んだ物体って、一定の温度以下になると脆《もろ》くなる性質があるの。S級魔法の力を一点集中させて、部分的に凍結効果を働かせて――」

「――強制的に耐久性を無にする。言ってしまえば、弱点を付与して攻撃を加えているようなものですね」

「んっと、液体窒素にものを漬け込んだイメージ？　あー、確かに物体が脆くなっていくの、何かの実験で見た事があるかも」

　メルとセルジュがこの新魔法の威力に感心し、同時に若干引いている間にも、糸は全方向の影に魔の手を伸ばしていた。その中には突貫を仕掛けようとしていた、あの騎兵の姿もあったのだが……突撃の最中に糸に触れてしまい、そのまま足を切断。しかし速度に乗った巨体は急には止まれず、派手に転倒した挙げ句に全身が粉砕されてしまったようだ。

「……もう、これだけで良くない？」

「良くないよ！」

　冱寒の死糸《フリジッドデスレッド》は確かに強力な魔法だが、使用時に術者であるシュトラ、そして魔法の発射口と化したゴーレムが一切動けないという弱点があった。要するに、影の騎兵が突然出現したあの時ように、本人が走っているなどの行動を起こしている最中には、この魔法を使う事ができないのである。魔法に集中する必要もある為《ため》、仮に彼女の足となるゲオルギウスが健在であったとしても、そもそもゲオルギウスを操作する余裕がなくなってしまう。よって、使いどころはかなり限定されていたのだ。

「現状は打破できるけど、それ以上は状況を動かせないの！　今度は私が道を作るから、お姉ちゃん達《たち》であの子を――」

「――ひっ、ひぃぃ――……！　怖い怖い怖い怖いぃぃ……！　あんな死に方、絶対にやだやだぁ……！　濆職《ビショップ》の僧正……！　崩落の塔《ルーク》……！　加護と火力で、戦場を満たして……！」

「「「ッ！」」」

新たな爆発音を耳にした途端、三人は嫌な予感をヒシヒシと感じ取っていた。ビショップとルーク、双方ともチェスにおける重要な駒である。これまで相手をしてきた影達は、いずれも駒の名を体現するかのような見た目と力が備わっていた。となれば、つい今しがたレムが泣き叫びながら呼んだ、それらは……？

「うん、こうなるよねぇ……」

「天にまで伸びる巨大な影の塔が、私達の四方に四基。そして魔導士らしき影も、敵後方に計五体出現したのを確認。ハァ……この調子ですと、まだクイーンが残っていそうですね」

「キングも居るんじゃないかな……あと、ごめんなさい。作戦変更が必要かも……」

爆発音が鳴ったのも束《つか》の間《ま》、新たな影の駒達は迅速に行動を開始していた。この変わり行く戦況に対応できなければ敗北は必至、泣き言なんて言っている暇は残念ながらなさそうだ。

「「「「磬？※磬？※磬？※縺？シ」」」」

シュトラ達を取り囲むように、そしてある程度の距離を置いて出現した影の塔は、最早《もはや》正確な高さが目視では分からないほどに高く、アーチ形の窓がびっしりと壁面に備わっていた。そしてその窓からは多数のエネルギー弾が放出され、仲間の影達に当たるのもお構いなしに戦場を爆撃――シュトラ達は四方八方、それも空から無数の攻撃に晒《さら》される事となる。

「「「「邇九↑蜍晏茜繧」」」」

一方、後方に陣取った五体の魔導士の影達は、聞き取る事のできない異界の呪文を絶えず唱え続けていた。呪文の効力はこの戦場に存在する味方の影全てに及び、爆破耐性・基礎ステータスの向上など、戦況に合わせた補助効果を順次付与していく。塔の攻撃により最初こそ被害を受けていた影の兵達が、これによって爆発に耐えられる状態へと変化。爆発は主《あるじ》を狙う彼らの敵、シュトラ達のみを害するようになる。

恐れを知らず、無限に湧き出る歩兵と騎兵。空を覆うほどの砲撃で、躊躇《ちゅうちょ》なく圧倒的な火力を叩《たた》き出す塔。戦況を見極め臨機応変に支援を行い、戦場を支配しようとする魔導士。

これら影の駒は王の命令がなくとも自発的に行動を起こし、手段を問わずに最大の戦果を挙げようとする。倫理観を無視するとすれば、最強の連係と言えるだろう。まあ、要するにだ――戦況はより悪い方へと傾いていた。

◇　◇　◇

「氷女帝の荊《セルシウスブライア》！」

爆撃の中心地、そこに大輪の青薔薇《ばら》と無数の荊《いばら》を模した、巨大な氷が創造される。この魔法を爆撃に対する傘とする事で、三人は何とか苦境を凌《しの》いでいた。

メルのＳ級青魔法【氷女帝の荊《セルシウスブライア》】は、拠点防衛に特化した魔法である。仮にこの頑丈な氷の薔薇を破損させる事ができたとしても、この花は常に生長を続けている為、瞬間的な修復が可能となっている。かつてのトライセンとの戦争の際、魔王ゼルの猛撃をも防いだ大魔法は、今日《こんにち》も大活躍中であった。

「へぇ、なかなか洒落《しゃれ》た魔法を使うものなんだね。てっきり、魔法も食べ物に寄せるものかと思っていたよ」

「そんな訳ないでしょう！　いくら私だって、食べ物と魔法は切り離して考えていますよ！　まあ、食べられない事もないでしょうけど！」

メル、魔法も食べられる事が発覚――とまあ、冗談を言っている暇は本当にないのだが、セルジュの性格上、ずっと真面目で居るのは非常に難しい、と言うか無理であるらしい。本当に難儀なものだ。

「じゃ、メルフィーナが空からの砲撃を防いでいる間に、私とシュトラちゃんはポーンとナイトの相手を！って、それじゃあジリ貧のままなんだよね～」

「私は回復薬でいくらでも魔力を補給できますが、小食のシュトラはそうもいきませんからね。セルジュはどうです？　もう一本目、いっときますか？」

「いやいや、ごく平均的な女の子って、戦闘中にそんなに沢山飲めるもんじゃないからね？　私、世界最強で超つよつよだけど、その辺は普通の女の子なんだから。っと、また話が脱線だ！　いやあ、会話が楽しいから仕方ないよね！　私、お喋り大好きだし！」

周囲を極大レーザーで薙《な》ぎ払いながら、セルジュは全く同じ調子で喋り続けている。どうやら、まだまだ魔力の心配をする段階ではないらしい。それ自体は一応の朗報であった。ただ、良い話と悪い話はセットである事が通説であるように、戦場の一部では悪い変化も生じ始めていた。シュトラが展開し続けていた銀の糸が、一撃で敵を屠れなくなってきていたのだ。

（……ッ！　少しずつだけど、冱寒の死糸《フリジッドデスレッド》の効き目が鈍くなってる。考えられるとすれば……うん、やっぱりあの魔導士の影、だよね。補助魔法で砲撃に対しての抵抗力を付与していたみたいだし、ひょっとしたら氷属性の耐性も付与できるのかも。いずれにしても、このまま放置するのは悪手でしかない。けど――）

　シュトラが改めて敵陣を確認する。魔導士達は敵本陣の正面に障壁を張っているらしく、先ほどのセルジュの魔法の直撃を受けた後も、ダメージを負ってはいないようだった。間に何百何千の影を挟み、大分威力が弱まってからの防御とはいえ、あのセルジュの攻撃を耐え忍ぶだけの実力があるのは、まず間違いない。となると、遠距離からの攻撃で倒すのは困難を極める。

（何とかして距離を縮めない限り、あの障壁を破壊するのは難しそう。そうする為にはこの砲撃の中、周りの影達を倒しながら進む必要がある。その上、キングとクイーンの駒を隠し持っている可能性も……不味《まず》いなぁ、見事なまでの堂々巡り。でも、それでも、手がない訳じゃない……！）

　シュトラは絶えず周囲状況を確認し、タイミングを見計らっていた。チャンスは一度きり、次はない。

「私がそろそろ本気出して、敵陣に切り込もうか？　ほら、私ったら世界に愛されているし、多分突貫を仕掛けても、敵の攻撃なんて全然当たらないと思うしさ」

「あ、待って！　まだ出て来ていないチェスの駒もあるし、単独で突撃するのは危険だと思うの！」

「おっ？……ほほう？　シュトラちゃん、それは何か策を思い付いたって時の目だね？　私には分かるよ、察しちゃうよ！」

「全く、本当に貴女《あなた》は思った事をそのまま口に出してしまうのですね……ですが、その意見には同意です。シュトラ、何か手があるのですね？」

「うん、実は――」

もしもの事態に備え、シュトラが用意して来た複数の奥の手。その一つについての情報共有を行う。またこの間に、メルは諜者の霧《サグフォッグ》を周囲に放ち、視認情報と気配を誤認させるよう仕向けてもいた。

「ひぐっ、ひぐ……う、うう……？」

突如として大輪の薔薇の周囲に霧が立ち込め始めた事を、自らが敷いた陣地にて、レムも泣きながら視認。そして、泣きながら首を傾《かし》げる。

「目くらまし……？　気配も、しない……ぐすっ、に、逃げる準備……？」

仮に逃走を目論《もくろ》んでいたとしても、既に周囲一帯は影の軍隊が完全に取り囲んでいる。空もまた影の塔による砲撃に晒されており、逃げ場など何処《どこ》にも存在していない。ならば、一体何の為に？　レムは引き続き頭を悩ませるが、心の大部分が悲しみで支配されてしまっている今、冷静に物事を考える事ができなくなっていた。最終的に逃げるつもり↓自分が置いていかれる↓ひとりぼっち、というよく分からない思考に陥り、よりいじけてしまう始末である。

「菴輔:i縺九:?螂:?・イ繧定ュヲ謌」

「髫懊」√:?蠑キ蟒ヲ繧貞ソオ蜈・繧翫←蠑キ縺上@縺ヲ縺翫¢」

そんなレムの代わりとなるが、先ほど彼女が出現させた影の魔導士達だった。会話の内容は相変わらず理解不能であるが、五体の魔導士達は意思疎通を図り、対策を講じている様子だ。己の主であるレムを話し合いに加えていない点が少しばかり気になるが、加えても意味がないと思っているのか、それとも単に気を回しているだけなのか……まあどちらにせよ、この影達は軍団を最適化する司令塔のようなもの。戦況を冷静に判断し、適切な判断を下す事は間違いないだろう。少なくとも、動揺の最中に居るレムに比べれば。

「鸓?縺ョ遑ク繧堤「コ隱阪?よ雰蛻?ュ舌?∵悴縺?轤ォ荳ュ縺ォ縺ゅ・j繧」

「莠?ァ」縺励◆繧ゆス懈姶繧堤カ夊。後☆繧《いま》九?」

立ち込める霧の中から飛び出す銀の糸が、未《いま》だ影達の侵攻を阻害している事から、魔導士達は霧の中にまだ敵が居ると判断。警戒態勢のまま現在の作戦を続行し、敵の体力と魔力が干上がるか、砲撃によって氷の薔薇が破壊されるかを待つ事にしたようだ。無難と言えば無難、王道と言えば王道の作戦である。

――ズ、ズズゥーン……！

それから暫《しばら》くして、彼らの目論見《もくろみ》通り状況は動き出した。砲撃の雨を受け続けていた氷の薔薇、そして荊達が豪快な音を立てながら崩れ始めたのだ。生長と再生を司《つかさど》る巨大な薔薇も、流石《さすが》にこれだけの大規模爆撃を受け続ける事はできなかったようだ。崩れ落ちた氷塊が地面に叩きつけられ、その衝撃で霧に土埃《つちぼこり》が混ざり込む。周囲の視界は更に悪化していき、取り囲んでいた影達だけでなく、遠くで状況を見守っていたレムと魔導士達の視界も、また遮られていった。

「うええぇ、目に、目にゴミが入ったよぉ……」

「闥ウ諤・縲:.雰縺ョ逕滓ュサ繧堤「コ隱阪☆繧九?縺?繧」

「蜿悶j縲?縺輔↑縺?h縺??? 劵蠖「繧貞ッ?↓縲」

「邨カ蟇セ縺ォ縲?縺吶↑?」

別の理由で涙を流すレム、メル達の生死の確認を急がせる魔導士と、敵本陣が慌ただしく動き出す。取り出したハンカチで目頭を拭うレムも、まあ、色々と忙しそうだ。

——ちなみに、忙しいとはこれつまり、隙が生まれたという事でもある。

ズゥン！　と、豪快な爆音と共に、レムが乗る神輿《みこし》の間近で巻き起こる、新たな土埃。レムと彼女の護衛を務めていた影達《たち》は、何かしらの行動を起こしていたが故に、反応が一瞬だけ遅れた。そしてその一瞬は、山のような黄金にも匹敵する、大変に価値のあるものでもあった。

「えっ……？」

「クフフ。お嬢さん、今は戦闘中ですよ？　よそ見は厳禁です」

「いっけぇー！　ビクトール、おじさん！」

土埃の中から飛び出して来たのは、悪魔四天王の一人であり、その調理担当でもあるビクトール。そして、そんな彼の背に乗ったシュトラであった。

◇　◇　◇

大輪の青薔薇がまだ健在であり、シュトラが作戦について二人に打ち明けた際にまで、時は遡る。あの時に明かされた策とは、一体どのようなものだったのだろうか？

『うん、実は敵を欺いた上で、あの子の近くにまで安全に移動できる方法があるの。メルお姉ちゃん、諜者の霧《サグフォッグ》を唱えてもらっても良いかな？　私、今は冱寒の死糸《フリジッドデスレッド》を使うので手一杯だから』

『それは構いませんが……』

シュトラに言われた通り、メルが諜者の霧《サグフォッグ》を即座に展開。これにより辺りに濃い霧が立ち込め、外部からは青薔薇の下で何が行われているのかが、一切視認できなくなる。

『うん、ありがとう。クロト、ゲオルギウスを『保管』の中にお願い。あと、代わりにアレを出してもらえるかな？』

シュトラの呼び声に応じ、彼女に預けられていた分身体クロトがひょっこりと顔を出す。それから名誉の負傷者であるゲオルギウスの真上へと飛び移り、彼を『保管』の中へと回収。また入れ替わりとなる形で、とあるものを取り出すのであった。

『それは……携帯用の小型転移門、ですか？』

『そう、これが今回のキーアイテム！』

『はえ～、遂《つい》に転移門も携帯する時代か……そんな便利なもの、初めて目にしたよ。けどさ、転移門って事は、別の門と道を繋《つな》げる為《ため》のものだよね？　この白翼の地《イスラヘブン》に、と言うかレムちゃんの近くに、他の転移門が都合良くあるとは思えないけど？』

『ええ、その通りです。外界との接点を極力減らすという名目で、白翼の地《イスラヘブン》に転移門は存在していなかった筈《はず》。逃走経路用に使うという事なら、まあ理解はできるのですが……』

小型転移門をどこかの門と繋げれば、少なくともこのピンチから脱する事はできるだろう。それこそ、かつてゴルディアーナが十権能《じっけんのう》達から逃げ切った、あの時のように。だが、忘れてはならない。この小型転移門は行きのみの一方通行で、再びこの場所へ戻って来る事はできない、そんな仕様があるのだ。

『ううん、そんな事には使わないよ。時間もないし、説明するよりも実際に見てもらおうかな。クロト、事前に打ち合わせした通り、転移門の設定をお願い！』

だろうと思って、もう調整は終わらせておいたぜ！　と、そう言わんばかりに、分身体クロトが器用にサムズアップしてみせる。どうやら本当に設定を完了させているようだ。縁の下の力持ち、ここに極まる。そんな仕事人クロト、いや、仕事スライムクロトのお陰もあって、小型転移門は早速起動を始め、数秒ほどでどこかの門と道が繋がるのであった。

『無事に繋がったみたいだね。で、ここからは？　私、まだまだ暴れ足りないから、ここで逃げるのはちょっとなぁ。あ、でもシュトラちゃんが全力でお願いしてくれたら、一緒に門の中へランデブーしちゃっても良い――』

『――さっきも言ったけど、逃げる為なんかには使わないよ。この門を開いたのは、行く為じゃなくって、迎える為だから』

『迎える為？　誰かが応援に来るって事？』

『いや、ですがそれは……』

前述の通り小型転移門は、入口として使う事はできても、出口として使う事は仕様上できなかった筈だ。つまるところ、どこかの誰かを戦力として迎え入れる事は不可能なのである。それについて理解しているメルは、当然の事ではあるが、かなり困惑している様子だ。だが、そうこうしているうちにも、起動した小型転移門から、何者かが現れようとしていた。

『皆、今日の決戦の為に、ずっと努力を続けてきたよね？　それは私だって同じよ。自分にできる事を精一杯考えて、精一杯準備してきたの』

『ま、まさか……この小型転移門に改良を加えたのですか⁉　通常の転移門と同様に、行き来が可能となるように⁉』

『その通り！　すっごく大変だったけど、私、とっても頑張ったの！』

『え、それって何処から誰でも、簡単に応援が呼べるって事？　おー、やっべー装置じゃん、それ！』

『やっべーどころじゃないですよ！　転移門は神代の遺物の中でも、特に扱いの難しい代物なんです！　それを復元するだけでなく、改良まで施すだなんて！』

『クフフ。まあ起動に際する魔力の燃費は頗《すこぶ》る悪いもので、私一人が門を潜《くぐ》るので精一杯でしたけどね』

独自の笑い声と共に門の中から現れる、魔王グスタフの側近、悪魔四天王の一人ビクトール。彼の登場はメルだけでなく、セルジュにとっても予想外のものであったようで、彼女は珍しく目を白黒させていた。

『おやおや、これは酷《ひど》い。お借りしたクロトの分身体から状況はお伺いしていましたが、まさかここまで壮絶な戦場だったとは。これはのんびりしている暇はなさそうですね。おっと、自己紹介が遅れてしまいました。私、グスタフ様に仕える悪魔、ビクトールと申します』

ビクトールが礼儀正しく頭を下げ、自らの名を告げる。一方で、彼を見るセルジュの心の内はかなり複雑そうだ。

『……応援って、この悪魔が？　それに、魔王グスタフって――』

『――そこまでです。先ほども申し上げました通り、無駄話をしている暇はありません。勇者セルジュ・フロア、貴女と私達悪魔は複雑な因縁がありますが、今ばかりは捨て置きましょう。そこのお嬢様と、そういった契約を結んでいますのでね』

『……そういう事なら、私は従うまでかな。シュトラちゃんの邪魔にはなりたくないからね』

『素直で結構。転生神メルフィーナも、いえ、セルシウス家の奥方様もそれでよろしいですか？』

『お、おくっ――!?……コホン！　貴方《あなた》がそこまで仰《おつしや》るのであれば、私から言う事は何もありません。セラが慕う貴方の事です、むしろ心強いと思うくらいですよ。……フフッ、奥方様』

その言葉の響きがよほど気に入ったのか、メルは急激にご機嫌になっていった。

『うわ、引くほどチョロいなぁ。まあ奥方様はさて置いてさ、こっからの作戦は？　何か策があるから、彼が来たんだよね？』

『うん！　ビクトールおじさんなら、この状況にピッタリなの！』

『ビ、ビクトールおじさん……』

先ほど納得したばかりの筈だが、なぜか羨望の眼差《まなざ》しがセルジュからビクトールへと向けられる。お願いせずとも親しみを込められて呼ばれたのが、よっぽど羨ましかったようだ。こちらはこちらで、呼び名を酷く気にしていらっしゃる。

『地上は敵の大群に囲まれている。更に空も同様に危険であると……クフフフフ、確かに私に打って付けのシチュエーションかもしれません。それならば、この地の下を使えば良いだけの話ですからね』

『地の下？……それってもしかして、『土潜』のスキルを使う気？』

『ふむ……言われてみれば確かに、ビクトールはそういった戦法を得意としていましたね。ですが、その能力が適用されるのは、ご自分だけになるのでは？　貴方は大丈夫でしょうが、私達は土の中で窒息してしまいますよ？』

『クフフ。その点は私も日々成長し、不可能を可能にしたと、そうご理解ください。後は私の言葉を信頼して頂くしかないですね』

『そういう言い方は怪しまれるから駄目だよ、ビクトールおじさん！　い、一緒に潜っても大丈夫だから！　私が太鼓判を押すから！』

そう言って、瞬間的にエアハンコを押してみせるシュトラ。職業柄慣れた動作でもあったので、糸を操る最中にも、そんな仕草を取る事ができたようだ。

『か、可愛《かわい》い……！っと、違った違った！　ふ、ふーん？　まあシュトラちゃんがそこまで言うなら、私は構わないよ？　最悪、地面の中だろうと自力で脱出できるもん』

『私も言わずもがな、です。そうと決まれば即行動――と行きたいところですが、敵陣に出た時の役割を決めておきましょう。あと、現在展開している氷女帝《セルシウスブライア》の荊、タイミングを合わせて破壊しましょうか？　敵の気を引けるでしょうし、霧と合わせて状況確認を遅らせる事ができると思います』

『あ、それなら私はガードを何体か残して行くね。迎撃が急に全部なくなったら、あの魔導士さん達に怪しまれると思うから。段々と苦戦を強いられる感じになるように、遠隔操作で頑張ってみる！』

『であれば、私はシュトラお嬢様の脚となりましょう。さあ、背にお乗りください』

『うん、乗るー！』

『お、おんぶ、だと……!?　良いなぁ、羨ましいなぁ……！』

『セルジュ、欲望が声に出ていますよ』

かくして、四人は地下からの奇襲を仕掛けるに至った訳だ。

◇ ◇ ◇

土中より仕掛けた強襲は、見事に敵の不意を打つ事に成功する。影の魔導士達、及び彼らの警護に当たっていた歩兵の下《もと》へと駆け寄ったメルとセルジュ、近距離であれば完全にこちらのテリトリーだと言わんばかりに、彼女達はこれらを即座に殲滅《せんめつ》してみせた。抵抗する暇を一切与えない、圧倒的なスピード勝利である。また、反応が遅れていたのは他の駒、そしてレムも同様であった。

「お覚悟ッ！」

「覚悟ー！」

「えっ、だ、誰ぇ……!?」

迫り来るシュトラ&ビクトールを目にし、レムは未《いま》だに臨戦態勢を整える事ができないでいた。それどころか初見であるビクトールの姿に、恐れを抱いて硬直してしまう始末である。ちなみにこの時、ビクトールは魔人闘諍《ジンスクリミツジ》を既に纏《まと》っており、通常よりも禍々《まがまが》しい姿となっている。レムが怖がってしまうのも、多少は理解できる（？）かもしれない。尤《もっと》も、上位の十権能としてそれで良いのかと、ケルヴィム辺りから指摘されてしまいそうではあるが。

「邇九ｒ隴キ繧鯉シ」

「縺薙↑霄ｫ縺ｫ螟峨∴縺ヲ縺ァ繧ゑシ」

そんなレムの代わりに迎撃に向かったのは、彼女が乗る神輿《みこし》を担いでいた影の兵士達であった。逸早《いちはや》く動揺から脱し、神輿を担げる最低人数のみを残して、彼らは迎撃へと向かう。主《あるじ》を身を挺《てい》して守ろうとするその様は、兵士の鑑《かがみ》とも呼べるものであった。駒の種類としてはポーンに分類されるのだろうが、通常種よりも練度が高いように感じられる。所謂《いわゆる》、親衛隊というものなのだろう。

「失礼ッ！」

しかし、だからと言って、彼らがビクトール達《たち》を止められる訳ではなかった。黒光りする装甲を纏った腕に薙《な》ぎ払われ、宙に浮いたところをシュトラの冱寒の死糸《フリジッドデスレッド》に止《とど》めを刺される。結果として彼ら親衛隊が戦えたのは、一秒にも満たないごく短い時間でしかなかった。

「ク、反逆の将軍《クイーン》……！」

だが、それも全くの無駄という訳ではなかった。そのごく短い時間を使って、レムはなけなしの勇気を振り絞ったのだ。そして泣き叫び、名を呼ぶ。恐らくはレムにとっての奥の手、隠し玉、最終兵器――チェスにおける最強の駒であるクイーン、その名を冠する異形の全身鎧《よろい》は、亜空間から這《は》い出るように、そしてレムの盾となるように彼女の前に現れ、そして――

「はい、ど――――ん！」

　――死角から突撃して来たセルジュと共に、真横へと吹き飛んで行った。

「えっ、えっ……？」

「セルジュお姉ちゃん！」

「この厄介そうな影はセルジュお姉ちゃんにお任せ！　前線から戻って来ようとする他の影達も、メルフィーナが何とかすると思うから！」

　それだけを言い残して、槍《やり》の形態へとウィルを変形させたセルジュは、遠くへと離れて行く。どうやらクイーンをその矛先に突き刺し、戦闘による影響を周囲に及ぼさない場所にまで連れて行くつもりのようだ。超スピードで移動する最中、クイーンも抵抗をしているようだったが、セルジュのランスチャージは決して獲物を逃がそうとしない。結局、そのままクイーンはレムの視界の外へと消えてしまった。

「……」

　まさかの切り札の早期戦線離脱、この事態はレムにとってこの上なくショッキングな事で、最早《もはや》頭の中は真っ白になっている。ただ、本陣に居る主に危機が迫っている事に気付いた影達が、前線から回れ右をして、この場所へと雪崩《なだ》れ込もうとする動きが始まっていた。

「まったく、味方になっても頼もしい限りですね！　ならば、私も職務を全うしましょう！　海神の冷凍港《カナロアフリーザー》！」

翼を広げ空へ舞い上がったメルは、新たな相棒である銀翼の熾天使《ゼラフ》を天に掲げた。槍は青白く発光し、その眩《まばゆ》い光を戦場全域に浴びせていく。するとその次の瞬間、メルの視界に入っていた影の軍団、その全てが刹那に凍結。ポーンもナイトもルークも、抵抗なんてしていた時間は一切ない。本当に瞬く間の出来事であった為《ため》、影達は自分が凍ってしまった事を、恐らくは知る事もできなかっただろう。また、ポーンを無限に放出していた世界樹の湖も、時同じくして完全に凍結していた。まるで氷の大海がいきなり陸地に出現したかのような、そんな衝撃が戦場を走り抜ける。

（S級相当の白魔法と青魔法、それらを一つにして作り出した、合体魔法の究極の形がこれです……！　ただまあ、強力であるが故に代償も大きいと言いますか、ガンガン魔力が減ってお腹《なか》も減ると言いますか……！）

　魔法を維持しようとする毎《ごと》に、メルの腹の音がメロディーを奏でる。周囲に自分の腹の音を届けてしまうのは、一応メルにとっても恥ずかしい事だ。ただ今はそれ以上に、魔力の消費量が凄《すさ》まじい。メルはケルヴィンほどでないにしても、相当に潤沢なＭＰを持っている筈《はず》なのだが、それでもこの消耗は見過ごせないレベルであった。

（思っていた以上にきっついですね、これ……！　規模を大きくし過ぎたせいなのか、維持すれば維持するほど、加速度的に消費魔力が爆上がりしていく感じです……！　回復薬で魔力を補充しても、いずれは間に合わなくなるかも？……仕方ありませんね。『自食』を使いますか）

『自食』とはメルが神を辞めて天使に戻った際、新たに手に入れた固有スキルの事である。この能力はそれまでに食《く》い溜《だ》めした食料の多さを糧に、効果を発揮させるという一風変わったものとなっている。その肝心の効果と言うのが、消費してしまったHP・MPの自動補充――言ってしまえば、『自然治癒』、『魔力吸着』などの自然回復系、その極地とも呼べるものであった。大食いの範疇《はんちゅう》を超え、これまで尋常でない量の食べ物を食し続けてきたメルは、『自食』を使用した今、とんでもない回復力を手に入れていた。それこそHPとMPが1さえ残っていれば、瞬時に全回復してしまうほど、要は回復し放題、魔法を使い放題な状態である。

但しその一方で、この固有スキルは一度使用してしまうと、ストックしてきた食事量の全てを消費するまで効果を途中で止める事ができず、また使い切った後に強烈な空腹感に襲われるなどといった、ちょっとしたデメリットも存在していた。まあ強力なスキル効果を鑑みれば、些細《ささい》な弱みではある。あるのだが……今回が初めての使用である為、そのデメリットがどの程度の空腹感になるのかは、正直なところメル自身もまだ知らなかったりする。

「食べるだけの女じゃないんですよ、私はッ！　その分働いてやろうじゃないですかぁ――！」

そんな不安要素を誤魔化すかのように、メルが力の限り叫び続ける。その力は圧倒的であり、氷の獄に幽閉された影達は、指先一つ動かす事も許されない。

「全力で持たせます！　ですから二人とも、今のうちに……！」

「言われなくともッ！」

「もう目の前だよッ！」

「あっ、ああっ……」

シュトラとビクトールによって、最後の親衛隊が倒される。神輿は地に落ち、その上に居たレムも転がり落ちてしまっていた。そして、そんな彼女に黒き巨腕が、銀の糸が迫る。

「ごめ、ごめんなさい……！　私、私なんかが、不適《キング》の王のせいで……！」

それは誰に対する謝罪だったのか、震える声で、レムはその言葉を口にしていた。

ひょっとしたら、無意識に言っていたのかもしれない。味方を呼び出す為とか、そういった事は全く意図していない、それどころか戦いにおいて何の意味も成さない、本当にただの謝罪だったのかもしれない。

もう彼女の周りには敵しかおらず、味方となる影の駒はその言葉を聞く事ができない。チェスで言うところのチェックメイト、聞き手の居ない謝罪は自己満足でしかなく、戦いの中において意味など生まれないものだ。

……但しこの時、実は聞き手が存在していた。彼女が常に持ち歩いていた、不出来なヌイグルミである。片目がなく、腹からは綿が飛び出し、お世辞にも出来の良いヌイグルミとは言えないものだ。だが、それでも、不出来なヌイグルミはレムの謝罪を受け入れた。

「縺ェ繧峨?∽サ雁コヲ縺ッ潤ッ縺咲視縺ォ縺ェ繧峨→縺?↓縺ユ繰」

理解不能な言葉を発したのは、果たしてレムだったのか、それともヌイグルミの方だったのか。シュトラ達がそれを認識する前に、ヌイグルミは影と化し、レムを丸ごと呑《の》み込んでいった。

◇　◇　◇

これはレム・ティアゲートが神となる前の、それはそれは大昔の話である。彼女はとある世界のとある国、その王族として生を享《う》けた。偉大なる王族、ティアゲート家の第一子の誕生、それは国を挙げて祝福する事柄で、この日は大変に特別な日になる予定であった。

だが、しかし。

『こ、これは……!? おい、これは一体どういう事だ!?』

『わ、私にそのような事を言われましても……』

レムが誕生した際、彼女の父である国王は驚き、動揺を隠せない状態にいた。出産の直後で疲れ果てていた、王妃である母にそう問い詰めてしまうほどに。その王妃も何が何だか分からない様子で、最早泣き出してしまう寸前のところだ。傍目《はため》からすれば、このめでたい時に何て事を言い出すのだと、国王を非難しているところだろう。だが、困惑の色を隠せなかったのは、何も国王だけの話ではなかったのだ。周囲の警護に当たっていた兵士、出産に立ち会った産婆やメイド、荒らげる国王の声を聞きつけやって来た大臣らなど、レムの姿を目にした者達は、皆一様に自らの視認情報を疑ってしまった。

　では、なぜ彼らはそのように思ってしまったのだろうか？　生まれたレムの健康状態に問題があった？　いや、違う。彼女は赤ん坊らしく元気に泣いており、特に怪我《けが》をしている様子はない。もちろん、病に罹《かか》っている事もなかった。それでは王族の長子として、男の子が生まれてくるのを期待されていたから？　いいや、それも違う。この国に男女の違いで王となる者を差別するような風習はなく、過去には女王として国を治めていた者も存在していた。生まれて来たのが女の子であったとしても、国王がこれほどまでに狼狽《うろた》える事はあり得ない。ならば、なぜ？

『――どうして、どうしてこの子はこんなにも小さいのだ!?　これでは小人のようではないかッ！』

　国王が泣きながら声を上げる。彼はレムを小人のようだと仮令《たとえ》ているが、人の赤ん坊として彼女はそこまで小さくはなかった。平均よりも小柄な方ではあるが、特に問題があるほどではない。但し、問題があるとすれば――彼女が生まれたこの国が、巨人の国であった事だろうか。

　巨人の父、そして巨人の母の間に人の子が生まれた。これは巨人族にとって前例のない事である。これを公表すれば最悪の場合、王妃が人間との間に隠れて子を作ったのではないかと、そう訝《いぶか》しむ者も現れかねない。

『申し訳ありません、申し訳ありません……！』

『……いや、謝るな。そして、声を荒らげてすまなかった。ワシはお前を信用しておる。この場に居る者達だってそうであろう。だが、残念ながら国の中には、そうでない者が居るのも事実。一体、これをどうしたものか……』

時をおいて冷静になった巨人の王は、椅子に座り頭を抱えた。王妃が妊娠している事は、既に国民達に明かしてしまっている。今更なかった事にはできない。いや、如何《いか》に小さくとも、愛する妻が腹を痛めて生んだ、可愛《かわい》い我が子である事には変わりないのだ。王は父親として、そこを偽りたくはなかった。

『……王よ、よろしいですかな？』

『どうした、大臣？』

『私も今冷静になりまして、改めて疑問に思った事があるのです。それが、ええと、その、大変に申し上げ難《にく》いのですが……』

『こんな時なのだ。遠慮をするな、申してみよ』

『ハ、ハッ！　では……王妃様が妊娠されていた際、お腹は一般的な妊婦のそれと、同等の大きさであったと記憶しております。その際の腹の膨らみと、お生まれになった姫君の大きさが、釣り合っていないように思えまして』

『む？……それは、確かに？』

大臣の指摘を受け、国王は首を傾《かし》げる。夫である彼は、膨らんだ王妃の腹を誰よりも目にしてきた。今更記憶違いである筈がない。妊娠していた際、確かに王妃の腹は一般的な大きさまで膨らんでいたのだ。

『そ、そう言えば、私も出産の痛みを感じた時、この子がもっと大きく思えたような……？』

『それは真《まこと》か？　ううむ、一体これはどういう事なのだ？』

『……王よ、我々も意見よろしいでしょうか？』

　そう言って次に手を挙げたのは、この国に仕える五人の王宮魔導士達だった。大臣らと共にやって来ていたのだろう。ただ、彼らは未《いま》だに酷《ひど》く動揺した様子で、額から、いや、恐らくは全身から大量の汗を流し続けている状態だった。その様子があまりに病的なものであった為、彼らの体調こそ大丈夫なのかと、思わず国王はそちらの心配をしてしまう。

『お主ら、酷い汗だぞ？　大丈夫か？』

『正直なところ、大丈夫ではありませんが……その前に姫君について、我々の見解を述べたいのです。我々の今の状態と、全く無関係な話ではないので……どうか、許可を頂きたい』

『ふ、ふむ、何か裏のあるような言い方であるな？　分かった、この国の賢者たるお主らの見解、聞かせてもらおう』

『ありがとうございます。王妃様の出産時、我々はこの部屋には居なかったのですが……その、姫君が生まれたその瞬間を、確かに感じ取る事ができたのです。ここに居る、五人全員が』

『うむ……？　それはどういう意味だ？　と言うよりも、一体何の話だ？』

王宮魔導士達《たち》の意図する事が分からず、再び首を傾げる国王。

『我々がこの場に馳《は》せ参《さん》じたのは、実のところ王の声を耳にしたからではなかったのです。こう言っては変に思えるかもしれませんが……我々は、姫君に呼ばれました』

『この子に、だと？』

『はい。姫君が誕生された際、異常なまでの魔力の高まりが、この場所より発せられていたのです。魔法に精通している者であれば、恐らくは城下町に居る者も——いえ、この国全土に居る者達が、その大いなる魔力を感じ取る事ができたでしょう』

『それはまるで星々が爆発するが如《ごと》く、凄まじいものでした。この通り、我々の肉体が強制的に恐れ戦《おのの》いてしまうほどに……』

『今、こうして対峙《たいじ》しているからこそ、我々は確信致しました。姫君は選ばれし神の子であると。姫君は幼子にして、既に我々をも超える魔力量を有しているのです』

『な、なんと……！』

巨人族は屈強な肉体を持つ一方で、種族としての魔力量は、人間よりも劣っている傾向にある。だがそれでも、ここに集った王宮魔導士達は国を代表する魔法の使い手であり、人間の魔導士と比較しても、間違いなくトップクラスに位置する実力を持っていた。そんな彼らが口を揃《そろ》えて、まだ生まれたばかりのレムを褒め称《たた》え、同時に恐れ戦いている。その必死な様子から、単にレムをおだてている訳ではないと、国王は直感的に理解する事ができた。

『ここからは我々の推測になるのですが……姫君は巨人族としての肉体の大きさの代わりに、莫大《ばくだい》な魔力をその身に宿したのではないでしょうか？』

『体の代わりに、魔力を……？』

『どういった原理なのかまでは、一切分かりません。ですが、そうとでも言わないと、この現象の説明がつかないのです』

『神の悪戯《いたずら》なのか、それとも救世主として選ばれたのか……どちらにせよ、姫君は必ず大成されます。我々には、その確信があるのです』

　王宮魔導士のお墨付き、それは大変に名誉な事で、我が子の将来が如何に明るいかを示すものでもある。だが、それでも国王は心配だった。巨人族として特異な体を持つレムが、国民から受け入れられるのかを。我が子として、信じてもらえるのかを。

『なるほど、な。神の悪戯か……しかし、このような話で国民達は納得するだろうか？　この子が今の話に相応する力を有していたとしても、国民は目に見える情報を優先するだろう。下手をすれば、ティアゲート家の信頼が失墜するぞ』

『……王よ、提案があります。我が国で魔法を扱える者は、そう多くはありません。しかし、だからこそその者らは尊敬され、発言が信頼される傾向にあります。ここは魔法に長《た》けたその者らを招集し、姫君を直接目にさせるのは如何《いかが》でしょうか？』

『彼らは魔導士としてのプライドが高く、堅物な者も多いですが、それ故に嘘《うそ》を口にする事がありません。彼らが姫君を目にすれば、先ほどの魔力の爆発が姫君によるものだと、説明するまでもなく自ら知る事になるでしょう。そして、姫君の存在が如何に尊いものであるのかも、必ずや理解します』

『姫君を大いに敬った彼らは、各地に戻った後、自らの経験を流布するでしょう。多少の時間は掛かるでしょうが、これならば信頼は確実に高まっていきます』

『初めのうちは、疑いの目を向ける国民が居るやもしれません。しかし、彼ら魔導士達が──いえ、我々も含め、あらぬ疑いを必ずや払拭致しますぞ！』

『ま、魔導士達だけではありませぬ！　我々も尽力致します！』

『そ、そうです！　私だって出産に立ち会ったんです！　姫様が国王様と王妃様の子供だって、真実を知っています！』

『お、お前達……』

次々と上がる協力の声。国王は配下達の情愛に感動し、大粒の涙を流したという。……しかしこの時、巨人の国の行方は既に決まっていたのかもしれない。

◇　◇　◇

レムの誕生から数日が経過した、ある日の事。国王はこの日、城の前に民達を集め、子が生まれた事を正式に発表する事を決めていた。ここ数日、臣下達はレムの為《ため》によく働いてくれている。巨人とは思えぬほどに小さなレムに対し、偏見の目を持たず、真摯に向き合ってくれた彼らには、国王と王妃は頭が上がらない思いで一杯であった。しかし、それと同時に不安でもあった。臣下達と同じように、民達はレムを受け入れてくれるだろうかと、心の底から不安であったのだ。

『打てる手は全て打っている。事実、各地より招集した魔導士達の反応は、予想以上のものだった。レムを神の子であると、諸手《もろて》を挙げて称える者が居たくらいだからな。しかし、物事に絶対はない。何も起こらなければ良いが……』

国王の不安をよそに、民衆の集まる時間は刻一刻と迫っていた。そして遂《つい》に、その時はやって来る。

『……大臣、全てはそなた等のお陰だ』

『いいえ、全ては王の信頼があってこそです』

結果から言ってしまえば、国王の不安は見事に外れる事となった。それも、拍子抜けするほどの大外れだ。

『おお、何と神々しくも可愛らしいお方なんだ！』

『そ、存在感が違い過ぎる……！　魔力を持たない俺にも、溢《あふ》れんばかりの魔力が見えちまうくらいだ……！』

『ママ、僕聞いたんだ！　とっても賢い魔導士さんが、言ってたの！　レム様が生まれてくださったから、この国は未来永劫《みらいえいごう》安泰だって！』

『フフッ、その通りね。レム様が生まれて来てくれたこの奇跡に、ちゃんと感謝しないとね』

『ありがたや、ありがたや……』

『レム様、ばんざぁ――い！』

何と言う嬉《うれ》しい誤算だろうか。民達の口から聞こえて来るのは、レムの誕生を喜ぶ声ばかり。今回、国王が彼女を抱き抱える形で公にした訳だが、その姿を目にした途端、民達は凄《すさ》まじいまでに沸き立っていた。レムの体の大きさについて怪しむ者など誰一人としておらず、新たな王族のお披露目は大成功に終わる。これも臣下達の協力の甲斐《かい》があってのもの――と、言いたいところだが、流石《さすが》にこの展開は出来過ぎのようにも思える。疑い深い国王は、当然この一連の流れに疑問を持った。

『大臣、これはひょっとして夢なのでは？　或《ある》いはワシの弱き心が生み出した、幻と幻聴なのでは？』

……そっち系の疑問であった。

『どれだけ自信をなくしているのですか、王よ……夢でも幻でも幻聴でもございません。間違いなく現実の、民達の総意でございます』

『しかしなぁ……』

それでも納得できない国王は、城内に戻ってから大臣に自らの頬を思いっきり叩《たた》くよう命令する。どんな命令だと唖然《あぜん》としてしまう大臣であったが、まあ国王がそれで納得するのならと、その命令を受ける事に。

——パァーン！

『……夢じゃなかった』

『だから、そう言っているでしょうに……』

『う、うえぇぇ——————ん！』

部屋の中にレムの泣き声が響き渡る。どうやら今のビンタの音に驚いてしまったようだ。

『っとと!?　レム、すまない！　大臣が加減を知らないビンタをしたせいで、驚かせてしまったな！　こら、大臣！』

『今の流れで私を責めるのです!?　も、申し訳ありません、レム様！　国王が無駄に疑心暗鬼に陥ってしまいまして……！』

『き、貴様、ワシを売る気か!?』

二人が喧嘩《けんか》する事で、レムの泣き声はますます強まっていく。そんな赤ん坊に、巨人国のトップ陣達はオロオロするばかりであった。ともあれ、悩める国王の不安も多少は和らいだようである。

——それから幾月幾年の時が流れる。この間、巨人の国は争いが起こる事なく、国全体が平和そのものであった。生まれたばかりの赤ん坊であったレムも、健やかに成長をし続けている。巨人のような大きな体になる事はなかったが、最早《もはや》この国の者達にとって、そんな事は些事《さじ》でしかない。

『おお、レムがまた泣いておるぞ。大臣、貴様の笑顔が怖いのだ。レムの視界から外れよ！』

『国王こそ、顔の傷跡が威圧的過ぎるのです。レム様の前に立ちたいのなら、プリティーな着ぐるみを被《かぶ》ってください！』

『あのお二人、またやっているわ。本当に飽きないわねぇ』

『うふふ、レム様が可愛《かわい》くて仕方ないのね。まあ、それは私達もなんだけど』

レムはよく泣く子であったが、不思議とその泣き声さえも、誰もが愛《いと》おしく感じていた。

両親も、臣下も、民達も——たとえそれが、生粋の悪人であったとしても、レムに対しては深い愛情を感じずにはいられなかった。

——更に時が流れ、レムが言葉を話すようになると、よりその愛情は顕著なものへと移行していく事となる。

『あ、あの、おはよう、ございます……』

『『『うおおおおおっ！』』』

レムの発した言葉、それがどんなにちょっとしたものであったとしても、それは巨人達にとっての何にも代え難い至福となった。それこそ、無意識のうちに歓声を上げてしまうほどだ。彼女の為により良い国にしていこう、身を粉にして働こう、この国に貢献しようと、この頃には皆が皆、そう思うようになっていた。いや、思うだけでなく、実際に行動としても表れていた。巨人の国は日増しに豊かになり、犯罪行為は大幅に減少——将来この国の王になるのはレムであると、皆がそう信じて止《や》まないが故の結果が、如実に表れていたのだ。誰の目から見ても、未来は明るく照らされていた。

――しかし、そこから十数年の時が経《た》つ頃に、ある不幸な出来事が起こってしまう。巨人の王が不治の病に倒れ、その命の灯火《ともしび》を消そうとしていたのだ。ただ、彼の心に後悔はないようだった。

『レム、後の事は頼んだぞ……お前なら、この国を正しい道へと導ける……』

『お父様……』

レムの誕生から十数年経った今も、レムの泣き癖は直らず、未《いま》だに背丈も低いままだ。が、この国にそんな事を気にする者は、今や一人として存在しない。むしろ国王は、我が子は立派に成長したものだと、強い感銘を覚えていた。心酔していると言っても良い。

『フッ、そのような顔をするな、自信を持て……これまでレムは、その身に宿した莫大な魔力を使い……時に枯れた土地に雨を降らし、時に災害を退けて多くの命を救ってきた……語るべき奇跡は、まだまだある……　その奇跡の数だけ、ああ、いや、そんなものなんてなくとも、我が臣民達《たち》はお前を愛していただろうな……どちらにせよ、レム、お主はワシの誇りなのだ……』

そう言って、王はゆっくりと瞼《まぶた》を閉じていった。

『臣下と、民達は……レムを支えようと、今も尚《なお》……大変な努力を、続けてくれている……愛娘《まなむすめ》の為に……国全てが一丸となっているのが、今も脳裏に、浮かんで来るようだ……ああ、何と素晴らしき光景だろうか……あの光景を目にして……今更、何を後悔する事があるだろうか……』

彼女が居る限り、この国の安寧と安泰は約束されているようなものだと、王は確信していた。だからこそ、安心して逝ける。

『頼んだ、ぞ……』

そんな思いの中、巨人の王は静かに、だが幸せそうに天に召されて行った。

『～～～……！』

その日よりレムは、三日三晩部屋に閉じこもり、泣き続ける事となる。国中に聞こえるような大声で、昼夜問わず、ずっと、ずっと――そんな彼女の声を耳にして、臣下と民達は今まで以上に新たな王《レム》を支えなければと、思いを新たにするのであった。

戴冠式を終えて正式に新王となったレムは、父の言葉と心を受け継ぎ、奇跡を起こすだけでなく、懸命に政《まつりごと》を学ぶようになっていた。周囲の期待に応えようと、必死に。となれば、その周囲の者達も触発されない筈《はず》がないだろう。怠惰は許されない。懸命に健全に正しく生きていく事は、何よりも素晴らしい事なのだ。そう、レムを支える事ができるのだから、素晴らしい。新王を迎えた巨人の国は、これより更に繁栄していく事となる。

――王となって暫《しばら》く経ってからも、泣き虫なレムは相変わらず泣きべそをかき、結構な頻度でドジを踏んでしまう事があった。だがそれさえも、皆にとっては愛される要因の一つでしかない。一挙手一投足が愛らしいのだ、そんな事は当然だろう。愛らしいレムの奇跡は周辺諸国までをも呑《の》み込み、次々と支配地域を増やしていった。彼女の最期には、巨人の国は世界一の超大国にまで至っていた。人の心を持つ者、悪人までもが善人となって健全に汗を流す平穏な世界は、レムがその生を全うするまで続いていった。

……そして、レムがその生を全うしたその瞬間に、超大国である巨人の国は滅亡する事となる。世界の大半を巻き込んで。

◇　◇　◇

『ヒック、ヒック……うえぇ……』

　光に満ちた空間で、一人の少女が泣いていた。こんなにも明るく、希望に満ちた空間に居るというのに、彼女は何を悲しく感じているのだろうか。泣きながら少女は、透明な床の下に映っている下界の様子を見ているようだった。その少女の名は――レム・ティアゲート。最期まで世界に愛され、最期まで皆の為に尽力した偉大なる者。しかし、老衰で亡くなった筈の彼女の姿は、前述の通り少女のものとなっていた。

『……貴様、レム・ティアゲートだな？　何を泣きじゃくっている？　下界の人の身でありながら、神に匹敵する信仰を集め、世界にひと時の安寧をもたらしたと聞いているぞ？　そして今や貴様は、神の領域という最上の高みへと登った。貴様の功績は神にも認められたのだ。自らを誇りに思う事はあれど、延々と涙を流す意味はあるまい？』

泣き続けるレムに話し掛けたのは、顔の見えない男であった。まるで顔だけを油性マーカーで塗り消したかのように、或いは世界の意思によって覆い隠されたかのように、正面から向き合っても男の顔は明らかにならない。理解できるのは彼が屈強な肉体を持ち、神々しさと禍々《まがまが》しさの入り混じった、奇妙な力を発しているという事だけだ。また、彼は並の神であれば即座にその場で平伏してしまいそうな、圧倒的な存在感も有していた。

『えっぐ、うぇっぐ……』

そんな彼に話し掛けられたと言うのに、レムは何を答えるという訳でもなく、ただただ泣くだけであった。

『フッ、我を前にしても己の感情を貫くか。不敬、不遜、如何《いか》に子供であったとしても、そう断じられる態度である』

凍えてしまうような冷淡な声色に、レムはビクリと体を震わせる。そして、男はレムに手を伸ばし――彼女の頭に、そっとその手を置いた。

『だが、だからこそ気に入った。噂《うわさ》通り、見た目よりも芯の強い若人であるようだ。レム・ティアゲート、貴様の感情を掻《か》き回すのは、貴様の死後に下界で起こった、あの惨状が原因だな？』

見えない顔の目が、レムと同じ景色を見ているような、そんな気がした。彼の声色は相変わらず冷淡そのものだ。ただ、手から伝わる温《ぬく》もりは、不思議と嫌な感じはしなかった。

『えぐぅ……私、私ぃ……！』

『……なるほど。世界に愛され、光となったが故の弊害か』

レムと男が目にしたものは、そこら中に死体が転がる、破滅した世界であった。かつて平穏であった世界は一体どこへ消えてしまったのか、そこには見渡す限りの地獄が広がっている。争いがあった訳ではない。国家間の戦争、何者かによるテロが起こった訳でもない。ただ人々は、自らの意志で命を絶っていた。自殺、自害、自決――当て嵌《は》まる言葉は幾つもあるだろうが、そこから行き着く結果はどれも同じ。人々は絶望感に打ち拉《ひし》がれながら、この世に別れを告げていたのだ。

『わた、わだじが、悪いの……私が、あんな力を、使っていたがら……！』

『……支配の力か』

赤ん坊として世界に誕生した直後から、レムはとある能力を無意識のうちに使っていた。それが男の言う、『支配』の力――文字通り周囲の者達を自らの支配下に置く、最強の力であったのだ。

涙ながらに、レムがぽつぽつと話し始める。彼女がこの力の存在に気付いたのは、自我が芽生え始めたばかりの事だったそうだ。生まれてこの方、レムは人に優しくされた経験しか持っておらず、叱られたり怒られたりと、そんな事をされた覚えがなかった。あったとしても国王と大臣による、冗談交じりの言い合いを目にするのが精々だ。

『お前、また同じミスをしたのか!?　ったく、何度言えば分かるのだ!?』

『も、申し訳ありません……』

　だからこそ、城の者がその上司に叱責されている場面に遭遇した際、とんでもないショックを受けてしまった。ショックを受けると同時に、こうも思ってしまったのだ。

　……何でそんな酷《ひど》い事を言うんだろう。世界が誰に対しても優しくて、幸せなものになってくれれば良いのに――と。

『すまない、言い過ぎた！　お前はよくやっている！　仕事を割り振り過ぎた、俺の責任だ！』

『いいえ、兵長は私以上に努力されています！　私が未熟だったのです！』

　彼女がそう思った直後、叱責はピタリと止まり、皆に笑顔が溢《あふ》れ出した。仲直りの握手、心からの謝罪、流れるようなスピード解決である。

『レム様のお姿を目にした瞬間、自らの愚かな行為に気付く事ができました！』

『流石《さすが》はレム様です！　自分、今まで以上に頑張ります！』

　そんな事まで言われて、レムはとても満足した。誉《ほ》められたのも嬉《うれ》しかったけど、何よりも彼らが幸せそうだったから。それからまた、似たような場面に遭遇し、同じように解決して――そうやって幼いながらに、この力の存在に気付いていったのだ。そして、思った。この力を使って問題に介入していけば、もっと多くの人々を幸せにできるのではないか、と。

　肉体が成長し、平和への想《おも》いが強くなるほどに、レムの力は更に強力なものへと進化していった。城周辺までしか適用する事ができなかった能力範囲が、次第に城下町の外にまで延び、隣町へ、辺境の村へ、遂《つい》には国内全域がレムの支配下に置かれる事となる。レムの父である巨人の王が亡くなってからは、能力が更に顕著なものとなり、巨人の国は他国との併合に併合を重ね、最終的に広大な領土を有する超大国に至った訳だ。

『……自らが光となって、人々の道しるべとなる。生き方を示された者達は、正しき行いを全うする。そこに敵や悪人はおらず、争いが発生する事もない。なるほど、完璧な世界だ。……貴様が生きている限りは、な』

『わた、私……ぢゃんと、私が死んだ後の事も、しっかりやるように……皆に、伝えてた……』

『ほう？　貴様なりに危機感を覚えて、対策を打っていたという訳か？　だが、言伝《ことづて》程度の戒めでは、貴様を失うという絶望感から、彼らを救う事はできなかったようだな』

男は言った。あの世界におけるレムは、太陽のようなものだったのだと。日の光が存在するからこそ、人は生に希望と喜びを感じる事ができる。太陽が照らす方へ向かって、歩み続ける事ができる。しかし、偉大なる役割を担っていた太陽が、ある日突然消滅したとしたら、人々はどうなる？　ああ、そんな事は考えるまでもない。絶望だ。彼らの世界は絶望で満ちてしまう。

『貴様が死んだ事で、彼らは支配の力から解放された。いや、解放されてしまった、と言った方が良いだろう。希望に満ちた日々、貴様の力で一度それを味わった者達は、もうそれ抜きに生きていく事を選べなかったのだ。家族より恋人よりも、誰よりも愛していた貴様が居ない、そんな世界を許す事ができなかったのだ。だから彼らは貴様と同じように死ぬ事で、次なる世界へと旅立とうとしたのだ。再び貴様と巡り合う事を夢見て、な』

『……』

――嗚咽《おえつ》、涙が溢れて止まらない。喉が熱い、悲しみのあまり声が出ない。男に事実を突きつけられたレムは、最早《もはや》許容できる限界を超えてしまっていた。

『わだ、わたじ、は……』

今更後悔しても遅い、もう全てが手遅れだ。望むべきではなかった。力に溺れるべきではなかった。あの世界に生まれてしまった段階で、皆に見捨てられた方が良かったんだ。

……後悔ばかりが押し寄せ、レムの心を押し潰す。

……だが、そんな彼女に一筋の光が差し込む。

『あの世界は今、死に瀕《ひん》している。だがな、貴様が悪い訳ではない。むしろ、貴様はよくやった。人の身でありながら、下界の者達をよく導いてくれた。改めて、我の口から言ってやろう。大儀であった』

『……えっ？』

意外な事に、レムに救いの手を差し伸べたのは、その謎の男であった。傲慢に、不遜に、図々《ずうずう》しく、だが非常に力強く、男はレムを肯定してくれた。

『あ、貴方《あなた》は、一体……？』

『我を知らないとは、無知にもほどがあるな。だが、答えてやろう。我の名はアダムス、偉大なる者、アダムスだ。よくよく覚えておけ』

◇　◇　◇

アダムスは言った。悪かったのは能力を使ったレムでも、希望に縋《すが》った人々でもない。世界を構築する、システムそのものが間違っていたのだと。

『システム……？　それを正せば、こんな事は起きなかったの……？』

『少なくとも、自ら死を選ぶ者は減っていただろう』

アダムスは言った。人々がレムの能力に影響され過ぎてしまったのは、果たしてなぜなのか。それは人々が弱かったから、肉体的にも精神的にも未熟であったからだ、と。

『生前に貴様が居た世界は、皆均一的な力しか持たぬ、抑圧された世界であったのだ。巨人という種族は存在しても、一人で何千何万人分もの武勲を立てる者は居ない。魔法という手段が存在しても、一人一人が扱える程度は子供騙《だま》しなものばかり。貴様のような不可思議な力を扱える者なんて、他には誰一人として存在していなかった。貴様だけが特別な世界だったのだ』

『じゃ、じゃあ、私は、何で……』

『……貴様はあの世界において、イレギュラーそのものだった。神の手違い、天文学的な確率で起こってしまった、世界のバグとも呼べるだろうか。故に、他の者達《たち》は抗《あらが》う事ができなかった。貴様が生まれるべきは、我が統括する世界であったのだ。誰もが強さを欲する事ができる、肩を並べられる強者が存在する、この真の理想郷こそが貴様に相応《ふさわ》しかった』

『真の、理想郷……』

レムは思った。自分が死んだ後で、誰か一人でも同じ輝きを持つ者が居たとしたら、結果は変わっていたのではないかと。そして、皆の心がもっと強かったのなら、自ら死を選ぶ事もなかったのではないかと。それはひょっとしたら、力を持って生まれてしまった自分が存在しても、唯一許される世界なのではないかと。

『神達の間で、今とある意見が対立している。片方が目指すは、下界に住まう者達の力を抑圧し、神にとって管理しやすい世界に統一する事。片方が目指すは、下界に住まう者達の真の力を呼び起こし、可能性に満ちた世界に統一する事――我は後者の指導者として、遠くない未来、大きな戦を起こす』

『い、戦……!?　戦いなんて、そんなの、駄目……神様なのに、何でそんな事を……？』

『正しき思考による発言だな。だが、貴様は神に対する偏見を持っているようだ』

『偏見……？』

『神は上位者であれど、決して崇高な存在ではないのだ。身勝手かつ傲慢な、この我のようにな。……レムよ、貴様にも理想とする、望む世界があるのだろう？　ならば、欲しい世界は自らの手で摑《つか》み取れ。希望と愛を謳《うた》うだけでは、神も疲れるというものだぞ』

アダムスはレムの頭に乗せていた手を離し、そのまま彼女の前に差し出した。この時になって、漸《ようや》くレムはアダムスを見上げたのだが、やはり彼の顔を覗《のぞ》くことはできなかった。

『それは、勧誘……?』

『どう思うかは貴様次第だ。この手を取るのも、払うのも貴様次第だ。自分で決めよ』

『……』

レムは少しだけ迷う仕草を取ったが、その後、直《す》ぐにアダムスの手を取る。

『戦争は、嫌……けど、それでも、私は私の……理想の世界を目指したい……』

『フッ、多少はマシな目になったではないか。だが、良いのか？　仮に敵の神達に勝利したとしても、その先にある我の望む世界は、闘争に満ちた危険極まりないものであるかもしれんぞ?』

『その時は、私が貴方を支配して、止めるから……安心して……?』

『……ク、ククッ、クハハハハッ！　なるほど、我を止めるか！　それは良い、実に良い答えだ！　貴様も神らしく、我《わ》が儘《まま》になって来たではないか！　クッハハハハッ！』

『わ、笑われた……うええぇ……』

馬鹿にされたと思ったのか、覚悟を決めた筈《はず》の顔を、泣き顔へと変えてしまうレム。ただ、この時にアダムスの表情を、僅かに見る事ができたような、そんな気がした。

『ククク、貴様の泣き癖は死んでも直らないようだな。どこまでも芯の強い娘よ。ああ、そうだ。貴様に神としての最初の仕事を与えてやる』

『えぐっ、えぐっ……さ、最初の、うぃっく……仕事……？』

『そう構えるな。これは争いとは何の関係もない事よ。実はな、貴様を追って死を選んだ者達が、揃《そろ》いも揃って転生の道を拒んでいるそうだ』

『ッ！』

レムが涙を流したまま、目を見開く。

『私を、追って……そ、それって、もしかして……』

『本来、我ら神の意志に背く者には、重い罰を下すところなのだが……我の権限で、今のところ処遇を保留させている。駆け出しの神である貴様が、果たしてどのような処罰を下すのか、少しばかり興味があったものでな。どうだ？　この記念すべき最初の仕事を、やってみる気はあるか？　あるのなら、再びこの手を取れ。ないのなら、払うといい。自分で決めよ』

『……答えるまでも、ない！』

レムは力一杯彼の手を握り、その意志を示す。それはアダムスにとっては何の痛みも感じさせない、非力にもほどがあるものだった。が、相変わらず彼は愉快そうに笑っているように見えた。

『クハハ、迷いがなくなったな。貴様の意志、確かに受け取った。ならば、こいつを受け取れ』

そう言ってアダムスが手渡したのは、レムにとって見覚えのある、ボロボロのヌイグルミであった。

『こ、これ……お母様が、私の誕生日に作ってくれた……』

『そう、手作りの小汚く不気味な人形だ』

『い、言い方……』

『我は遠慮を知らんからな、適当に流せ。で、さっき言った貴様を追って来た者達の魂は、今はそのボロ人形の中に投獄している。どう処理するにしても、神である貴様ならば、自然と方法を知る事ができる筈だ。まずはその者達とよくよく話し合う事だな。まあ、どうしても決められないのであれば、我の機嫌次第では相談に乗ってやってもいい』

『……ありがとう』

『貴様程度に礼を言われる筋合いはない。だが、我を愉快にさせてくれた褒美だ。この権能もくれてやる』

　アダムスの手から神々しい光が放たれ、それがレムへと移っていく。

『えっ……？　これ、は……？』

『神として相応しいものに、貴様の力を整備してやった。言ってしまえば、『支配』の権能か。これまでの貴様の力は、感情に任せるまま周囲に能力を垂れ流す、大雑把かつ迷惑極まりないものだった。迷惑行為そのものと言っても良いだろう。先ほどのように大泣きしている時は、特にそれが顕著であった』

『め、迷惑行為……』

『何だ、気付いていなかったのか？　我がここへ来てやるまで、能力に中《あ》てられるのを嫌った他の神達は、この周辺に近付くのも避けておったのだぞ。事実、神となってから、我以外の誰とも会っていないだろう？』

『……』

思い返してみる。レムは老衰した後、気が付いたら宙に浮かぶ『天界へようこそ！』という謎の表記の前に立っていた。またそれと共に、生前の実績から自分が神として選ばれたという、そんな節の説明が長々と記されていた。が、神らしい神とは、確かにアダムス以外とは会っていない。それからはずっとその場所《ここ》で泣いていたし、他の場所へも移動していない。結論、アダムスの言っている事は合っている——ような気がした。

『思い当たる節があるようだな。まあ、過ぎた事など気にしても仕方あるまい。これからはその権能を、自らの意思でオンオフの切り替えができるようになる。また、効果範囲もより正確に定められ、範囲を絞る事でより強力に効果が作用するようになった。更に、権能を権限させた際は——む？　どうした？』

アダムスが説明をしている間、レムはじっと彼の見えない顔を見詰めていた。人見知りの彼女らしくもなく、全く目を背けようとしない。

『私、貰《もら》ってばかり……どうして、そこまでしてくれるの……？』

『……そんな事は決まっている。貴様は我にとって、有用な神材であるからだ。それに、貸したものはいずれ利子を含めて回収する。それをゆめゆめ忘れるな』

『そう……変な神様……』

『お前に言われたくはない』

こうしてレムは、何とも奇妙な神、アダムスと知り合ったのであった。そして彼女はアダムスの腹心となり、後に伝えられる神話大戦にて大きな戦果を挙げる事となる。
◇　◇　◇

レムの有する『支配』の権能には、大きく分けて二つの使用方法がある。

一つは、これまでと同じように周囲に能力を展開し、複数の対象を自身の支配下に置く事だ。一定のレベル以下の相手であれば、殆《ほとん》ど無制限の人数を操作する事ができ、それは生物に限らず、全身鎧《よろい》やゴーレムの類にも適用される。アダムスの力によって繊細な範囲調整も可能となった、一般的に伝承されている彼女の力と言えるだろう。

そして、もう一つの方法というのが、レムと彼女の仲間達が長い時をかけ生み出した、巨力無比なる御業《みわざ》――『巨神軍旅《ギガストラトス》』。レムが緑魔法で作り上げた影の人形に、自分に付いて来てくれた仲間達の魂を憑依《ひょうい》させた、ある種のゴーレム召喚である。レムと魂の結びつきが強ければ強いほど、この時に発揮される人形の力は強化される。その上で何者をも恐れない心を『支配』で付与させてやれば、最強の鎧を装着した、恐れを知らぬ巨人の兵士が出来上がる訳だ。ケルヴィンが生成したゴーレムに、セラが魂操憑依《マインドインテグレーション》で魂を憑依させ強化した方法と、原理は同じである。

　但し大きな違いとして、レムの人形達は破壊されたとしても、彼女の魔力が尽きない限り何度でも、そして即座に側《がわ》を再構築する事ができる。世界樹の湖とレムの魔力が連動している現在、その再生に限界はない。弱点があるとすれば、それはレムの持つボロボロのヌイグルミくらいだろうか。アダムスより授かったこの神具《ヌイグルミ》は、配下達の魂の器、言ってしまえば保管場所として機能しており、これがなければレムは魂との対話もする事ができないのだ。つまり、これを何らかの手段で奪取・破壊できれば、『巨神軍旅《ギガストラトス》』は機能しなくなる。しかし、それは大変に困難を極める事になるだろう。現にそれを成した者は、神話大戦において戦った神の中にも居なかった。

　ちなみに、彼女が作り出す人形の種類は全部で六種、絶望的なまでの頭数を誇る『雑輩の歩兵《ポーン》』、戦闘力と機動力に優れた『廃残の騎士《ナイト》』、作戦立案から後方支援と幅広く活躍する『瀆職の僧正《ビショップ》』、複数の弓兵の魂を織り交ぜ殲滅《せんめつ》に特化させた『崩落の塔《ルーク》』、親友の騎士団長のみが憑依する事ができる専用人形、『反逆の将軍《クイーン》』——そして、全ての魂から成り立つ『不適の王《キング》』が存在する。他の人形とは違い、最後に紹介した『不適の王《キング》』だけは、ある特殊な状況下でしか顕現させる事ができない。

（権能、顕現……！）

　そして今、その特殊な状況下へ向かう為《ため》の最後の施錠が外された。

「おっと、これはこれは……シュトラお嬢様、一度引きます」

「お願い！　メルお姉ちゃん、セルジュお姉ちゃんも気を付けて！」

突如として出現したそれに対し、攻撃を仕掛けようとしていたセルジュとビクトールが、大急ぎで踵《きびす》を返す。他の敵集団を纏《まと》めて食い止めていた筈のメル、反逆《クイーン》の将軍の相手をしていた筈のセルジュもまた、新たな目標をそれに切り替えて行動に移っていた。

「「「「「谿コ縺励?縺輔◯縺ェ縺??ゅ%縺薙?雋エ譏埣・i縺ョ蠅灘?エ縺?縲」」」」」

「「「「ッ……!?」」」」

あの理解不能かつ不気味な声が、幾重にも重なって周囲一帯に響き渡る。その大音量っぷりは、耳にするだけで気絶してしまいそうになるほどだ。

「っつぅ――――！　最早《もはや》声も立派な兵器じゃん！　で、アレは何さ!?」

「支配神の真の奥の手、でしょうね」

それは四方八方に展開されていた影――レムの人形達《たち》が四散し、その漆黒の残骸が寄せ集まる事で形成されていった。幾千幾万の人形達を解体して出来上がっただけあって、その大きさは言葉に言い表す事ができないほどにでかい。かつてトライセンにて敵対した巨大なる敵、ブルーレイジが赤ん坊に感じてしまうほどだ。高層ビルくらい？　或《ある》いは山？見上げれば見上げるほどに、実際の大きさが分からなくなる。

「アハハハって、もう笑うしかないよ！　ちょっとちょっと、急にとんでもないのが現れたもんだね！　こんなデカブツを目にするの、流石《さすが》の私も初めてだ！　何々、さっきのクイーンとやらよりも、より禍々《まがまが》しい見た目になったのかな？　ハハッ、おっき過ぎてよく分からないや！」

「笑っている場合ではありませんよ。アレの出現と同時に、世界樹の湖が枯渇してしまいました。一体どれだけの魔力を費やして、アレを作り出したのか……神というものは限度を知りませんね、まったく」

「元女神《あなた》がそれを言いますか。ところで初歩的な事をお伺いしますが、白翼の地《イスラヘブン》は浮遊大陸、なんですよね？　重みで沈んだりしません、これ？」

「その辺は浮遊大陸さんに踏ん張ってもらうしかないかな。万が一の場合の対処法は、私が考えるから……今は倒す事に集中しないとね」

――全ての人形の集合体、不適の王《キング》。人形達の総大将であるレムに危機が迫った際、途方もないほどの魔力を費やして顕現する、彼女の最大戦力である。既存の人形全て破棄し、魂の全てで運用しなければ扱う事ができないこの巨大人形こそが、神話大戦でレムが猛威を振るった最大の要因となっていたのだ。そして、この巨大な姿こそが支配の神、レム・ティアゲートの権能を顕現させたものでもあった。

「あんだけでかいと私達を見失いそうなもんだけど、しっかり捕捉されてるっぽいね。美少女に見られるのは嬉《うれ》しいけど、あのデカブツを介して見られるのは……うん、ちょっと複雑な気持ちかなぁ！」

「ううむ……実際、如何《いかが》します？　目標の彼女、恐らくあの中のどこかですよ？　私は兎《と》も角《かく》として、各々方が消耗されているこの状況下、時間をかけて勘任せで捜すというのは、率直に申し上げて愚策だと思いますが」

「『自食』のストックはまだありますが、確かに長期戦は避けたいところですね。と言いますか、本当にどうします？　お相手、攻撃体勢に移行しちゃってますよ？」

遥《はる》か空の高みから、不適の王《キング》がシュトラ達を見下ろしている。黒い靄《もや》で覆われている上に雲に隠れてしまっている為、その表情を確認する事はできない。が、何やら口と思われる場所に、魔力が凝縮しているのは感じられる。息吹《ブレス》タイプの攻撃を放つんだろうなぁと、四人は直感的に理解した。そして、あの規模の図体《ずうたい》から息吹《ブレス》なんてぶっ放されたら、自分達どころか白翼《イスラヘブン》の地も危ないと、四人は直感的に――

『――時間がないから念話《こっち》で作戦伝達！』

『おっと、噂《うわさ》の念話というものですか。クロト様越しに失礼致します』

『こんな時に瞬間伝達って便利だよね～。それで、どうするのか決まったのかい、シュトラちゃん？　折角だから、私はお姫様の指示に従うぜ？』

ビクトールはシュトラの持つ分身体クロト越しに、セルジュは予《あらかじ》め貸していた分身体クロト越しに、念話に参加する。

『うん、ありがとう！　それで作戦についてだけど、立っているだけで白翼《イスラヘブン》の地に甚大な被害を与えるあんな相手と、長々と戦っている余裕なんてないと思うの。だから目指すは、超短期決戦！　一撃で倒す必要があるわ！』

『まあ、そうなるでしょうね。問題はアレを倒す方法になりますが……』

『狙いを定める場所も問題ですね。先ほども申しましたが、彼女がどこに居るのか、更には急所がどこなのかも現状分かっておりません』

『おいおい、二人とも悲観が過ぎるんじゃないかい？　ここには最強勇者の私に、最強に可愛《かわい》いシュトラちゃんが居るんだぜ？　オマケの悪魔と腹ペコも加われば、後は流れで何とかなるってもんだよ、多分！』

『は、腹ペコ……!?　そこは悪魔と天使と言う流れでしょうに、普通！』

『クフフ、前向きですねぇ。しかし、シュトラお嬢様も全く諦めていないご様子。何か策があるのですね？』

『うん、えっとね――』

◇　◇　◇

念話での瞬間作戦会議を終えたシュトラ達は、早速行動に移った。ビクトールが皆の先頭に立ち、シュトラは彼の背に乗ったまま、何やら魔糸を周囲に展開させている。そしてその更に後方では、セルジュが変形させた聖弓《アルテミス》を構え、メルはそんな彼女を支えるように、セルジュの背後に控えていた。それはまるで、勇者を陰から抱擁する女神のようで、大変に美しい光景である。ただ、まあ、案の定と言うべきか――

『私、思うんだ。何でここに、弓の名手であるエフィルちゃんが居ないのかなって。何が嬉しくて、メルフィーナなんかと一緒になって、弓に矢をつがえているのかなって。シュトラちゃんのお願いがなかったら、絶対こんな事しなかっただろうなって』

『ちょっと、私の何が不満なんですか!?　貴女《あなた》を満足させる気はサラッサラありませんが、そこまで言われると私も一言口にしたくなりますよ!?　あ、でもそれよりかは、エフィルの手料理を口にしたい気分です！　クッ、静まれ！　私の空腹感！』

――そんな美しい光景の裏で、二人は仲良く口喧嘩《くちげんか》（？）をかましていた。

『セルジュお姉ちゃん、念話で喧嘩している場合じゃないよ！　数秒だけで良いから、敵に集中して！』

『はいっ！　セルジュお姉ちゃん、君の為に頑張っちゃいます！』

『メルお姉ちゃんもこれが終わったら一杯食べて良いから、頑張って『自食』のストックを残らず使って！』

『むう、シュトラにそう言われてしまっては、頼りになる姉として、一肌脱がなければなりませんね。覚悟なさい、支配の神とやら。私の胃に収まった食料の数々は、キング《その》の質量を凌駕《りょうが》する……！』

勇者としてどうかと思う反応、天使としてどうかと思う発言は兎も角として、これ以上ないほどに二人の士気は高まったようだ。

『セルジュ、今から世界樹の湖の魔力と同等以上の魔力を渡します。一滴も残さず、しっかり受け取ってくださいよ？』

『自食』から生み出したメルの魔力が、セルジュのつがえた矢へ次々と流れていく。メルの言葉に嘘《うそ》はないようで、その魔力量は出鱈目《でたらめ》なものであった。あのウィルから悲鳴めいた軋《きし》みが絶えず鳴るほどで、一歩間違えれば攻撃を放つ前に、自爆を引き起こしてしまいそうである。

『誰に向かって言ってるつもり？　この程度の魔力を操るなんて、朝飯前なんですけど？むしろ、もっと欲しいくらい、だよ……！』

そんな言葉を口にしながらも、矢をつがえるセルジュは大分無理をしているように見える。莫大《ばくだい》な魔力を扱うだけでも危険なこの協力作業は、如何《いか》にセルジュといえども、出たとこ勝負で挑むのは困難な事であるらしい。しかも今回セルジュは、もう一段階攻撃のギアを引き上げる為に、ある特別な矢を用いていた。魔力が渦巻き騒々しいこの最中であるが、よくよく耳を澄ませば、鏃《やじり》の方から機械音が聞こえて来るのが分かる。と言うか、こちらもこちらでブゥオンブゥオンとかなり煩《うるさ》かった。騒音と騒音が重なる、とんだデュエットである。

『お姉ちゃん達、何とか協力し合ってくれそうかな。ビクトールおじさん、私達も頑張ろうね！』

『ええ、もちろんです。ですが、本当に先ほどの作戦でいくのですか？　私を信頼してくださるのは嬉しいのですが、成功する保証はありませんよ？』

『ううん、きっと大丈夫。ビクトールおじさんはとっても強くて頼りになるって、セラお姉ちゃんからよく話を聞かされていたもん』

『セラ様がですか？　ううむ、その言葉は何ともこそばゆい。ですが、素直に嬉しいですねぇ』

嬉しそうに口角を上げるビクトール。どうやら、彼もまた士気を高められたようだ。

『ケルヴィンお兄ちゃんも褒めてたよ。ビクトールおじさんとまた戦いたいなぁって、たまに呟《つぶや》いてたもん。あとあと、どうやって戦いの新しい口実を作ろうか、絶賛考え中とも言ってた！』

『いえ、そう何度も戦いに来られても困るのですが……』

嫌そうに口角を下げるビクトール。どうやら、死神は余計な事をしてくれたようだ。

『……それに何よりも、私の頭がビクトールおじさんなら問題ないって、そう答えを導き出しているもの。だから、きっと大丈夫！』

そう言って三度ビクトールを鼓舞し、気丈に振る舞うシュトラ。だが、ビクトールの背から伝わる彼女の体は、僅かに震えていた。頭上に見える明らかな死の形が、シュトラを恐怖させているのだろう。それでもシュトラはその恐怖心を一切表情に出さず、仲間達全員が全力を尽くせるよう、気を配り続けている。

（……まったく、他人を元気付けている場合ではないでしょうに。セラ様に負けず劣らず、聡明《そうめい》でお優しいお嬢様ですね）

在りし日のセラとその姿を重ねて、ビクトールはこれ以上ないほどに口角を吊《つ》り上げていた。どうやら、彼の士気は最上の状態にまで至ったようだ。

『ならば、その期待に応えなければなりません。ええ、シュトラお嬢様、きっと大丈夫です。この私が成功を保証致しましょう』

『うん！』

ビクトールの無骨な背が、先ほどよりも大きく感じられる。深い安心感からなのか、いつの間にかシュトラの震えは、ピタリと止まっていた。そして――

「「「「豁サ縺ャ縺後h縺」」」」

――数秒ほどの長い溜《た》めから解き放たれ、遂《つい》に不適の王《キング》が動き出す。口から放たれたのは、白翼の地《イスラヘブン》が消滅しかねないほどに強大なエネルギー砲。これが天罰だと言わんばかりに、シュトラ達の下《もと》へと一直線に降り注ぐ。

「シュトラお嬢様！」

「うん、行くよ！　蓑虫の補修糸《バグワムイヤスレッド》！」

周囲に展開させていたシュトラの魔糸が、一瞬にして水色に染まる。更にそれらは魔人闘諍《ジンスクリミツジ》で形成したビクトールの巨腕に次々と巻き付き、その勢いのまま地面に突き刺さっていった。一見、魔糸によってビクトールの動きが封じられているようにも思えるが、当然の事ながら、そのような状態になっている訳ではない。これは捕縛する為《ため》のものではなく、二人の安全を確保する為のものなのだ。よくよく見れば、水色の魔糸はシートベルトのように、シュトラにも巻き付いている事が分かる。

Ａ級青魔法【蓑虫の補修糸《バグワムイヤスレッド》】、シュトラが唱えたこの魔法は触れた者に回復効果を施し、糸自体が非常に頑丈な性質を持つ。ビクトールは両腕に巻き付けたこの魔糸をしっかりと握り締め、寸前にまで迫る不適の王《キング》の攻撃を睨《にら》み付けていた。

――『魔喰《まくい》』、発動。

「ッッッ……！」

直後、ビクトールは強大なエネルギー砲を、あろう事か喰ってしまった。あれだけ視界一杯に広がっていた魔力の暴力が、今は欠片《かけら》も残っていない。渾身《こんしん》の攻撃を放った不適の王《キング》本人も、状況を呑《の》み込めないのか、口を開けたまま呆然《ぼうぜん》としている。

（ぐうっ、流石《さすが》の食い応え……！　私の胃の大きさには堪《こた》えますねぇ……！）

殺し切れなかった衝撃を受け、ビクトールは彼方《かなた》まで吹き飛ばされそうになってしまう。しかし、彼の両腕には命綱代わりの魔糸があった。力の限り握り締め、何とかその場で踏ん張りを利かせる。背中に隠れているシュトラも、吹き飛ばされないように摑《つか》まるのに必死だ。

『……約束を違《たが》えずに済んだようですな』

『だ、だね、思った、通り……！』

結果として、ビクトールは魔人闘諍《ジンスクリミツジ》こそ破損させてしまったが、何とか不適の王《キング》の攻撃を耐え切る事に成功する。いや、耐えただけではない。敵の攻撃を、丸々パクる事に成功したのだ。それが示すところは、つまり……？

『お二方、準備は良いですか!?』

『モチのロン！』

『お餅食べたい！』

『了解！　それじゃあ――やっちゃえ！』

念話におけるシュトラの号令の後、後方にて今か今かとその時を待っていたセルジュが、命懸けで敵の攻撃を喰《く》ったビクトールが、溜め込んでいたものを解き放つ。

「聖殺矢《ミストルティン》！」

「お返し、しますよ……！」

聖弓《アルテミス》より放たれたのは、腹ペコ天使の食欲を魔力に転用した、神殺しの矢。そして、その矢を後押しするかの如《ごと》く、不適《キング》の王のエネルギー砲が逆方向に再顕現するのであった。

◇　◇　◇

天へと舞い上がる神殺しの矢、そしてその矢を更に押し上げようとする神罰の体現。その一撃だけで世界を滅ぼしてしまいそうな攻撃が、重力に逆らって突き進む流星の如く、不適《キング》の王へと迫る。

「「「「纏上▲縲∽ス輔′襍キ纏薙▲纏滂シ?シ」」」」

数秒ほど呆気《あっけ》に取られていた不適《キング》の王であったが、攻撃を視認する事で我に返る。多くの魂の上に成り立っている形態である為なのか、どうも思考速度はそこまで速いという訳ではないらしい。

「｢｢｢｢蟆冗飭縺ェ縺？シ｣｣｣｣」

漸《よう》く迫り来る矢を脅威と認識したのだろう。不適《キング》の王は再び大口を開けてのエネルギー砲を放とうとしていた。が、しかし——

「……!?」

——どんなに魔力を籠《こ》めても、どんなに迎撃を試みようとしても、エネルギー砲は一向に出る気配がない。この不測の事態に、不適《キング》の王は大混乱に陥ってしまう。

「クフフ、誠に残念ですが、それはさせませんよ」

そんな不適《キング》の王の様子を目にして、ビクトールが再び口角を吊り上げていた。あのエネルギー砲は現在、ビクトールの『魔喰』によって食べられている状態にあり、この力で取り込まれてしまった魔法の類は、ビクトールに使用権限が一時的に譲渡されてしまう。つまり、今の不適《キング》の王はエネルギー砲が使えない状態にあるのだ。『魔喰』の能力について知っていなければ、今の不適《キング》の王のように狼狽《ろうばい》してしまうのも、まあ致しかたない事だろう。世界には戦闘中にその力を分析してしまう戦闘狂も居はするが、それはあくまでもレアケースなのだ。

「アハハッ、とんだ初見殺しだねっ！　けどレムちゃん、呆《ほう》けている暇はないよっ！」

「｢｢｢｢縺ャ縺？ｓ縺」?｣｣｣｣」

セルジュの警告通り、矢はもう膝の高さにまで迫っていた。エネルギー砲が撃てない謎は、未《いま》だ解明されていない。したがって不適《キング》の王は、より直接的な迎撃手段を選択する。その選択とは、巨体には似つかわしくない俊敏な動きで巨腕を振るい、拳で矢を叩《たた》き落とす事だった。

『あの拳、見た目通り頑丈そうですね。セルジュ、貴女の矢は運良く敵の迎撃を躱《かわ》したりはしないのですか？　このままだと激突コースですよ？』

『躱す？　いやいや、メルフィーナさんは何を言っているのやら。あの矢、聖殺《カミゴロシ》の鏃《やじり》が付いているんだよ？　そんなまどろっこしい事なんてしないで、神はただただ食い破るのみさ！』

――ブゥオンブゥオン！

セルジュの言葉に返事をするかのように、やかましい機械音が真上から聞こえてきた。そう、聖殺矢《ミストルティン》とは聖殺《カミゴロシ》を、無理矢理に矢の形態へと変形させたものであったのだ。ドロシーとの特訓中に聖殺矢《ミストルティン》を身につけたセルジュは、早速実戦にこの反則技を持ち込んだのである。最早《もはや》チェンソーの原形は、鏃部分の回転刃しか残っていない。

しかし、その威力と神殺しの性質は本物だ。向かって来た不適《キング》の王の鉄拳を真っ向から嚙《か》み砕き、一切勢いが衰える事なく、その内部へと潜り込む。更に後追いで放出されたビクトールのエネルギー砲が、その傷口に容赦なく叩き込まれていった。

「「「「縺薙?遒句コヲ褒補?補?包シ?シ」」」」

　天を切り裂き、大地を割るかのような叫びが上がる。相変わらずの声量兵器、しかし不適の王《キング》の声には、明らかに苦痛の色が混じっていた。更にはそうこうしているうちに、聖殺矢《ミストルティン》は右腕の根本にまで突き進んで行く。恐ろしいまでの破壊力と速度である。

『……なるほど、これが神殺し。話には聞いていましたが、想像を軽く超えてきましたね。しかし、それ以上に恐ろしいのは、私の溜め込んでいた魔力量です。まさか、これほどまでの魔力に達していたとは……我ながら、自分の食欲が恐ろしくなってきましたよ』

『ああ、それについては私も同意しておくよ。日頃の食費の事を考えると……うん、笑えねぇや。ケルヴィン君も大変だなぁ』

『セルジュお姉ちゃん、この場合に一番大変なのは、調理をするエフィルお姉ちゃんだよ！　今はお休みしてるけど！』

『同じ料理人として、彼女の苦労が窺《うかが》えますねぇ。その食欲、少しでもセラ様とベル様にもあれば良かったのですが。幼い頃のお二人は小食で、如何に沢山食べて頂くか色々と試行錯誤したものです。ああ、貴女《あなた》の胃の大きさが羨ましい』

『み、皆さん、戦いと関係のない話を今しないでください！　まだ戦闘中ですからね、戦闘中！』

　ふと自分の言葉が切っ掛けとなり、食欲についての総ツッコミを食らってしまうメル。流石にちょっと気恥ずかしくなってしまったのか、露骨に話を逸《そ》らそうとするのであった。

『あはは、念話が便利でついつい。でも戦闘中とは言ってもさ、もう私達《たち》ができる事は全部やったんだよね〜。これで倒せなかったら？　よし、その時は潔く負けを認めようじゃないか！』

『認めようじゃないか、じゃないですよ！　と言いますか、本当に大丈夫なんですか⁉　このまま腕の中突貫コースだと、矢が敵の肩から突き抜けてしまいますよ⁉　腕を破壊するのは良いですか、支配の神にも当てて頂きませんと！』

『も〜、ご飯を食べていない時のメルフィーナは口うるさいなぁ。大丈夫だって。私の「絶対福音」はさ、女の子にモテモテにさせてはくれないし、ギルドの総長さんみたいな、攻撃に特化した能力でもない。けどね、あれだけ丹精を込めて放った一撃だったんだよ？今日くらいは期待に応えてくれるって』

そう言ってセルジュは、メルに自らの両手を広げて見せた。彼女の両手はズタズタに引き裂かれており、場所によっては骨が見え隠れしている。目にするだけでも痛々しい、酷《ひど》い状態だ。

『貴女、その負傷はもしや……』

『もち、さっき聖殺矢《ミストルティン》をぶっ放した時に負ったやつ。メルフィーナもそうだと思うけど、今の私、魔力がすっからかんなんだよね。この怪我《けが》を白魔法で治す余裕もなくってさ。これがいてぇのなんのって、洒落《しゃれ》にならない感じ？　けど、そんな無茶をした甲斐《かい》あってさ――』

空を見上げたセルジュに倣って、メルも視線でそれを追う。

『――都合の良い事にレムちゃん、あのデカブツの右肩に居てくれたみたい』

　二人の視線の先が遥《はる》か空の上でぶつかり合った、丁度そのタイミングの事である。遂にあの巨大な右腕を丸々食い破ったのか、聖殺矢《ミストルティン》が不適《キング》の王の右肩より飛び出し、それと同時に気を失った状態のレムが、不適《キング》の王の外へと放出されていた。レム自身が矢に射られた様子はないが、その代わりに彼女が持っていたヌイグルミが、聖殺矢《ミストルティン》の鏃の先に突き刺さって――否、鏃チェンソーによって、ズタズタに引き裂かれていた。

「「「「菫コ驕斐〃繧∫ァ?#縺後?∞ヵ驕斐〒豸医∴繧銀?ヲ褻ヲ???シ溘??円ャ縺ソ縺ェ円ャ縺ソ縺ェ円ャ縺ソ縺ェ縺√=縺?シ」」」」

　それは最期の断末魔の叫びだったのだろうか。魂の器であるレムのヌイグルミが破壊された事によって、不適《キング》の王の体もまた、崩壊を開始する。強大過ぎた王の体は、最早指先一つ動く事はない。悲惨な状態にあるヌイグルミの後を追うかのように、不適《キング》の王も粉々に砕け散っていくのみだ。

『……あの、支配の神を倒していないようですが？』

『え、何言ってんの？　私が可愛《かわい》い女の子を殺せる筈《はず》ないじゃん。レムちゃん、魔力切れで気絶してるみたいだし、それでもう十分でしょ？　デカブツは壊れた事だし』

『いえ、それにしたって……何であの破滅的な攻撃を受けて、気絶しただけの無傷な状態で済んでいるのですか？　ご都合主義にもほどがありますよ？』

『いやあ、主人公補正様々ってやつ？　あ、待って待って！　ビクトール、レムちゃんを助けに行こうとしてない!?　それ、私の役目だから――』

――その後、負傷しているセルジュに代わって、ビクトールが落下するレムを紳士的にキャッチ。狡《ずる》い狡いとセルジュはこれを猛烈に抗議していたが、シュトラに両手を治療してもらい、最終的にはご機嫌な様子で落ち着くのであった。

第三章 ▼ 境界

激戦の末、シュトラ達がレムに勝利した丁度その頃。そこから遠く離れた地、白翼の地《イスラヘブン》辺境の地下深くでも、三人の強者達――ジェラール、セラ、イザベルによる熾烈《しれつ》な争いが繰り広げられていた。その場所は浮遊大陸の心臓部、本来であれば戦いが起こって良い場所ではない。ちょっとした間違いが起これば、浮遊大陸が墜落し大惨事になってしまう、戦場としては最低最悪なスポットであった。

だが、そんな最低最悪なバトルフィールドであろうとも、その三人は一切手加減する様子もなく、だが浮遊大陸の動力源《コア》には一切の傷を付けずに、器用かつ大胆な戦いを今も続けていた。空間全体は大惨事なのに、動力源《コア》だけは無事という、何とも不思議な空間である。

「ふんぬっ！」

「せぇい！」

「ふっ！」

宙に跳んだイザベルに向かって、ジェラールが上段から大剣を、セラが真下から潜り込むように拳を放つ。が、見た目によらずイザベルは接近戦にも長《た》けていた。彼女は自身が持つ杖《つえ》の先と底を使い、それら攻撃を容易に防御してしまう。

「まだぁ！」

「空顎《アギト》！」

攻撃を受け止められようとも、セラ達の攻撃はそれで終わらなかった。杖に接した拳から命令を伝わせ、セラは『血染』を発動。ジェラールも剣と杖の拮抗《きっこう》状態から、刃より飛ぶ斬撃を叩き込む。

「──損罪廷吏《フェアトライブ》」

「「ッ……！」」

二人の追撃が発現しようとした寸前のところで、イザベルの体が青い輝きで包まれ始める。それをセラ達が認識した直後、なぜか攻撃を放った筈の二人の方が、猛烈な勢いで弾《はじ》き飛ばされてしまった。その勢いのまま、セラとジェラールはそれぞれ壁に衝突、風塵《ふうじん》に塗《まみ》れてしまう。

「無駄ですよ。私の『損罪廷吏《フェアトライブ》』は、私の存在自身を境界と捉えて発動する、絶対的な理《ことわり》の一つなのです。斬撃、打撃、刺突、魔法、特殊能力──それがどのような類の攻撃であったとしても、私を害するものであると認識されれば尽《ことごと》くを無力化し、その力分の衝撃として相手にお返しします。面白いでしょう？　ですが今の吹き飛び具合も、大変に素晴らしいものでしたよ？　それだけの力を籠めてくださった事を、感動的なまでに肌で感じる事ができました。なので、これはお礼として差し上げます。──聖死架苦刑《ドライエック》」

巻き上がった風塵の一つ一つが細かな線を描き、格子柄が宙に浮かぶ。そして次の瞬間に解き放たれたのは、再度となる境界の刃であった。

——ズズズズッ……！

床のタイルを利用した一度目の攻撃の数とは比較にならない、境界の嵐が二人に降り注ぐ。こんな斬撃を食らってしまっては、肉片もまともに残りそうにない。そこまでに苛烈な攻撃であった。

「……ったく、長々と有難いご高説を垂れ流してくれるものね！　言っとくけど、アンタの攻撃だって無駄なんだからね！」

「無駄じゃけど、いきなり攻撃が出て来るから驚きはするんじゃよなぁ。心臓に悪いわい！」

しかし、風塵の中から聞こえてきたのは、セラとジェラールの威勢の良い叫びであった。次いで二人はそれぞれの得物を振るい、一気に風塵を晴らして姿を現す。二人の言葉の通り、あれだけの斬撃を受けて尚《なお》、セラは軽傷も軽傷、ジェラールに至っては無傷のままの状態だ。

『展開は馬鹿みたいに早いし密度も濃いけど、やっぱり斬撃自体は軽いわね』

『いくら数を増やそうとも、ワシに斬撃は効かんしな。王のとっておきにも耐えた自慢の肉体じゃ、この程度で斬られる訳にはいかんて』

念話にて双方の無事を確認したセラとジェラールは、やはりどちらも元気であるようだ。

二人はどのようにして、あの刃の嵐を切り抜けたのだろうか？……と言っても、双方その理由は実は単純である。

セラの場合、彼女の血に触れた瞬間に消えろって命令してやれば、その瞬間に結界の刃は綺麗《きれい》に消え去り、ダメージは肌を薄く斬る程度のもので済む。その時に負ってしまった切り傷も、『自然治癒』のスキルにより秒で完治してしまうのだ。よって、今はもう軽傷すらも綺麗になくなっていた。

ジェラールについては『斬撃無効』のスキルを持っているから、の一言に尽きてしまう。かつてはケルヴィンの合体魔法【神鎌垓光雨《ボレアラガン》】にも耐えたのだ。この程度の斬撃では、毛ほどのダメージにもならないのは当然の事であった。

「……ますます素晴らしい。初手で私の聖死架苦刑《ドライエック》を防いだのは、決してまぐれではなかったのですね。お二方の努力の跡が窺《うかが》えます。それこそ感動的な物語を読み進めるが如《ごと》く、しみじみと」

「はいはい、感動するのはもう勝手にしといてよ。と言うか、空気中に舞った塵《ちり》やら砂粒なんかが、何で境界線判定になるのよ！　全然関係ないじゃないの、嘘《うそ》つき！」

「嘘だなんて、とんでもありません。私の目には宙を漂うそれらが、そういった配列になっているように見えました。よって、勝手ながら利用させて頂いたまでです」

「それっぽく目に映れば、それで良いのか。もう何でもアリじゃのう……」

「フンッ、まあ良いわ！　で、どうする？　さっきも言ったけど、私達にあの程度の攻撃なんて意味ないのよ。そっち的には手詰まりなんじゃない？」

「はて、それはそちらも同じなのでは？　貴方達《あなたたち》に私を害する手段はないように思えますが？」

「そうとも限らんぞい。攻撃を反射する、それは確かに厄介な力じゃ。じゃが、そのような手合いと刃を交えるのは、何もこれが初めての事ではない。カウンターが得意な敵が相手ならば、それ相応の戦い方もあるもんじゃて」

「そうよそうよ！　ジェラール、もっと言ってやりなさい！」

「……フフッ、なるほどなるほど。貴方達はやはり素晴らしい。ならば、私も子供の遊びからもう一歩踏み込んだ、そんな誠意を示すと致しましょ――」

――ゴゴゴゴゴゴゴゴゴッ……！

ふと、とんでもなく大きな轟音《ごうおん》が、唐突にイザベルの言葉を遮った。地面深くにあるこの場所にまで響き渡るその音は、まるで大地を揺らしているかのよう、いや、実際に揺れてもいるのだろう。音の大きさからすれば、それはレムが作り出した不適の王《キング》の声よりも大きいものであった。

「……？　何です、この音は？　他の場所での戦闘によるもの、ではないようですが」

「むっ、この地響きは……」

「ええ、あの音よね」

首を傾《かし》げるイザベル。しかし一方で、ジェラールとセラはこの音の正体を見破っている様子だ。

「これは間違いなく……姫様の腹の音じゃて！」

「……は？」

イザベル、真顔で固まる。同時に好敵手の正気を疑う。

「奇遇ね、私も同じ事を考えていたところよ。メルのお腹《なか》が限界に達したんだわ！」

「ちょっと待ちなさい。貴方達、ひょっとして私を馬鹿にしているのですか？」

イザベル、半信半疑どころか全否定である。仕方のない事であるが、欠片《かけら》も二人の言葉を信じていないようだ。

「は？　真面目に戦っているこんな時に、そんな事をする筈ないでしょ？　貴女《あなた》こそふざけてるの？」

「うむ、その通りじゃ。真剣勝負の最中に水を差すような真似《まね》はせん。ワシらじゃって空気は読むわい！」

「ほ、本気で言っているのですか？　本気で今のが腹の音だと……!?」

このようなタイミングで、戦闘開始から初となる動揺の色を見せてしまうイザベル。空気を壊したのはセラ達の方だと、そう言いたかったに違いない。人だろうと神だろうと、今のが腹の音であるだなんて、信じられない方が普通なのだ。この件に限っては、イザベルは何も悪くなかった。

「まったく、常識を弁《わきま》えてよね！」

「そうじゃそうじゃ！」

「……」

悪くはないが、このようにボロクソの言われ様である。それまでも据わっていた彼女の目が、より重々しいものになっていく。こんな理由でなっていってしまう。

「それに、フフン！　つまらない冗談を言っている場合じゃないわよ、貴女」

「……どういう意味です？」

「メルの腹が盛大に鳴る。それは言い換えれば、その戦場で勝利をあげた事と同義よ！　どこのどいつと戦っていたのかまでは、私も知らないけどね！」

随分な同義であった。

◇　◇　◇

自身の空腹と勝利を知らせるメルの腹の音をバックに、イザベルと対峙《たいじ》するセラ達。思わぬ形での朗報を受け、自分達もこれに続かんと闘志が満ちる。逆にイザベルの立場からすれば、同じ神であった筈の仲間の敗報は、様々な意味で戦闘に水を差す厄介なものであったに違いない。尤《もっと》も、この轟音がメルの腹の音であるというセラ達の主張を、イザベルが信じるとすればの話なのだが。

「……なるほど、各地で激しい戦いが巻き起こる最中、確かにレムの気配だけが途絶えた状態にありますね。どうやらその部分だけに関しては、貴方達の主張は正しかったようです」

信じた。いや、正確には腹の音の件は兎《と》も角《かく》として、イザベルは自身で気配を探る事で状況を把握したようだ。

「やりますね。レムは『権能三傑《けんのうさんけつ》』ではありませんが、その実力はこの私も認めるほどの神でした。あの圧倒的な物量を退け、権能を顕現させた不適の王《キング》まで屠《ほふ》ってしまうとは……正直、驚愕《きょうがく》の一言です」

「だから言ったでしょうに！　キングだか王様だか知らないけど、そのレムって奴《やつ》と同じように、アンタもぶっ倒してあげるわ！」

「うむ、我らのキングである王も勝利《それ》を望んでおるのでな。更なる吉報を届けてやろうぞ」

「……素晴らしい、です」

「はい？」

どうした事か、この時イザベルは涙を流していた。同志が倒された事を悲しむ、そんな類の涙ではない。まるで感動超大作の創作を見終わった直後に流すような、明らかに喜びに属するであろう随喜の涙であったのだ。

「……いや、意味不明でしょ。泣くのは勝手だけど、何でこの場面でそんな顔になってんのよ？　仲間が負けて、そんなに嬉《うれ》しいの？」

「フ、フフッ……いいえ、そんな浅はかな理由で、この私が涙を流す筈《はず》がありません。私は生命の可能性に胸を打たれたのです。元は下界の一生命でしかなかった下賤《げせん》な者達が、鍛錬と工夫を重ねて上位の神をも打ち破った。それが如何《いか》に劇的で崇高な事なのか、貴方達には理解できないのですか？　管理されるだけだった存在が、管理者の域にまで手を届かせようとしているのですよ？　何の因果かアダムスが封印されたこの地で、我々の希望は現実のものとなっていたのですよ？　ああ、素晴らしい、実に素晴らしい。枷《かせ》のない自由な世界は、こんなにも光で満ち溢《あふ》れていたのですね……！」

イザベルの涙が止まらない。それと同じくらいに、セラ達を称賛（？）する言葉も止まらない。これらは演技でも何でもなく、彼女の本心からの言動なのだろう。少し前まで僅かに機嫌を損ねていたようであったが、そんな事など今は欠片も感じさせない。

「お、おう、また流暢《りゅうちょう》に話し始めたのう……」

「こいつもルキルと同じタイプの堕天使なんじゃないの？　ったく、最近こういうのが多いわね。神の事情なんか知ったこっちゃないわよ」

「知らない、つまりは分からないのですか？　私は完全に理解しましたよ？　この世界は私が思い描いていた、理想郷そのものである事に。貴方達の持つ可能性が底知れない事に。叩《たた》けば叩くほど、過酷であれば過酷であるほど、貴方達が神に近付いてくれる事に。ああ、愛《いと》おしい我が子らよ。だからこそ、与えましょう。私は更なる試練を与えましょう」

感涙に浸りながらも、イザベルはセラとジェラールをじっと見据えた。まるで今から本当の戦いを始めるのだと、そう訴えかけているかのように。

「言動が一々回りくどい奴ね！　何をどう言ったところで、戦う事は変わりないっての！　魔人紅闘諍《ブラッドスクリミッジ》！　アンド、無邪気たる血戦妃《クリムゾンアストレイア》！」

「まあ、これで漸《ようや》く奴《やっこ》さんも本気になってくれるのじゃ。その一点だけは感謝しておくとするかのう！　纏ノ天壊《マトイテンガイ》！」

　紅の武装と紅の闘気を展開し、その身に宿す血の効果を装備全体へ、更には体外にまで放出するセラ。以前はメルの助けなしには使う事のできなかった奥義、破滅的なまでの斬撃の概念化を己の力のみで果たし、そのまま魔剣に宿らせるジェラール。双方が神を打ち倒すに相応《ふさわ》しい、力の体現である。

「……なんて美しい力なのでしょうか。見ているだけで、感動で涙が出てきてしまいそうです」

「いや、もう出てるじゃないの」

「まあ、流れている量が気持〜ち増えているような？　気がせんでもないが……」

「ええ、ええ、その通りです。私自身も驚いています。涙はレムの専売特許だとばかり思っていましたから。涙を涸らした私の心を、よくぞここまで……素晴らしいものを拝見させて頂いたお礼に、私も本当の姿をお見せしようと思います。神話大戦時代にも滅多に見せる事のなかったものですが、貴方達なら大丈夫でしょう。そんな保証はどこにもないのですが、私は貴方達を信じたい。だから――簡単に壊れないでくださいね？」

イザベルの内より膨れ上がる、信じ難いほどの圧倒的殺意。重苦しく息苦しい、最悪な空気が一瞬で周囲一帯に満ちる。そんな悪夢を撒《ま》き散らしながら、彼女は非常にゆっくりとした動作で杖《つえ》を構えた。儀式の際に騎士が目の前に剣を立てるが如く優雅に、されど荒々しい気配のまま。

「権能、顕現」

その言葉を発した次の瞬間、イザベルが構えていた杖が眩《まばゆ》い光を発し始めた。イザベル本人ではなく、杖自体がである。普通、権能を顕現させた十権能《じっけんのう》は、その本人の姿に変化が起こるものだ。しかし、イザベルは違った。『境界』の権能を顕現させた彼女の姿には一切の変化がなかったのだ。その代わり、彼女の杖に大きな変化が生じる。

「……剣、ですって？」

そう、イザベルの杖は眩い光の中で、堕天使の翼と輪を宿した魔剣へとその形を変えていたのだ。黒いのは翼と輪だけではない。柄《つか》から刃までもが黒く、黒女神時代のクロメルが携えていた魔槍《まそう》に匹敵するほど、禍々《まがまが》しい雰囲気を晒《さら》している。

「驚かれましたか？　実のところ私、本当の得物は杖ではなく剣なものでして」

「ほう、ワシと同じ剣士じゃったと？」

「フフッ、疑っているようですね。ですがご安心を、これでも多少はできる方ですので。武術における最強の神がハオだとすれば、剣術における最強の神はこの私。そう称される程度には、ね？」

「へえ……」

『境界』の権能と『剣術』、一見なんの関連性もない能力のように思える。が、涙を流しながら不敵な笑みを浮かべるイザベルが、この場において意味のない事をするようにも思えなかった。

『まっ、戦ってみれば分かる事よね。ジェラール、準備は良い？　と言うか、今はその剣を使いこなしているの？』

『当たり前じゃ。ワシかて、日々進化しておる。まだまだ若いもんには負けんわい！……魔剣なだけに！』

『……』

念話におけるジェラールの言葉を聞かなかった事にし、セラは悪夢の紅玉《ナイトメアボール》を周囲に展開させる。幾千にも及ぶ血の玉が宙に浮かび、主《あるじ》からの指示を今か今かと待ち侘《わ》び――

「――動いた、という事は、私も仕掛けて良いんですよね？　では、失礼」

一体いつの間に接近していたのだろうか。気が付けばイザベルは血の海を掻《か》い潜《くぐ》り、セラの両腕を両断していた。

◇　◇　◇

「ぐっ……!?」

両腕を斬られた。そう認識した時には、セラは既に反撃に転じていた。斬られた腕の断面から流れるであろう大量の血液を、己の武器として逆に利用してやろうと画策したのだ。『血染』と『血操術』の固有スキルを持つセラであれば、致命的な負傷も逆転の一手となり得る。……だが。

(斬られた場所から、血が出ない!?)

断面からは一向に血が流れなかった。斬られた痛みはある、ダメージだってそうだ。現に、斬られた両腕は宙を舞っている。なのに、なぜか血が飛び出ない。

(これは……!)

更なる追撃を放とうとしているイザベルの姿と共に、宙を舞う自らの両腕、その断面に怪し気な魔法陣が描かれているのが視界に入る。高速で思考を回していたセラは、それが何らかの結界であり、血が流れない原因であると推測。また、斬られた腕が全く再生しないのも、この結界が原因であると結論付けた。出血がない事は利点のようにも思えるが、そもそも血を操作する事ができるセラや、鎧《よろい》に血が流れていないジェラールにとって、それはただただ邪魔な要素でしかなかった。

「セぇラぁぁぁ!」

爺馬鹿《じじ》であるジェラールが、これ以上仮孫《セラ》が傷付けられるのを、ただ黙って見ていられる筈がなかった。怒り、されど冷静に、渾身《こんしん》の一撃を死角から叩き込む。纏ノ天壊《マトイテンガイ》を宿した魔剣ダーインスレイヴは、かつてジルドラの怨念を死の淵《ふち》にまで追いやった、ジェラー

ルにとっての最強の技である。単純な威力だけであれば、仲間内でも一、二を争うだろう。

「む……なるほど、これはなかなかに重い。良き攻撃です」

「ぬうっ……！」

しかし、その纏ノ天壊《マトイテンガイ》でさえも、受けに回ったイザベルの漆黒剣によって弾《はじ》かれてしまう。軽々、とまではいかなかったようだが、それでもこの口振りからするに、彼女はかなりの余力を残しているようだった。

「私の『求剣ペナルティ』の刃に触れ、刃こぼれもしないとは……ますます素晴らしい。花丸形の斬撃を差し上げましょう」

「花丸、とはッ……！　そういう歳《とし》でもないのだが、のう……！」

標的をセラからジェラールへと変えたイザベルは、その細腕が振るっているとは思えぬほどに凶悪な剣技を、次々と放ち続けた。ジェラールも必死に喰《く》らい付くが、所詮はそこまで。一撃の重さや手数、その他諸々《もろもろ》の剣技としてのレベルが、残酷なまでに違い過ぎている。

本来『斬撃無効』のスキルを持つジェラールは、イザベルの剣技を防御する必要も躱《かわ》す必要もない筈だ。それが斬撃の類の攻撃であるのならば、その名の通り尽《ことごと》くを無効化するからである。だが、ジェラールはそれを良しとしなかった。

（セラの真似事《まねごと》ではないが、ワシの長年の勘が言っておる。彼奴《あやつ》の剣に斬られてはならぬ、となッ！）

その判断が正しいかどうかは、今のところまだ分からない。が、イザベルの剣に斬られたセラが、未《いま》だに両腕を再生できていないところから察するに、あの漆黒剣に何かしらの力が働いているのは明白だ。

そしてその一方、先ほど負傷したセラは一度戦線を離脱し、ある事に集中していた。体内から直《じか》に『血染』で命令を行い、再生を阻害する結界を消そうとしていたのだ。しかし、どうもうまくはいっていないようで。

（クッ！　私の傷を覆っているこの結界、想像以上に厄介！　こんなに小さい規模の癖して、馬鹿みたいに強固な構造になってる！　ひょっとしたらガウンで私の邪魔をした、あの紫色の結界並み？　ううん、下手したらコレットの秘術並みじゃないの……！）

消す事ができない訳ではない。但し、命令を発してから結界が解除されるまで、数秒ほどの時間を要してしまう。閃光《せんこう》の如《ごと》き速度で行われるこの戦いの場で、数秒のタイムロスは致命的だ。今回は腕であったからまだ良かったが、これがたとえば首であったとすれば、セラは再生が間に合わずに死んでいただろう。斬られても即時再生すれば良かっただけの聖死架苦刑《ドライエック》とは違い、回復の類を否定するあの漆黒剣による攻撃は、セラを以《もっ》てしても危険過ぎた。

結界を解除しようとしている間にも、悪夢の紅玉《ナイトメアボール》による援護は行っている。死角を含めた四方八方からの血の突貫、防御が間に合わなくなりそうになったジェラールの盾としての展開、トラップ代わりに地面に設置するなど、思い付く限りの活用方法を遂行している。

しかし、それでも前述の結果なのだ。奮闘するジェラールに加え、セラがこれほどまでに援護したとしても、戦況はイザベルに押されていた。剣術と体術、そして時折発動する損罪廷吏《フェアトライブ》の反射のみを操るイザベルに対し、たった一度のダメージも与えられない。

（妹のグロリアも結構な実力者だったけど、こいつの強さは本当に次元が違う……！ってなると、同じ権能三傑《けんのうさんけつ》の相手をしているダハク達《たち》もやばいわね。あと、ドロシーの方も――って、今はそれどころじゃなかった！）

数秒かけて両腕の結界を解除し、即座に両腕を再生するセラ。流石《さすが》と言うべきか、結界が消失してからの回復速度は尋常でなかった。

『よっし、解除完了！　ジェラール、今行くから！』

『できるだけ早う頼む！　神界最強の剣士というだけあって、彼奴はワシだけでは捌《さば》き切れぬ！』

『了解！　それと、この女がたまに使ってくる反射障壁、観察する限り連続では使えないわ！　効果は瞬間的なもので、少なくとも次の使用までに、三秒くらいの時間が必要っぽい！』

『ほう、それは良い情報じゃて。ならば、ワシらが狙うべきは？』

『もち、連続して攻撃を叩き込む事よ！』

遺憾ながらにも見《けん》に回っていたセラであったが、そのお陰なのか彼女の予想は的中していた。自身に降りかかるあらゆる害を、反撃の衝撃として変換するイザベルの『損罪廷吏《フェアトライブ》』

は強力な、いや、強力過ぎる結界だ。しかし強過ぎるが故に、その効果を発揮する時間はごく短く、再び展開させるのにも三秒の時間を置く必要があったのだ。その隙を突けば、イザベルにもダメージを与える事は可能だろう。

「「はぁぁぁっ！」」

念話の直後、戦線復帰したセラがジェラールと共に、息の合ったコンビネーションアタックを仕掛ける。動きの一つ一つがリンクし、互いの隙を埋めながら行われるそれは、最《も》早《はや》芸術の域に達したものだ。初期の頃からパーティの前線役として活躍していた二人だからこそできる、完成された連係攻撃である。

「こ、これは、なんという事でしょうか……！　再び私の想像を超えた、素晴らしい連撃を見せてくださるとは……！　涙で前が見えません……！」

が、その連係でさえもイザベルには通じなかった。更に速度を上げた漆黒剣は、二人の攻撃を封殺するだけでなく、剣が通った道に障壁を作り出していく。それが一体どんな力なのか、今はまだ分からない。が、このままでは連続攻撃でダメージを与えるどころか、一度として攻撃がイザベルに届く事はないだろう。

「何と、もう『調停隔壁《レイセプタム》』を解除したのですか？　流石です……！　それに貴女《あなた》、確か妹のグロリアを倒した悪魔ですね？　なるほど、これほどの力を有しているのであれば、グロリアが敗北したのも頷《うなず》けます。あの子は手《て》強《ごわ》かったのでしょうか？　いいえ、貴女ほどの実力者であれば、恐らくはそう難しい事ではなかったのでしょう。違いますか？　違いませんね？　ああ、素晴らしい……！」

「こ、のっ……！　戦闘中にッ……！　うっさい、わね……！」

「こちらの鎧の方は……ふむ、剣を打ち合う度に魔力が吸われている感覚がありますね。これがその大剣の力なのでしょうか？　それに、段々と貴方《あなた》の動きも良くなっています。徐々に調子を上げていくタイプ、或《ある》いは戦闘が長引くほどに力を高めていく能力？　それも違う気がしますが、まあ結果としては同じ事……未だに力の底を見せぬとは、素晴らしい潜在能力です！」

「彼奴、本当にどこまでの力を……！」

長話は余裕の表れだろうか。感涙するイザベルは、どうもセラ達に合わせて力を調整しているようだった。

◇　◇　◇

漆黒剣、イザベルが言うところの『求剣ペナルティ』の刃が通った道には、謎の障壁が形成される事があった。損罪廷吏《フェアトライブ》と同様に出現するのは一瞬だが、それらは馬鹿に強固である。透明なカーテンのように現れては、どのような攻撃も受け止め、そのまま直《す》ぐに消え去っていくのだ。いつ、どのタイミングで現れるか分からないそれら壁に攻撃を阻まれ、セラとジェラールは攻めあぐねていた。

「こ、のっ……！　こいつの相手だけでも面倒だってのに……！」

「申し訳ありませんが、次の段階に進ませて頂きました。貴方達ならば、まだまだこのレベルにも対応可能だと思いましたので」

「このレベル、じゃと？　カッ……カッカッカ！　まだまだ先のある口振り、じゃな……！」

「まだまだと言える程度に先があるかについては、まだ秘密にしておきましょう。ちなみにですが、この世に存在する『境界』で、最も強力な概念を持つものは何だと思います？」

「何の、話よ……！」

「国境でしょうか？　星と宇宙の隔たり？　それとも大地の奥深くに存在する地層の境目？　いいえ、違います。私が認識する最も強力な『境界』とは、私が振るった剣の軌跡、そのものです」

　分かりやすく説明しようとしているのか、剣を見えやすく掲げたまま、イザベルが急に後退を始めた。また漆黒剣の軌跡に合わせて、あのカーテン型の障壁が一瞬出現する。

「そう、私はこの剣の軌跡から結界を作り出す事もできるのです。そして、私が作り出す結界で最も強力なものでもあります。先ほどから防御結界『箇条窓帷《エクセスカートン》』が私を守っていたので、何となく察してはいましたよね？　これは破壊できないと、肌で感じていましたよね？　現れるのは一瞬ですが、その耐久力は折り紙付きです。消えるのは一瞬、しかし剣の軌跡の数だけ残弾ができるので、そこまで困る要素でもありません。ああ、そうだ。そちらの貴女の両腕に施した『調停隔壁《レイセプタム》』も、もちろん剣の軌跡から発生させたものでして、こちらも相応に強固な力が備わっています。解除するのに苦労したでしょう？　しましたよね？　こちらの結界はですね——」

「「……」」

唐突に開始されるイザベルの結界講座。と言うよりも、自ら手の内を明かすイザベル。『調停隔壁《レイセプタム》』は肉体の一部に施す事で、それ以上のダメージの流出を防ぐ代わりに、回復や再生の類を全て阻害するお邪魔結界である——等々、本当に技の諸々についての解説をしているのだ。状況が呑《の》み込めず、冷静ではありつつも目が点になってしまうセラとジェラール。

『どういうつもりじゃ？』

『……私の勘だけど、嘘《うそ》を言ってる感じはしないわね。あいつの話している内容、多分全部本当の事よ』

『本当の事じゃと……？　偽の情報でワシらを混乱させようとしているとか、そういう事ではなく？』

『うん、全然そんな感じがしないもの』

『う、ううむ？』

イザベルの狙いが分からない。今のところ判明している事といえば、セラ達が二人がかりで戦っても敵《かな》わないレベルで、イザベルが強いという事。そして何の皮肉か、この解説時間がセラ達の休憩&作戦考案時間にもなっている事、くらいだろうか。

『セラの「血染」で奴《やつ》の剣を奪えるか？』

『もう何度も試したわよ。けど、全然命令できる気配がないの。剣の通り道に結界を作り出す事ができるらしいから、あの剣自体にも常時何かしらの結界が張られているのかもしれないわね。ほら、私やゴルディアーナのオーラみたいに』

『であれば、ワシのダーインスレイヴでその結界から魔力を吸収して――いや、それも駄目か。仮に破壊できたとしても、また新たな結界が張り直されるじゃろう』

『無邪気たる血戦妃《クリムゾンアストレイア》のオーラであいつに触れ続けるってのも考えたんだけど、嫌なタイミングで例のカーテン結界に邪魔されちゃうのよね。剣の通り道を全部覚えておく事自体はできるのだけれど、照らし合わせながら戦うのが案外難しいわ。あいつの方が強い分、どうしても後手に回っちゃう』

『あ、あの剣速で動いている剣の軌道を、全部覚えておるのか……？　いや、ちょっとワシには無理そうなんじゃが……』

『えっ、何で？』

　念話でいくら話し合っても、打開策は見つからない。ひょっとしたら、これほどまでに実力差の開いた敵と戦うのは、二人にとって初めての事になるのかもしれない。誰の目から見ても、これはどうしようもない、絶望的な状況でしかないだろう。

『じゃ、どうする？　諦める？』

『カッカッカ！　それこそ、まさかじゃの！　久方ぶりに胸が躍ってきたところじゃよ！』

『奇遇じゃない、ちょうど私もそう思っていたところよ！』

だが、だからこそ、二人にとっては面白かった。ケルヴィンの気質に少しだけ（？）感化されているセラ達は、その言葉の通りワクワクを募らせていた。全力を出しても勝てない。逆に言えばそれは、出した上で手の届かない相手と戦える滅多にない、二人にとって本当に滅多にない貴重な機会でもあったのだ。全力を出すのは普通、試行錯誤を繰り返してなんぼ、そこから己の限界を超え始めて、漸《ようや》く上等なものとなり得るのである。

……ただ、その前に少しばかり確認しておきたい事があった。

「ねえ、アンタ私達を倒す気あるの？　さっきから手加減しているみたいだけど？」

「はい？……改めて問われてみると、どうなんでしょうね。倒すよりも貴方達の進歩に打ち震えるのに忙しくて、正直それどころではなかった感もヒシヒシと」

やはりと言うべきか、そもそもイザベルはセラ達をそこまで敵視していなかった。最初こそ始末するつもりだったのかもしれないが、セラ達の力を目にしてからは、段々と本来の目的とは異なる方向へと感情がシフト。今では弟子達を美味《おい》しく育て上げるケルヴィンの如く、セラとジェラールの成長を楽しんでいる。尤《もっと》も、ケルヴィンが楽しみにしているのはその後で、イザベルはこの行為自体に生き甲斐《がい》を見出《みいだ》しているようでもあるが。

「まあ、それも些細《ささい》な事ではありませんか。そもそも私の目的はアダムスの復活、そして全世界の正常化です。この世界を滅ぼす事、貴方達の命を潰す事が目的では決してないのです」

「そのアダムスとやらを復活させるのに、強者の魂が必要なのではなかったか？　それとも、ワシらの魂では不足だと？」

「いえ、グロリアを倒せる時点で十分ですよ？　ただ、意欲があり将来有望な者を生贄《いけにえ》にする必要もないではありませんか。生贄は、そうですねぇ……『蛮神』ハザマと『運命の神』パトリック、後は他に集まって頂いた方から、適当な者達を見繕っておけば問題ないと思いますよ？」

「……それ、味方の堕天使なんじゃないの？」

「フフッ、良いんです。私はあの者達が嫌いなので。怠惰を貪り、他人の力を当てにするような神は、新世界には不要でしょう？　ああ、でも安心してください。貴方達の事は気に入りました。その気高き心を持っている限り、貴方達は私の愛《いと》しき子らです。正しき道へと導き、全ての事象から守護していきましょう。私は『守護の神』ですからね。それが当然の責務です。だから私に見捨てられぬよう、日々精進してくださいね？」

イザベルは涙を振り払い、とても良い顔を作りながら、そんな台詞《せりふ》を口にしていた。

「「……」」

ああ、こいつはこいつで厄介な思想を持ってんだな。ここで叩《たた》いておかないと後々不味《まず》いな。と、二人の意見が一致する。

「ったく、どこまでも上から目線ね」

「実際、遥《はる》か高みの存在ですので」

「ふむ、かもしれんな。じゃが、その遥か高みに――」

「――私達《たち》が手をかけたら、アンタはどうするの？」

「はい？」

イザベルが首を傾《かし》げた次の瞬間、セラとジェラールの体が妖しく光り始めた。

◇　◇　◇

（これは……）

イザベルが目を見開いたのは、果たしていつ振りの事だったろうか。直近では桃女神ゴルディアーナの封印がうまくいかず、変なポージングで拘束してしまい狼狽《ろうばい》した事もあったが、それは数に入れたくないらしいので、今回は除外する。

それほどまでに眼前で起こった現象が信じられなかったのか、それとも自らの予想の遥か先にまで、愛しき我が子が成長してくれた喜びの表れか――ともあれ、それくらいに彼女を驚かせる出来事が、今正に起ころうとしていたのだ。

「……素晴らしい」

無意識のうちに、イザベルはそう呟《つぶや》いていた。涙を流す訳でもなく、喜びの笑顔を作る訳でもない。そのままの表情で、思った事を口にしただけだ。しかし、だからこそなのだろうか。今の彼女の言葉は、今までの何よりも真に迫っていた。

事の始まりはセラとジェラールがお互いの得物、黒金の魔人《アロンダイト》と魔剣ダーインスレイヴを打ち鳴らしたところからだった。ハイタッチを交わすが如《ごと》く自然な流れで行われたその行為を、当初イザベルは気合を入れる行為の一環だと思っていた。しかし、二人が次第に妖しく輝き始め、その身から発せられる気配がドンドン上昇していく不可思議な現象に、イザベルは目と心を奪われる事となる。

「「……うまくいったようじゃな」」

おかしい、声が二重に聞こえる。いや、正確にはセラの声が強めなのだが、口調の雰囲気といい、どこからかジェラールの声質も感じられるのだ。それもまた、不可思議な点と言えるだろうか。

「貴方達は、いえ、貴女《あなた》は？……稀有《けう》な経験ですね、状況が呑み込めません。一体何をされたのです？」

二つだった筈《はず》の光は今や一つとなり、その光さえも徐々に弱まってきている。その中から現れる人影は一人分しかなく、もう片方の人影はどこにも見当たらない。イザベルが注視する中で、一体どこへ消えたのか――いや、この時点でイザベルは何が起こったのか、既に察していた筈だ。察してはいたが、到底理解が及ばない現象であったが為《ため》に、疑問を言葉にする必要があったのだ。

「「……変形したハードを纏《まと》い、新たな力の形を編み出したケルヴィンの姿を目にしたのが、この姿を得る切っ掛けじゃった。使役する配下を纏うなんて斬新な方法、これまで考えた事もなかったものでなぁ。で、思ったんじゃよ。そういや私も鎧《よろい》じゃし、誰かに着てもらう事もできるんじゃないか？……となと」

光が完全に消え、それが完全に姿を現す。

「単に鎧を着たようには見えませんが？」

「そりゃそうじゃろ、何事にも工夫は必要じゃからな。私達はこの状態の事を『血染の騎士王《ブラッドドレス》』と呼んでおる」

現れたのは暗黒の騎士鎧だった。但し、ジェラールのそれではない。まるでセラの体型に合わせてオーダーメイドしたかのような、明らかに女性型の全身鎧であったのだ。ジェラールのように黒を基調とした鎧なのだが、その表面には血色で描かれた模様が絶えず流動していた。そう、まるで血管が張り巡らされているかの如く。また、それはその者が持つ大剣も同様だった。あれだけ巨大だった魔剣ダーインスレイヴよりも更にひと回り大きく、その隅々にまで血管が行き渡っている。耳を澄ませばドクン、ドクンという鼓動までも聞こえてきて、見た目と相まって酷《ひど》く不気味だ。

「更に詳しく聞きたいか？」

「……興味はあります。ですが、今はどうしてそうなったのかを聞くよりも、その力を直《じか》に確かめてみたい。私の考えが正しければ、今の貴方達《あなた》は――」

「――うむ、アンタにも届くかもしれんな」

セラとジェラールの新たなる力、『血染の騎士王《ブラッドドレス》』。ジェラールの鎧をセラが装備しただけでは当然なく、二人の融合体とも思えるこの姿には、双方の固有スキルの応用法がふんだんに盛り込まれていた。その融合の果てに生み出された眼前の怪物に、イザベルは確かに感じていたのだ。今の彼らならば、自分の本気をぶつけるに足るのではないか？……と。

「早く刃を交えましょう。話はそれからです」

「お互い、その後に話をする余裕があれば良いがのう。……では」

「ええ」

「「――参る」」

「――行きます」

得物を構え、その場から消える両者。この戦い初めてとなるイザベルの本気は、それまでの攻防が児戯と思えるほどに速く、高度なものだった。一振りの剣から繰り出される、幾重にも及ぶ斬撃群。更にそれら全てに様々な結界の効果が付与され、その斬撃の一つ一つが別種の奥義と化していたのだ。神の中で最も剣に長《た》けているに相応《ふさわ》しい、神の御業《みわざ》である。

――ギギィィィン！

「ッ！」

しかし、そんな苛烈な攻撃を二人は正面から受け切る。一振りで繰り出される、イザベルの剣と同じ数の紅の斬撃群。それも迎撃した斬撃に触れた瞬間に、イザベルが付与していた結界が全て弾《はじ》け飛んだ。耐性スキルを無力化する結界、斬撃に絶対的な耐性を持つ結界、触れた瞬間に様々なバッドステータスを展開する結界等々、その全てが能力を発揮させる前に無力化されたのだ。当然の事ながら、これらは剣の軌跡を起点に展開された為、イザベルにとっての最高の質を誇る結界群であった。そんな結界を瞬く間に無力化できたのが、如何《いか》に異常な事なのか――この姿になるまでのセラ達の戦いを鑑みれば、それがよく分かるだろう。単純に二人分の戦力を加算した程度の力ではない。それでイザベルに対抗できるのであれば、セラ達は最初から拮抗《きっこう》した勝負ができた筈なのだ。

「裁き斬る事に特化させた『疑罰即斬《クライムセバー》』を、真っ向から裁き返しますか！　素晴らしい！　こんな陳腐な言葉では言い表せないほどに、素晴らしい！」

剣と剣、結界と血が舞い、互いの脅威を打ち消し合う。これまで加減の限りを尽くしていたあのイザベルが、本気の本気をぶつけている。心から喜びに打ち震えながら、渾身《こんしん》の剣を振るい続けている。

「「本気を出して尚《なお》、そのお喋《しゃべ》りは直らんのかッ！　まあ、良い！　私も楽しくて仕方がないのだからなぁっ！」」

そんなイザベルからの期待に応える為、そして己の更なる限界を突破する為、セラとジェラールも本気の本気をぶつけている。心から戦いに興じ、会心の剣を振るい続けている。

「至適刑戮《デスペナルティ》！」

斬撃の最中にイザベルが展開したのは、戦いの中で描いた剣の軌跡、その全てを費やして顕現させた殺戮《さつりく》の結界であった。それは一見長い長いカーテンのようであるが、両端を見ればギロチンの刃が備わっている事が分かる。防御として使用されていた箇条窓帷《エクセスカートン》とは、明らかに用途が異なる形状であった。

「「邪帝尾剣《シン・レーヴァテイン》！」」

対するセラとジェラールが顕現させたのは、悪魔の尻尾から伸びる一本の蛇腹剣《じゃばらけん》だった。元となったセラの尾に、ジェラールがそれ用の装備を見繕ったのだろうか？　兎《と》も角《かく》、だ。その蛇腹剣《じゃばらけん》も他と同様に血塗《ちまみ》れである為、見た目通りに凶悪な性能を有しているのは間違いない。

しかし、だ。戦いが苛烈化する一方、ここである問題が発生する。これら凶器が衝突した時に、浮遊大陸の心臓部であるこの場所が、果たして無事な状態で済むだろうか？

「ここまで非道な結界を作り出すのは、一体いつ振りの事でしょうか!?　義体の身とはいえ、この結界の切れ味は凄《すさ》まじいですよ！」

「「なんのなんの、私の剣だって負けておらんぞ！　疑うのであれば斬り結ぶか!?　良いぞ、私も今の私の限界を知りたいのでな！　知った瞬間に、今を超える為にッ！」」

……最悪な事に、今の三人の頭にその事を考える余裕は全くなかった。恐らく、状況は絶望的である。

◇　◇　◇

――血染の騎士王《ブラッドドレス》。セラとジェラールという百戦錬磨の二人が融合する事で、『守護神』イザベルの力にも届き得る、凶悪な力を生み出す秘儀。神をも討ち滅ぼすであろうこの力は、裏で二人の持つ固有スキルが奇跡的に噛《か》み合い、相互に働く事で成り立っていた。原理としては次の通りである。

まず、セラがジェラールの鎧を装着するのだが、当然そのまま着る訳ではない。『血操術』で血を操り、現時点で体外に放出可能な限界量の血で、ジェラールの鎧内部を満たす。これが全ての始まりだ。鎧内部を自身の血で一杯にしたセラは、更にそこから『血染』を発動。血で満たされたジェラールの鎧に、限界以上のポテンシャルを発揮できる装備に進化するよう、つまりはセラにとっての最強の装備になるように、命懸けで命令したのだ。自らの肉体の一部として動かせるように、今身につけている装備をも取り込み、全ての要素を活《い》かす力となるように、頭の中で思い描く最強の自分をイメージするように――セラの血は鎧内部から外へと流れ、その装甲全てに血と命令を行き渡らせる。

そして、ジェラールはセラの願いを叶《かな》えるべく、とある力を発動させた。身につけた武具の性能を向上させる、固有スキル『自己超越』の力を。セラの『血染』によって通常以上の能力を発揮させたジェラールは、己自身を、またセラの血をも装備に見立て、性能を超向上させるに至ったのだ。だが、これで終わりではない。セラの血の性能が上がれば、

『血染』による命令の力もまたパワーアップする事に繋《つな》がり、そうなると更にジェラールの『自己超越』もパワーアップして――とまあ、ある種の無限パワーアップ機関がここに誕生。今の限界を疾《と》うに超えたセラとジェラールの融合体は、こうしてイザベルの前に立ち塞がったのである。

「『何という太刀筋！　だが、見える！　見えるが故に学べるというもの！　食ってやる、アンタの全てを食ってやるぞぉ！』」

「この期に及んで何という向上心！　そして途轍《とてつ》もない吸収力！　分かります、私には分かります！　刃を交えるこの間にも、貴方達が猛烈な勢いで成長している事が！」

両者の剣はどこまでも互角、いや、互いが互いの剣をより研ぎ澄まし、互角のままより高みへと登っているとも言えた。無限成長機関を持つセラとジェラールは、それを絶えず働かせて。神生における喜びの絶頂を堪能するイザベルは、目の前の我が子の為に培った全てを解放して。剣を交える度に、双方は更に強くなっていく。

また、今この場で激しい攻防を繰り広げているのは、二人が持つ二本の剣だけではなかった。つい先ほど展開させた別種の刃達が、同時進行で全身全霊の戦いに興じていたのである。

――ズゥガガガガァァァアン！

たった今、その戦いの影響で白翼の地《イスラヘブン》の大地の一部が崩落した。一体何をされたのか、それを理解する為には、まず状況を把握するのが一番である。

片や、イザベルが展開した殺戮結界『至適刑戮《デスペナルティ》』。紙のように薄く大変に柔軟なこの結界は、風に煽《あお》られてゆらゆらと宙を舞っているようにも見える。物騒な名前の割にどこか牧歌的な見た目で、その光景に拍子抜けしてしまう者も居るかもしれない。が、実態はそんな牧歌的なものでは決してなかった。

途轍もなく長い刃はこの空間に広く展開されており、イザベルが命令を下したその瞬間に、予測もつかない角度から獲物へと襲い掛かる。上下左右前後は当然として、この刃は分離までもが自由自在。気が付けば、そこかしこにギロチンの刃が飛び回っているという、そんな冗談みたいな状況が出来上がる訳だ。しかし、その展開力以上に恐ろしいのが、その結界に備わった刃の残酷なまでの切れ味である。分離して通常のギロチンサイズにまで小さくなった刃（それでも常識的には大きいと言えるのだが）でさえも、直撃した白翼《イスラヘブン》の地の大地を最下層までぶった斬るに至ったのだ。それはつまり、斬撃が浮遊大地の地盤の全てを通り抜けた事を意味する。そんなギロチンが無数に乱舞する状態になったとすれば、白翼《イスラヘブン》の地はどうなってしまうだろうか？

……答えは明白だろう。前述の結果は被害のほんの一部でしかなく、現在白翼《イスラヘブン》の地の小間切れ化が、着々と進んでいるところである。最早《もはや》、心臓部がどうこうの心配を通り越して、この浮遊大陸の全てが切り刻まれるのではないかという、そんな馬鹿馬鹿しい心配をする必要が出てきた訳だ。イザベルのテンションの高さを代弁するかの如《ごと》く、現在変幻自在のギロチン台は暴走状態にあった。

そしてもう片や、セラとジェラールが創造した、不気味で血塗れな蛇腹剣《じゃばらけん》『邪帝尾剣《シン・レーヴァテイン》』。そもそも蛇腹剣《じゃばらけん》はカテゴリー自体が物珍しく、満足に扱える者は更に少ない特殊な武器である。ワイヤーで繋がれた特殊構造の刃は遠くまで伸長し、剣でありながら鞭《むち》のようにしなる。通常の剣では想像もできない軌道を描く為《ため》、見切るのが非常に困難な得物だ。尤《もっと》も、そんな構造しているが故に扱いが困難で、メンテナンスも手間がかかり、この世界においても作り手が殆《ほとん》どいない。浪漫《ロマン》は溢《あふ》れているが、全体的に不遇な扱いの武器だと言えるだろう。

但し『邪帝尾剣《シン・レーヴァテイン》』に限っては、その全てが例外扱いとなる。確かにこれまで、セラとジェラールは蛇腹剣《じゃばらけん》など使った事がなかった。だがこの得物は今、セラ達《たち》の体の一部と化しているのだ。生まれ持った体の一部であれば、手を動かすが如く自在に扱える。また体の一部かつ剣でもある為、セラの『格闘術』とジェラールの『剣術』の適用範囲にも入る。要するに、セラ達はこの蛇腹剣《じゃばらけん》を十全に扱う事ができるのだ。しかもこの蛇腹剣《じゃばらけん》自体が、イザベルの『至適刑戮《デスペナルティ》』に匹敵するほどに凶悪であった。

全方向から迫り来るギロチンの刃に対し、セラの尾から伸びるこの剣は縦横無尽に宙を駆け巡り、鮮血を撒《ま》き散らしながら迎撃を行う。どこまでも伸長し、その度に備わる刃の枚数も増えていく為、ギロチンとの手数での勝負は一進一退。また切れ味においてもギロチンと対等であるらしく、刃を交えた瞬間にどちらの刃も砕け散っていった。しかし、蛇《じゃ》腹剣《ばらけん》はそう素直に破壊はされない。何度も言う通り、この蛇腹剣《じゃばらけん》はセラの体の一部、つまりは再生速度もそれに準じており、一瞬のうちに元通りになってしまうのだ。無数にあるギロチンに対し、こちらは不死身の剣となって何度も壊れては、何度も復活を果たしていく。

「恐るべき再生速度、素晴らしい！　しかし、それも無限ではありません！　再生すればするほどに、貴方達は着実に消耗していっている！　いえ、この時点でもとっても素晴らしいのですが！」

「「それはアンタも同じ事じゃろうが！　白翼《イスラヘブン》の地におる限り、権能自体は使い放題かもしれん！　が、結界を作り上げる為に消耗する魔力は全くの別！　先に消耗するのはアンタじゃて！」」

「いいえ、それは流石《さすが》に慢心が過ぎます！　そもそも、その素晴らしい姿がそう長続きするとは思えません！　素晴らしいが故に、それ相応の弱点が存在するものなのです！　本当に素晴らしいと思いますけど！」

「「全く同じ反論をしよう！　久しく本気を出していなかったアンタの体が、これほどまでに強大なパワーを全力で出し続けられる筈《はず》がない！　本物の神であった時ならまだしも、今は義体の身じゃろうがぁ！」」

「それでも私は――」

「「それでも私達は――」」

――勝つ。と意気込むのは良い事だが、ここで問題が現実のものとなる。そう、遂《つい》に白翼《イスラヘブン》の地に限界がきてしまった。辺境とはいえ、これほどまでの超規模戦闘が地中で起こったのだ。大陸を形成していた大地は著しく変形し、心臓部は木っ端微塵《こっぱみじん》に破壊された。その結果として巻き起こったのは、白翼《イスラヘブン》の地の墜落である。

◇　◇　◇

大地が崩れ落ちる最中、この災厄の元凶達は未《いま》だ戦いに興じていた。セラ達は鎧《よろい》の背部より悪魔の翼を広げ、イザベルは結界を足場にして戦闘を継続。最早三人の目には敵しか映っておらず、相手を倒す事でしか戦いは終わりそうにない。

ただ、その激戦も終わりが近い。先ほどの口論で両者が述べた話は、何も強がりや相手の動揺を誘う為のものではなく、双方が冷静に分析した内容を述べたに過ぎない。まあ要するに、ぶっちゃけどちらも限界なのである。

「すっ、素晴ら、ぜぇ……！　しぃ……！」

「「限界を、超えうっぷ……！　る、うぅ……！」」

……本当に限界なのである。

息が上がる。剣が重い。しかしながら剣捌《さば》きに衰えは見えず、むしろ速度とキレは上がるばかり。ここまでくると、意地と意地のぶつかり合いでもあるのだろう。そして双方にとって、最後の仕掛け時でもあった。

幾度となく刃を交える最中、セラ達はその度に『血染』で剣を覆う結界を掻《か》き落とし、進化したダーインスレイヴでイザベルの魔力を吸収していた。これはこれで効果的ではあるのだが、イザベルの魔力は膨大であり、またそうされる度に彼女も結界を修復するので、殆どイタチごっこのような流れが継続される。しかし、この一連の件《くだり》はセラ達が仕掛けた罠《わな》でもあったのだ。

この戦闘が開始されてから、そして血染の騎士王《ブラッドドレス》の形態となってからも、セラの『血染』の活用法は結界を消す事にのみ終始していた。実際のところは、序盤にイザベルや結界の操作も狙っていはしたのだが、結局は失敗に終わり、その本領を発揮できず終《じま》いだった。しかし、だ。それは逆に言えば、セラの力は結界を解除する能力であると、イザベルに誤解させているという意味でもある。そんな状況をセラ達は逆に利用し、この土壇場になっての能力解禁へと踏み込んだのだ。都度の解除に代わって新たに下した命令は、害をもたらす者達は対象をイザベルにチェンジ、それ以外の者達は対象がイザベルに代わったタイミングで、一斉に消えてなくなれ！　である。

「か、はっ……!?」

「漸《ようや》く、掛かったようじゃ、なぁ……！」

最初こそ効力の薄かった『血染』も、血染の騎士王《ブラッドドレス》を着た今であれば、結界の瞬間解除と同様に効果を及ぼす。斬撃に結界による追加効果を付与する『疑罰即斬《クライムセバー》』が、求剣ペナルティを離れて新たな対象となったイザベルに攻撃を開始。裏切りの結界達はイザベルに斬撃を浴びせ、ありとあらゆるバッドステータスを付与していった。また丁度この瞬間になって、イザベルを護《まも》っていた数々の防壁、『損罪廷吏《フェアトライブ》』と『箇条窓帷《エクセスカートン》』も、一斉に解除される。

「「これで、終わりじゃっ！」」

狙って生じさせた最大の隙を突くべく、セラ達も最高のタイミングで剣を振るう。周囲を乱舞していた『至適刑戮《デスペナルティ》』のギロチン刃も、蛇腹剣《じゃばらけん》から放たれた血をふんだんに浴びて、今は機能停止命令を遂行中。最早イザベルには力も、結界への命令権も残されていない。

「求剣、ペナルティ……！」

が、絶体絶命と思われたイザベルには、漆黒の剣が残されていた。付与していた結界には裏切られたが、セラ達がギリギリのタイミングでの同時発動を狙っていたが為に、結界の下にあったこの漆黒剣だけには、血が付着していなかったのである。漆黒剣はそれまで装飾の一部と思われていた翼を羽ばたかせ、一気に加速していった。最後の意地、最後の悪足掻《わるあが》き、されど最強の一撃がセラに迫る。

――そして、勝負は決する。

「もう指先のひとつも動かせんわい。大人しく墜落していくワシ……」

「右に同じく……で、そっちはどうなのよ？　剣は杖《つえ》に戻ったみたいだけど？」

「見ての通り、ですよ。いやはや、まさか引き分けで終わる事になるとは……素晴らしい」

「アンタ、途中からそればっかりだったわね……」

崩落する大地に紛れて、セラにジェラール、そしてイザベルが仲良く落下していく。

血染の騎士王《ブラッドドレス》の効果時間が切れたのか、セラとジェラールは元の姿へ。イザベルの方も白翼の地《イスラヘブン》を離れたが為に、権能を顕現させた際の制限時間が復活。セラが指摘する通り、求剣ペナルティも元の杖の状態に戻っていた。最早三人には欠片《かけら》の力も残っておらず、今はもう戦うどころか、僅かに言葉を交わす程度の元気しか残っていない。

――ドォッパァァァン！

結局、三人はそのまま仲良く海へと落下、暫《しば》くして海面にセラとイザベルが浮き上がってくる。頭上からはドカドカと土砂が落下してくるが、幸運値が一定以上あるセラとイザベルにそれらが当たる事はなかった。鎧が重い為なのか、ジェラールだけは海中から浮き上がって来ないが、まあジェラールの事だ。どこかで元気にしている事だろう。

「私、思った事があるのよ……」

崩れ行く大地、そして徐々に高度を下げる白翼の地《イスラヘブン》を見上げながら、ふとセラが呟《つぶや》く。

「何です……？」

その横に並んで、同様に空を見上げていたイザベルが問う。

「戦いに夢中になり過ぎちゃって、ちょっと周りが見えていなかったかな、って……」

「奇遇ですね。丁度今、私も同じ事を考えていたところです……やっぱり、アレですよね……」

「「やり過ぎたなぁ……」」

　全てをやり切って冷静になり、今更になって後悔し始める二人。しかし、今となってはできる事が何もなく、浮遊大陸の崩壊を止めるのは不可能、自分達は海面でプカプカと浮かぶばかりという、悲しい現実だけが残っていた。

「ふわ……色々と満足したら、何だか眠くなってきました……取り敢えず、戦いには引き分けた事ですし、私はもう寝ますね……」

「は？　え、ちょ、このタイミングで!?　あ、ちょっと！」

　まさかの就寝宣言に、堪《たま》らずセラがツッコミを入れる。しかし、イザベルはそのまま瞼《まぶた》を閉じてしまい、すやすやと寝息を――

「あ、あれっ？　ももも、もしかして私、本当に寝ちゃいました？　まま、待ってください、もう一人の私……！　こんなタイミングで私に交代しないでくださいよぉ……！」

　――立てる訳ではなく、なぜか困惑し始めていた。というよりも、口調と雰囲気が変わっている。先ほどまでの神様然とした自信も、堂々としていた振る舞いも綺麗《きれい》さっぱり消え去り、残ったのはオドオドした気弱な少女であった。性格がまるっと反転したかのようなこの現象に、セラも暫くは目を点にしていたのだが、察しの良い彼女は直《す》ぐにある推測へと行き着く。

「……貴女《あなた》、ひょっとして二重人格？」

「え？　あ、はい、実はそうで――って、敵さぁーん!?　ひぃぃぃぃ、すみませんすみません！　もう一人の私が随分と勝手な事を口走ってしまって本当に申し訳ありませんでしたぁぁぁ！」

「あ、うん……？」

視線も体も動けない筈なのだが、セラの脳裏には綺麗な土下座を決めているイザベルの姿が浮かんでいた。それほどまでに必死な謝罪であったのだ。

「もう一人の私ったら本当にいつも勝手な事をしていまして、周りの方々にとんでもないご迷惑をあばばばばばばば……！」

「いや、迷惑というか、そもそも敵同士だった訳だし……ま、良いわ。良い勝負ができた事だし、結果オーライという事で」

「そ、そうですか……？　あの、白翼の地《イスラヘブン》がとんでもない事になっているようですが……」

「そ、それはまあ、過ぎた事を悔やんでも仕方ない、という事で……それよりも、さっきまでのアンタは寝るとか言っていたけど、今は熟睡している訳？」

「ええと、恐らく、多分、そうかな、と……？　起きていれば、心の中で会話ができるので……」

「へ、へえ……」

「は、はい……」

「「……」」

海風も気まずい空気までは流す事ができないようで、セラ達《たち》はもう暫くこの海上にて、居心地の悪さを堪能する事となる。それは両陣営の思惑を外れて、白翼《イスラヘブン》の地を破壊してしまった罰だったのかもしれない。

『おーい、セラやーい。ワシ、一向に浮かばんのじゃけれどー？　沈むばかりなんじゃけれどー？』

『ごめん、私も動けないわ。そして空気が悪いわ』

『え、何の話じゃ？』

……罰だったのかもしれない。

第四章 ▼二人の鬼

時はセラとジェラールの戦いが終わる、その少し前にまで遡る。白翼の地《イスラヘブン》一高い場所、エンベルグ神霊山の頂上では、色とりどりの眩《まばゆ》い光が絶えず輝いていた。花火のように力強く、カラフルで綺麗な印象を受けるこの光景であるが――

「ぬぅあああぁぁぁ！」

「ふぅぅぅ――――ん！」

「ほぉあああぁぁ――――！」

「フッ、やるではないか！」

(男共の叫び声がうるさい……)

――その現場では、外からは想像もつかないほどの死闘（？）が繰り広げられていた。『武神』或《ある》いは『闘神』と恐れられるハオと対峙《たいじ》するのは、人型の竜へと変身した三竜王と、紫色の蝶《ちょう》（人型）となったグロスティーナである。立ち位置としては、ハオが頂上の中心に陣取り、その周りをダハク達が旋回、更にその上空をグロスティーナが飛んでいる形だ。

「飢える猛樹《ビーストツリー》！」

「ギュウアアァァァ！」

ダハクの右腕が樹木で覆われ、それらは猛獣の顔を模した、見るからに狂暴な形へと成長していく。急激な成長で飢えているのか、獲物《ハオ》に狙いを定めた飢える猛樹《ビーストツリー》は、超スピードでの狩りを開始。地を這《は》うようにハオへと迫り、その大口を開けるのであった。

「活火巨腕《ラーバプレス》！」

しかし、飢える猛樹《そ れ》よりも早くにハオを攻撃したのはボガであった。全身の黒岩鎧《よろい》から炎を噴出させ、巨体でありながら戦闘機の如《ごと》く接近を果たしたボガが、ハオの頭上から熱で真っ赤に染まった巨腕を叩《たた》き込む。持ち前のパワー、そして腕の裏側から噴火する勢いをも利用したこの一撃は、大地に巨大なクレーターを形成し、更にはそこに走った亀裂から溶岩を放出させるに至る。

「良い攻撃だ」

「ぬうっ！」

惜しくも、と言えないほど完璧に、ハオはこの攻撃を躱《かわ》していた。ただ、まともに当たってさえいれば、如何《いか》にハオといえども無事では済まなかっただろう。その純然たる力強さに、ハオは心からの称賛の言葉を贈る。

「回避の後は隙が生まれるだろうが、よぉおらぁぁぁ！」

攻撃を躱す事を先読みしていたダハクは、飢える猛樹《ビーストツリー》をその回避先へと向かわせていた。まずは機動力を封じる為《ため》、飢える猛樹《ビーストツリー》に足を狙わせる。

「その通りだ。が、それでは遅い」

そんな言葉の直後、どういう訳なのか、飢える猛樹《ビーストツリー》が粉々に砕け散ってしまった。読みは良かった筈《はず》だ。狙いも良かった筈だ。しかし、未《いま》だハオの動きを見極めるには至らない。

「クソがぁっ！　だが、これで終わりじゃねぇ！」

「何？」

　砕け散った樹木の欠片が大地に触れる。すると、どうした事だろうか。それらは再び急成長し、見る見るうちに元の大きさ、元の猛樹の形へと戻っていくではないか。しかも欠片の数だけ増殖している為、むしろ今の方が戦力が増強されている。

「「「「ギュウゥゥアァァ！」」」」

「ほう」

「粉々に砕いてくれて、ありがとよッ！　お礼参りは即刻してやるぜぇ!?　んでもって、ボガ、ムド！」

「お、おう！」

「分かってる」

　ダハクの叫びに応じ、ボガが先ほど作ったクレーターに更に腕を捻《ね》じ込み、ムドファラクが空へと舞い上がる。

「活火山創造の拳《ラーバクレータプレス》！」

　真っ赤に染まったボガの拳から、赤々とした色合いが大地へと移っていく。そして次の瞬間に巻き起こったのは、エンベルグ神霊山の大噴火であった。休火山である筈のエンベルグ神霊山であるが、ボガは拳から息吹《ブレス》を放つ事で、これを無理矢理に活性化させたのだ。人為的に、いや、竜為的に引き起こされた大噴火は、周辺どころか大陸全土に影響し得る大災害と化してしまう。

　山頂が大惨事に見舞われる一方で、間際に空に舞い上がっていたムドファラクは、彼女の周囲に展開していた三色の光輪を高速回転させていた。回転させるほどに金属が擦れ合うような、そんな甲高い音を鳴らす光輪。これだけでは用途不明な、変な音を鳴らし続ける謎の物体としか思えないだろう。しかし、これはとんでもない兵器であった。

「極彩の銃雨《トリニティスコール》」

　ムドファラクの声と共に、光輪から赤・青・黄から成る三色の弾丸が連続射出される。散弾銃の如く多方向に分散され、ガトリング砲の如き連射性を誇る銃弾の雨。そう、この光輪の正体は銃口であったのだ。赤の銃弾は炎、青の銃弾は氷、黄の銃弾は雷から出来上がっているらしく、着弾箇所にはそれぞれの属性が伴う災厄が巻き起こされる。ボガのマグマと共に火柱が立ち上り、それらと相反する氷塊が時間を止め、雷が所構わず暴れ回り、一発の着弾でも大きな影響を与えるそれら銃弾が、万発以上の弾数となって地上へと叩き付けられている。それはもう、エンベルグ神霊山を削って消滅させる勢いだ。

　そんな多属性が混在する戦場であるが、ここにはダハク達やハオの他に、飢える猛樹《ビーストツリー》も大量に生まれていた。植物である彼らに炎やらの相性最悪なものをぶつけたら、ダハクの奇策が全く意味のないものになってしまう——と、普通であればそう思うところなのだが、もちろんムド達の攻撃は織り込み済み。むしろ、それらの災厄は飢える猛樹《ビーストツリー》の強化材料となっていた。

「「「「ギュヴゥウアァア！」」」」

それは正に、飢える猛樹《ビーストツリー》の進化とも呼べる変化だった。赤の弾丸を浴びた猛樹はその身に炎を灯《とも》し、青の弾丸は樹皮が青色に変貌、黄の弾丸はなぜかメタリックな装甲を纏《まと》う——どの個体もダメージを負っている様子はなく、むしろ活力が漲《みなぎ》っている。

「驚いたかぁ!?　これこそが飢える猛樹《ビーストツリー》の真骨頂！　どんなに過酷な環境にも適応できるこいつらは、即座に適した属性へと肉体を組み替える事ができんだよ！　さらにッ！」

ダハクが『ゴルディア』による赤きオーラを発現させる。すると、ダハクのオーラは飢える猛樹《ビーストツリー》達の方にも移っていき、最終的には全ての個体がオーラを纏うようになっていた。また、オーラを纏った猛樹は体から腕を生やし、まるで格闘戦をするかのような構えを取り始める。

「獰猛《どうもう》なこいつらに理を植え付けんのには、すっげぇ苦労したぜぇ？　ねぇ頭をすっげぇ使ったからなぁ！」

「ふむ、これはまた面白い能力の使い方をするものだ」

「ありがとよぉ！　んでもって、認めてやる。悔しいけどよぉ、俺はこの場に立っている今でさえも、てめぇよりも圧倒的に格下だ。だがよ、格下には格下の戦い方がある！　認めるぜ？　考えるぜ？　粘るぜ？　根性見せるぜ？　このダハクがなぁっ！」

いくらグロスティーナの下《もと》で死ぬ気で鍛え、バッケから竜人化の術を叩き込まれたと言っても、この短期間では伸ばす力にも限りがある。だからこそダハクは、今持っている力で勝てる方法を考えた。寝る間も惜しんで――となると、疲労で本来の力を発揮できなくなるので、寝る時は素直に寝て、起きている間に何とか考え抜いたのだ。

オーラを行き渡らせた飢える猛樹《ビーストツリー》には、ダハクと同等の『格闘術』が備わるようになる。つまりステータスでは劣れども、疑似的に複数人の自分で格闘戦を挑む事ができるようになったのだ。成果の一端である猛樹達による数の理、ボガとムドが作り出した地の利、この日の為に準備した様々な理を活《い》かし、ダハク達はハオへと挑む。

「ほぉおおあぁ――！　ほぉあっ！　ほぉあっ！……ほぉおあああ！」

……ちなみにグロスティーナは、遥《はる》か上空で叫びを上げ、激しく舞い踊っていた。

◇　◇　◇

「では、拳を交えようか」

この場に居る全員と対峙するハオは、言うまでもなく圧倒的なハンディキャップを強いられている。しかし、そんな彼が戦法として選択したのは、策や駆け引きといった要素を全て排除した、真正面からの真剣勝負であった。様々な属性を宿し、様々な格闘戦の構えを取る飢える猛樹《ビーストツリー》の集団の中へと、ハオは自ら飛び込んで行く。

「縮地《しゅくち》」

正面に突き進むハオの移動法は、必要最小限の動きで行われる奇妙なものであった。いや、最小限どころか、殆《ほとん》ど足も動かしていない筈なのに、残像が生じる速度で移動している。言ってしまえばそれは、構えの姿勢を維持したまま移動しているに等しい。ハオと対峙している者にとっては、彼がいきなり目の前へワープしてきたかのように見えただろう。

「こいつ、一瞬で距離を……！　また奇妙な技を使いやがって！　だが、それが何だ！　その程度じゃ飢える猛樹《こいつら》は驚かねぇぜ!?」

「「「「ギュヴゥッアァ！」」」」

ダハクの言う通り、飢える猛樹《ビーストツリー》達は臆する事なくハオに襲い掛かる。更に、後方からはムドファラクによる援護射撃が開始され、ダハクとボガも最前線へと駆け出していた。

「ならば、その力が如何ほどのものか……試してみよう！」

ハオがそう言い放った直後、彼を取り囲んでいた飢える猛樹《ビーストツリー》のうちの数体が、突如として顔面から粉々に砕け散っていった。戦いに備えていた筈の腕の構えも、纏っていた筈の赤きオーラも、全てを通り抜けてハオの拳が直撃したのだ。振るわれた拳があまりに速過ぎたが為に、周りの者達はまるで反応が追いついていない。

「ッチ！　やっぱ拳も速えっ！　だが！」

「む？」

顔面を砕かれた飢える猛樹《ビーストツリー》であったが、彼らはその状態でも倒れていなかった。いや、むしろその状態から新たな顔を生やし、急速に再生しようとしている。

（飢える猛樹《ビーストツリー》の環境適応力の高さは、この再生能力由来のもんだ！　燃えようが凍ろうが粉々になろうが、生半可な破壊じゃ体のどっからでも復活できる！）

そう、飢える猛樹《ビーストツリー》はヒトデやウーパールーパーのように、失った肉体を完全に再生できる能力を有していたのだ。一見頭部に見える箇所を破壊したとしても、ステータス上のＨＰが０にならない限り、彼らは無限に再生を繰り返す事ができる。血が通う生物とは違い、植物である為に、頭部などの本来急所である筈の場所が破壊されたとしても、即死するような事もない。更に最大ＨＰがアベレージ５０００オーバーと、彼らはステータス面でも相当のタフネスを誇っていた。飢える猛樹《ビーストツリー》を倒すには、大ダメージで一気にＨＰを削る必要がある。

『ボガ！　あいつらが体張ってくれてんだ！　俺達《たち》も参加して、一気に畳み掛けるぞ！』

『わがっだぁ！』

大した距離ではないのだ。ダハクとボガの足であれば、もう一秒も掛からずに馳《は》せ参《さん》じる事ができるだろう。が、しかし――

「ギュッ!?」

「ヴゥッ……！」

「ギュウアッ!?」

「ふむ、漸《ようや》く来たか。思ったよりも遅い到着であったな」

「「!?」」

——ダハクらが攻撃を仕掛けようとしたその時には、飢える猛樹《ビーストツリー》の頭数が既に半数を割っていた。ハオが腕を振るうごとに、最低でも三体の飢える猛樹《ビーストツリー》の頭部が粉砕、次いで四肢が砕け、最後に胴体が爆散していく。辛うじて振るわれた拳の残像を見る事はできるが、一体どのような格闘術を用いているのか、今のダハクらの目では、その詳細を捉える事ができなかった。ただ一つ分かるのは、あの拳をまともに食らいでもすれば、如何に竜王のダハク達だとしても、ただでは済まないだろうという事だ。

残っている飢える猛樹《ビーストツリー》も必死に反撃を試みているが、彼らの攻撃がハオに当たる気配はない。それどころか、先ほどから絶え間なく撃ち続けているムドの弾丸でさえも、今に至るまで一発も命中していない。どれだけ大人数で取り囲み、どれだけ攻撃の雨を降らせようとも、ハオの肉体は全てが残像でできているがの如く、その全てをすり抜けてしまうのだ。まるでアンジェの固有スキル、『遮断不可』を相手にしているかのような感覚に陥ってしまう。

『クッ、ただ一度の攻撃に、一体どんだけの技を仕掛けていやがんだ、この野郎……！ しかも、あいつらが纏っていた炎や氷も全くおかまいなしかよ……！ 触れるだけで相当なダメージを与える筈なんだぞ、本当は……！』

『鎧代わりの装甲も、関係なぐひしゃげでるんだな……あ、あれじゃおでの竜鱗《りゅうりん》も、意味ねぇ？』

『かもなぁ……じゃあ、止まるか？』

『ダ、ダハク、冗談が上手《うま》い、んだなぁ。……んな訳、ないッ！』

ハオの圧倒的な武力を前にしても、ダハクとボガは足を止めなかった。片や両腕に刺々《とげとげ》しい植物を纏わせ、片や黒岩の鎧《よろい》を更に赤々と染め上げる。竜王としてのポテンシャル、そして共に培った武を融合させ、二人は新たなる極致へと至る。

「竜刺毒針《ドラゴンビーニー》！」

かつてジルドラを屠《ほふ》った猛毒は、ダハクの手によって更なる進化を遂げていた。毒々しい色合いをした無数の針が、圧縮された空気の塊と共に放たれる。これら針の一本一本には、改良型とされる『天使殺し』の猛毒が内包されているのだ。一本でも刺さってしまえば、肉体の強さを問わずに致命傷となり得る、最悪に危険な代物なのである。

「怒竜烈拳・炎《ドラゴンスマッシュ・フロガ》！」

熱の圧縮、威力の圧縮、圧縮に次ぐ圧縮――火山から流れ出《い》でた溶岩がボガの両腕に集結し、武の理に基づき巨腕と共に振るわれる。事前に引き起こしておいた火山の力を、そのまま武術として転用してしまうこの荒業は、火竜王であるボガにしか成し得ないものであった。拳に宿るには強大過ぎる災害、これが一切の遠慮なしに振るわれれば、一体どれだけの惨状を呈するのか……予想なんてものは、全くつく筈がないだろう。

（プリティアちゃん、そこで見ていてくれよっ！）

かつて『桃鬼《とうき》』ゴルディアーナが使っていた技、『蜂刺針《はちぶんぶん》』、そして『怒鬼烈拳《ドキドキスマッシュ》』。二人はこれらの技を参考に改良を加え、竜王の特性をアレンジとして組み込んでいた。人と竜、そのどちらの強みも活かせるように。そして何よりも、大好きな人に少しでも近付く為《ため》に(ダハク談)。

(プリティアちゃんと比べ、技の使用者である俺達は数段劣っている。これは紛れもねぇ事実！　ならよぉ、技自体をより馴染《なじ》むように、愛を以《もっ》て改良するしかねぇよなぁっ!?)

半数になったとはいえ、まだまだ数の利で押し潰そうとする飢える猛樹《ビーストツリー》は健在だ。災厄を撒《ま》き散らす悪意めいた地形、頭上より降り注ぐムドファラクの弾丸、そしてここにダハクとボガの猛撃が加わり、ハオは片腕というハンデを背負ったまま、その全てを一度に対応しなくてはならない。

(一発で良い。ああ、まずは一発だ！　この中のどれか一発でもヒットさせて、そこから流れを変えてやる！)

ダハクらの士気は高く、今用いる事ができる力を如何《いかん》なく発揮させていた。この場に集結した皆は間違いなく、最高のコンディションで最善の連係を決めていた。……だが、それでも。

「――裂帛《れっぱく》」

そこまでしても、そこまでの力を引き出しても、ダハク達の攻撃がハオに届く事はなかった。恐らくは何が起こったのか、理解する事もできなかっただろう。ハオが一呼吸のうちに行ったのは、前後左右上下、全ての方向を対象とした、目に見えぬ拳と蹴りの連撃であった。風船が破裂した時に鳴る、パァン！　という音が絶え間なく聞こえたかと思うと、周囲の者達が一瞬のうちに蹂躙《じゅうりん》されてしまったのだ。飢《ビ》える猛樹《ーストツリー》は断末魔の叫びを上げる暇もなく全身が砕け散り、ダハクとボガもＨＰの半分を割る大ダメージを受けてしまう。

「か、はっ……」

「な、にぃっ……!?」

ダメージと同様に、受けた衝撃も凄《すさ》まじいものであった。ダハクとボガは一気に後方へと、いや、それどころか戦場から離脱するレベルで吹き飛ばされてしまう。

「ほう？　この俺に技を使わせ、その上生き延びるか。まだまだ付け焼き刃ではあったが、先ほど使おうとしていた技も、なかなか見どころがあった。誇れ、お前達は強い。それなりに、な」

◇　◇　◇

飢《ビ》える猛樹《ーストツリー》達の壊滅、そしてダハクとボガの戦線離脱。絶望的なそれら情報は、援護射撃に徹していたムドファラク、謎に空を舞い続けていたグロスティーナも当然認識していた。こうなってしまえば、連係も何もあったものではない。であれば、残された選択肢は逃げる事だろうか？……いいや、それは違う。最前線に立っていたダハク達と役割は異なるが、それでも二人が見ているものは、彼らと同じ勝利の二文字である。生きているのであれば、ダハクとボガは直《す》ぐに復帰する。そう信じて、後は行動するだけだ。

「極彩の爆雨《トリニティランチャー》！」

三色の光輪全てを肥大化させたムドファラクは、そこより大型の弾丸を連続で射出させる。それら大型弾丸の射撃に、『極彩の銃雨《トリニティスコール》』ほどの連射性は見受けられない。放出された弾丸も行き先がバラバラで、どこを目標としているのか、てんで狙いが定まっていないように見えた。しかし実のところ、これら弾丸の配置は緻密な計算の上に成り立っていたのだ。広範囲の殲滅《せんめつ》に特化した『極彩の爆雨《トリニティランチャー》』は、ムドの視界に収まる地上の全てを攻撃可能な範囲とする。味方が前線から居なくなった今であれば、彼女が遠慮する必要は最早《もはや》どこにもない。

轟音《ごうおん》に次ぐ轟音、そしてその度に眩《まばゆ》い光が、戦場を支配していく。エンベルグ神霊山に降り注いだ竜王の怒りは、着弾と共に各属性を宿した爆発をもたらした。爆撃は山を削り、更にそこへ次の爆撃が投下され、また山が削られていく。あれだけ雄大な姿を見せていたエンベルグ神霊山は、最早そこいらの一般的な山と同等のところにまで、その高さを落としている。そんな惨状を前にしても、ムドファラクは未《いま》だ極彩の爆雨《トリニティランチャー》を止めようとしない。いや、これでも火力が全く足りないと、そう思ってさえいた。焦る心は彼女の視線にも伝播《でんぱ》し、無意識のうちにグロスティーナの方を向いてしまう。

「グロスティーナ、まだ……!?」

「ふぅんふぅんふぅ〜〜〜ん。……丁度今、溜《た》まったと・こ・ろぉ（はぁと）。随分と待たせちゃったわねん」

　空を忙《せわ》しなく舞い、なぜか大声を張り上げていたグロスティーナであったが、どうやらそれら不審な行動は全て、ある技に向けての下準備であったようだ。今もバレエの如《ごと》くその場での回転を続けているが、これも必要な事なのだろう。でなければ、ただの地獄である。

　とまあ現状況からしても、グロスティーナの行動はふざけているようにしか見えない。但し、彼女の周囲には危険な色合いをした謎の球体が、複数個浮遊していた。それら球体はどれも5メートル前後の大きさを誇っており、よくよく観察してみれば、内部で紫色の毒オーラが渦巻いている事が分かる。これら謎の球体は、グロスティーナが空中でのダンシングをしている最中に生成されたものだ。

「天空という名の透明舞台《クラリティーステージ》、人の目を気にせず舞い踊り、人々を魅了する美声を自分の為だけに使う……妖精《わたし》は今、最っ高に満足して、最っ高の気分に至ったわん。この状態で練った私のゴルディア、舞台に舞う貴人妖精《バイオレットフェアリー》も正に最高潮！　貴方《あなた》の心臓《ハート》を射止める為に、最高の毒をプレゼントしてあげるぅん！」

「グロスティーナ、なぜに説明口調……？」

「し・か・もぉ！　この毒は彼から教えてもらった、ダハクオリジナルのブレンドポイズゥン。恥ずかしながらぁ、この私も成分を知らなかった強力なものなのよぉん！　下手したらぁ～、この辺り一帯が死の大地になっちゃうかもしれないくらいだけどぉ～……そうなったとしてもぉ、きっとダハクちゃんが浄化してくれるわん！　『邪神の心臓』を大自然パラダイスにまで至らせた彼にぃ、不可能はないのんッ！」

「グロスティーナ、お願いだから早く撃って……！」

ムドファラクの悲痛な思いが通じたのか、グロスティーナは漸く攻撃態勢へと移行する。

「待たせたわねぇ、パート２！　そして、受け取りなさぁい。これが私のぉぉぉん――『蝶愛の星屑《ラブ・スターダスト》』おぉぉ！」

あまり言葉に言い表したくない決めポーズと共に、グロスティーナの周囲で浮遊していた猛毒の巨大球体群が、一斉に地上へと投下される。随分と待ての状態にされていた影響なのか、それらの速度は見た目からは想像ができないほどに速く、気が付けば既に地上への着弾が終わっていた。

「これは、凄《すご》い……！」

ついムドファラクがそう漏らしてしまう。それもその筈《はず》、彼女の目の前で起こったその爆発は、今も尚《なお》放ち続けている『極彩の爆雨《トリニティランチャー》』よりも凄まじいものだったのだ。弾数こそ少ないが、超広範囲に及んで猛毒を撒き散らす紫色の爆発は、それを補って余りある印象をムドに植え付けていた。

「一呼吸でも肺に入れれば、即座に作用するダハクちゃん自慢の代物よん。予《あらかじ》め毒素に対する備えをしてきたムドちゃん達には無害だけどぉ、ことハオちゃんに限っては、純粋な肉体の強さだけじゃ対処の仕様がない……筈、だったんだけれどねぇ」

舞台に舞う貴人妖精《バイオレットフェアリー》のオーラを増幅させ、臨戦態勢へと移行するグロスティーナ。その横に並んでいたムドファラクも、時同じくして『極彩の爆雨《トリニティランチャー》』の手を止め、より近接戦に向いた形態へと光輪の型を変化させていく。

「――廻武《えんぶ》」

その声が聞こえてきたのは、爆撃地の中心部からだった。直後、そこから竜巻が発生。爆風などの害あるものが風に乗り、外へ外へと追いやられて行く。その竜巻の中心に立っていたのは、殆《ほとん》ど無傷状態のハオであった。片腕で円を描き、この竜巻を発生させているのだろうか。軽く手の平などの皮膚が焼け焦げているようだが、それ以上のダメージを受けている様子はない。

「ごふっ……！」

いや、違う。流石《さすが》のハオにも、毒によるダメージはあったようだ。しかもこの唐突な吐血は、ハオ自身にも予想外だったようで――

「……フッ、片腕では受け切れなかったか。しかもこの毒、致死性のものだな？　意識を手放してしまうほどの激痛といい、段階的にやってくる麻痺《まひ》といい、よく考えられている。何よりも、この俺の体に通じている事自体が驚きだ」

――彼は、不気味な笑みを浮かべていた。喜びと狂気が共存する、大変に見覚えのある笑みを。

「やだん、笑ってるぅ～。即死狙い、最悪でも気絶にはもっていきたかったのだけれどねぇ。貴方、普段から毒で体を慣らしているのん？　それとも、そういうスキルぅ？」

「前者だ。しかし、まさかここまでのものを生み出すとはな。俺にとっても、良い意味で予想外だった。ああ、そうだ。今のうちに礼を言っておこう。お前のお陰で、俺は新たな未知と出会う事ができた。そして、ここまでよく成長してくれた。……感謝する！」

ハオは『縮地《しゅくち》』を空中においても適用させ、一気にグロスティーナ達《たち》との距離を詰め始める。その速度は地上で使用した時と遜色なく、重力に逆らって突き進む流星のようでもあった。

「竜星狙撃《フューゼミーティア》！」

即断応戦、ムドファラクが早撃ちで放ったのは、八属性の圧縮光弾であった。この光弾は際限なく対象を追跡し続け、更には超高速で進む為に、回避する事がまず不可能な、そんな大技――で、あった筈なのだが……

「ふん」

ハオの眉間目掛けて飛んで行った光弾が、直撃する寸前のところで、あろう事か彼の額に受け流されてしまう。まるで飛んで来たサッカーボールを、隣の者へヘディングでパスするかのような、そんな柔らかな動作で、だ。

「はぁっ!?」

「軌道が素直過ぎる」

受け流しの影響で、ハオの額が僅かに出血したようだが、その傷も瞬間的に塞がってしまう。一度受け流された竜星狙撃《フューゼミーティア》は、そこから更に追撃しようとするも、純粋にハオのスピードの方が速い為に、最早追いつく事はできそうになかった。

「ムドちゃん、私の後ろに下がりなさぁい！　舞台に舞う貴人妖精《バイオレットフェアリー》・片翼形《モードルシ》――」

「――それも悪くない。が、所詮は偽神の劣化版に過ぎんな」

そんなハオの言葉の次に、ムドファラクの耳に聞こえて来たのは……肉の飛び散る不快な音であった。

◇　◇　◇

血しぶきが宙を舞い、ハオの片腕が真っ赤に染まる。その光景を間近で目にしたムドファラクは、今も戦闘中であるというのに、思考を止めて頭を真っ白にしてしまっていた。

「ぐ、ふっ……」

苦し気な声、そして大量の血を吐いたのは――グロスティーナの方だった。彼女はハオの貫手《ぬきて》によって、左胸を貫かれていたのだ。位置からして、恐らくは心臓も潰されているだろう。それでも彼女は未だに生きており、意識も保っている。そして対峙《たいじ》するハオの鋭い目を、何かを訴えるかのようにジッと見詰め続けていた。

「貴殿、心臓を自ら差し出したな？　一体何のつもりだ？」

「う、うふん、やっぱりハオちゃんには、分かっちゃう、みたいねぇん……でぇも、貴方なら来てくれると、思っていたわん……貴方、見た目は硬派、だけれどぉ……案外ノリが、良くってぇ……相手の誘いに、乗っちゃうタイプ、でしょ、ん……？」

「……こと戦いにおいてだけは、そうかもしれんな」

「うふふ、やっぱりねん……さあ、ムドちゃん？」

「え、あっ！　ご、ごめん、そうだった……！」

瀕死《ひんし》のグロスティーナに声を掛けられたムドファラクは、我に返ってその場からの離脱を開始する。その行動に何か策略めいたものを感じ取ったハオも、一旦その場を離れようとするが——

「むっ？」

——グロスティーナの左胸から、一向に腕が抜けない。まるで彼女の体内から、粘着性のある何かが纏《まと》わりついているような、そんな感覚があった。

グロスティーナのゴルディア、『舞台に舞う貴人妖精《バイオレットフェアリー》』には強い粘性力があり、一度物体に吸着してしまうと、なかなか取る事ができない。しかも彼女が今展開しているのは、その粘着性を極限にまで高めた『舞台に舞う貴人妖精《バイオレットフェアリー》・片翼形態《モードルシファー》』である。如何《いか》に武を極めたハオといえども、初見でそれを見抜く事はできなかったようだ。

「心臓を、捧《ささ》げたのはぁ……それ、が、必要な事、だったからん……貴方に勝つには、そ

こまでしないと、無理そう、だったから、ねん……」

「何をしようとしているのかは知らないが、長話に付き合うつもりはない。生きているうちに、速やかに目的を果たせ。あの草木のように、貴殿の体を粉々にしてやっても良いのだぞ？」

「まあ、怖〜い……で、もぉ、ご心配は、無用よん……私の最期の技は、もう発動しているの、だからぁん……」

纏わりつく紫色のオーラが急速に膨張し、ハオを丸ごと呑《の》み込もうとしていく。量だけでなく、その粘着力もより強力なものとなっており、最早ハオといえども、自力での脱出は不可能になりつつあった。

「……なるほど、そこまでの覚悟があっての事か。あの世への餞別《せんべつ》だ。その技の神髄、間近にて見届けてやる」

「まっ、優しいんだからぁん……じゃ、行くわ、よぉん……はい、バチコン、と……」

血を吐きながらも、グロスティーナは最高の笑顔のまま、特大のウインクを決める。そして——

「心からの贈り物《レガートクオーレ》……！」

——グロスティーナがその言葉を口した次の瞬間、周囲が眩い光によって彩られた。鮮やかな紫色の光は、発生元である二人を瞬く間に呑み込み、同時に極上の猛毒でその体を蝕《むしば》む。

『心からの贈り物《レガートクオーレ》』は命を代償として、限界を超えた猛毒を作り出し、自身の心臓を起点に限定的な範囲で爆発を起こす、グロスティーナの最終奥義だ。この技は身命を賭したものであるが為《ため》に、彼女の姉弟子であるゴルディアーナからは、技の創造自体を固く禁じられていた。しかし、ゴルディアーナが敵に捕らえられたあの日から、グロスティーナは禁を破って技の修練に励み始めていたのだ。全ては圧倒的強者であるハオから、最愛の姉弟子を救出する為に。

（ダハクちゃん、嘘《うそ》を言ってしまって、ごめんなさい、ねん……）

ダハク、ボガ、ムドファラクの三竜王、そしてグロスティーナは、この日の為に鍛錬をすると同時に、幾つもの作戦と策略を練ってきた。戦闘がどのような展開になっても対応できるように、ハオがどんな行動を取ってきたとしても勝てるように、没頭してきたのだ。当然の事ながら、それらの事柄は四人で共有されている。

……ただ、その中でたった一つだけ、グロスティーナが皆に秘密にしていた事があった。それが先の最終奥義『心からの贈り物《レガートクオーレ》』についてだ。彼女は最悪のピンチに陥った際に、この技を使って逆転を図ると、皆にそう豪語していた。また周囲の者達も危険に晒《さら》されるからと、彼女が合図を送ったら、直《す》ぐにそこから退避するようにとも伝えていた。一度きりの必殺技だから、失敗は許されないとも伝えていた。……この技の代償については全く触れず、自らの回復も行える最高の技だと、そんな嘘を交えて。

「おおっ！　グロスの野郎、マジでやりやがったのか!?」

「す、凄い光、なんだな」

だからこそ、全速力で戦場に戻って来たダハクとボガは、そんな事情を知り得ない。知り得ないからこそ、仲間の活躍を興奮した様子で見守っていた。

「二人とも、戻って来るのが遅い。とんだ遅刻もの。その間に、私とグロスティーナが勝ってしまった」

「な〜に言ってやがんだ、この甘味馬鹿は!? お前は作戦通り、こっちに避難しに来ただけじゃねぇか！」

「で、でも、ムドの援護も凄かったと、思うんだなぁ」

「うん、ボガは多少分かってる。ダハク、少しは見習ったら？」

「お前、ホントに口が減らねぇのな。けど、グロスティーナは大丈夫なのか？ 毒で体を再構成して、その時に生じた毒を攻撃にも転用させるとか、すげぇ事を話していたが……」

「グロスティーナは嘘を言う人間ではない。それはダハクが一番分かっている筈」

「そりゃあ、そうだけどよぉ……相手はあのハオだ。悔しいが、欠片《かけら》も油断ならねぇ相手なんだ。ダチとして、やっぱ心配なんだよ」

「あっ！ ひ、光が収まっていぐ、みでぇだぞ！」

「「ッ！」」

収まっていく紫の光を目にして、三人は次の手へと作戦を移行し始める。グロスティーナの最終奥義は、ハオに止《とど》めを刺す想定で語られていた。しかし、それで無事に戦闘が終わるなんて楽観視は、この場に居る者達は誰もしていない。何事にも、もしもの事態は付き纏うものなのだ。グロスティーナの援護に回る為に、瀕死のハオに追撃を加える為に、様々な状況に対しての対策を講じる為に、ダハク達は最善の手を打ち続ける。……しかし、収まった光の中から現れた光景は、彼らにとって余りにも残酷なものであった。

「……自爆、か。俺が好む手ではないが、その覚悟は認めなければな。最期を飾るに相応《ふさわ》しい、良き攻撃であった」

光の消失。が、そこにグロスティーナの姿は欠片もなく、肌を毒々しい色に変化させたハオだけが残っていた。その光景が意味する事が理解できず、一瞬思考が停止してしまうダハク達。それでも三人は、ハオが大量の血を被《かぶ》っているのを目にして、ある最悪の答えに考えを行き着かせる。その血はもちろん、ハオのものではないだろう。では、その血の持ち主は……

「……ああ？　自爆？　てめぇ、何を言ってやがる。グロスの野郎をどこにやりやがった？」

「言葉通りの意味だ。それを理解できない貴殿らではなかろう。早く状況を呑み込め。無理矢理にでも理解しろ。戦場はお前達を待ってはくれないぞ？」

淡々と語るハオの言葉で、想像した最悪の結末が、現実のものとなってしまった事を悟る。

「てぇん、めぇぇぇ……!?」

「嘘……」

「あ、ああ、あああああっ……!」

判断を狂わす怒り、絶望、悲しみ――仲間が命懸けでやり遂げたチャンスを、見す見すドブに捨てるのか。所詮はその程度か。ハオが抱いた感情は、若干の失意であった。

……しかし、丁度その時になっての事である。

――ドォッパァァアン!

まるで大陸全土が悲鳴を上げているかのような、とんでもない轟音《ごうおん》と共に、白翼《イスラヘブン》の地が大きく揺れたのだ。

(これは……)

察知能力を駆使して、逸早《いちはや》くハオは気付く。大陸の心臓部を守護していたイザベルの気配が、この白翼《イスラヘブン》の地から消えている事に。敗北したのか、何か不測の事態があったのかは分からない。ただ、封印の役目を担っていた彼女の消失は、戦況に大きな影響を与えるであろう事は、容易に想像がついた。

「グロス、姉弟子より先に逝くなんて、一体どんな了見よぉん。小言の一つも言ってやりたいわん。けれどぉ、今は止《よ》しておこうかしらぁん。貴女《あなた》のお陰でぇ、私が復活するまでの時間を繋《つな》ぐ事ができたのだからぁ。全く、できた妹弟子を持ってぇ、私は幸せ者よねん。……今は静かに眠りなさぁい、私の可愛《かわい》いグロスティーナ」

そう、例えばこのような展開が起こり得る事も。

◇　◇　◇

神々しいピンク色の光が、地上よりゆっくりと舞い上がって来る。ムドの爆撃やらグロスの毒撃やらで、散々かつ凄惨な状態になっていた地上であるが、その者は全くの無傷であった。今の今まで封印状態のまま放置されていた筈《はず》であるが、このタイミングでイザベルによって施された封印が解かれ、自由に身動きする事が可能となったようだ。

「プ、プリティアちゃん……!?」

そう、その者の名は『桃鬼《とうき》』ゴルディアーナ・プリティアーナ。現転生神であり、恐らくはこと格闘戦において、この世界で唯一ハオに対抗できる強者《つわもの》である。

「ダハクちゃん達《たち》ぃ、こんな私の為によく頑張ってくれたわねん。心から感謝するわん」

復活を果たしたゴルディアーナが、慈愛に満ちた口調でダハク達に語り掛ける。

「そ、そんな！　俺にはもったいねぇ言葉――い、いや、今はそれよりも、グロスの野郎がッ！」

「ええ、分かってるわん。あの子は自己犠牲の精神が強過ぎちゃったみたぁい」

「うっ、ク、クソォ……！　すまねぇ、俺にもっと力があったら……」

「お、おでも……」

「私、だって……」

「ダハクちゃん達ぃ、今すべきなのは、たられればの話じゃないわよん？　グロスティーナの想《おも》いを継いで、これからどうすべきかが一番の大切な事ぉ……そうでしょん？　怒り、悲しみ、絶望――生きていく上でそれら要素は欠かせないものだけれどぉ、しっかり現実を見据える事も忘れちゃ駄目ぇ」

ゴルディアーナの言葉を耳にして、ハッとするダハク達。グロスティーナの死を前にして、一番悲しみを感じているのは、他でもないゴルディアーナだ。そんな彼女が感情を抑え、今を見据えているのならば、自分達も取り乱している場合ではなかった。ダハク達は目尻に溜《た》めていた涙を拭い、心の内を整えていく。

「もう大丈夫みたいねん。さて……ハオちゃん、待たせてしまってごめんなさぁい。封印の底から舞い戻らせてもらったわん」

桃色の巨翼を羽ばたかせ、ゴルディアーナはハオの方へと向き直る。

「フッ、冷静さを失いかけていたあの者らに、一瞬で平常心を取り戻させたか。貴殿は力があるだけでなく、指導者としても長《た》けているようだな」

「あらん？　それってもしかしてぇ、私を口説いてるのん？」

「違う。純粋に称《たた》えているのだ」

顔色一つ変えずに、あくまでも真面目にそう答えるハオ。

「もん、冗談が通じないんだからん。貴方《あなた》こそぉ、別に黙って待っている必要はなかったと思うのだけれどぉ？　グロスティーナが最期に残したその毒、時間が経《た》てば経つほどに、ハオちゃんが不利になるわよん？」

「貴殿こそ、封印中は食事もとっていなかっただろう？　長きに亘《わた》る封印で肉体も鈍り、とても万全の状態には見えないが？」

「うふん、連戦に次ぐ連戦でお疲れモードぉ、アーンド片腕状態の貴方よりはマシよぉ。その腕ぇ、再生させないのん？」

「奪われた片腕は貴殿との戦いに捧《ささ》げたのだ。今更未練などないし、再生させる気もない。更に言えば、俺の疲労を心配する必要だってない。毒は兎《と》も角《かく》として、この程度の前哨《ぜんしよう》戦《せん》、我々にとっては準備運動に過ぎないのだからな。違うか？」

「さぁて、どうかしらねん」

「「……」」

　軽い舌戦を終えたゴルディアーナとハオは、空中にて静止したまま構えを取り始める。暫《しばら》くその様子を見守っていたダハク達も、時同じくして動き始めたようだ。

「な、なら、俺達も助太刀するぜ、プリティアちゃん！　俺もグロスの野郎の為に、一矢報いてぇんだ！　せめて、横に並んで戦わせてくれ！」

「ダ、ダハク、それは駄目、なんだな……」

「ボガの言う通り。私達が下手に協力しようとしても、ゴルディアーナの助けにはならない。むしろ足手纏《あしでまと》い。それはダハクも理解している筈」

「ッ……！　分かってる、分かっているさ……！」

　歯を食いしばり、その影響でなのか、口から血を垂れ流すダハク。

「プリティアちゃん、毎度毎度、力不足ですまねぇ……！　俺ってやつは、またプリティアちゃん頼みになっちまった……！　本当にすまねぇが、どうかグロスの野郎の仇《かたき》を、頼むッ……！」

「……自らの弱さを認められるって、言葉以上に素晴らしい事よぉ？　今のダハクちゃんの姿、私にはとってもカッコ良く映っているものぉ」

「プ、プリティアちゃん!?」

「はーい、感動するのは後々ぉ。そ・れ・よ・り・も～……ダハクちゃん、それにムドちゃんとボガちゃんにも、新たなお仕事をお願いしちゃうわん。これから私ぃ、転生神としてではなく、ゴルディアの伝承者としてぇ、全身全霊で戦いたいのん。だからん、白翼の地《イスラヘブン》が壊れないようにぃ、周囲一帯の環境保護に努めてほしいのよん。ハオちゃんが相手だと、きっと戦いの最中に他を気にしている余裕なんてないわん。ね、お願ぁい？」

（はぁと）」

　今の白翼の地《イスラヘブン》は、どこかの誰かさん達の激戦の影響により、大変に危険な状態にある。封印中にもその事を感じ取っていたゴルディアーナは、崩れ行く白翼の地《イスラヘブン》が自らの本気に耐えられない事を察していた。だからこそ本気を出す為には、ダハク達の協力が不可欠であったのだ。

「この大陸の未来は貴方達の手に懸かっていると言ってもぉ、決して過言ではないわん。……任せても良いかしらん？」

「俺達の、手に……分かったぜ、プリティアちゃん。この白翼の地《イスラヘブン》は意地でも俺達が守り通す。崩れそうならとことん補強して、ぶっ壊れそうになったとしても再構築してやらあ！　なあ、そうだろう？　ムド！　ボガ！」

「ハァ、暑苦しいのは苦手……けど、やられてばかりも気に喰《く》わない。任せて、光竜王の名に懸けて、この大陸は破壊させない」

「お、おでも、火竜王として、頑張るだ……！」

「おう、それでこそ竜王だ！　じゃ、そっちは頼むぜ、プリティアちゃん。……俺、プリティアちゃんを愛し――い、いや、信じてるぜ!?」

「……ダハク、何でそこで日和《ひよ》る？」

「お、惜しかった、んだなぁ」

「うるせぇ！　今はそれどころじゃねぇんだよ！　馬鹿言ってねぇで、気ぃ引き締めろ！」

安全な場所で作業に当たる為《ため》、ダハク達は騒ぎながらも遠くへ後退して行った。

「フッ、まるで思春期の子供のようだな。俺を殺さんとしていたのが嘘《うそ》のようだ」

「うふっ、可愛いでしょん？　あの子達はこれから、まだまだ伸びていくわん。こんなところで死んで良い子達じゃないのん。まあ、それはもちろんグロスティーナもそうだったのだけれどぉ……」

「……俺を憎んでいるか？」

「そんな単純な感情じゃないわよん。確かに怒りや悲しみもあるし、許せないとも思ってしまう。けれどぉ、それでも命を懸ける選択をしたのは、他でもないあの子だもの。ホンット、乙女の心は複雑よん！」

その直後、ゴルディアーナが纏《まと》っていた空気がガラリと変化していった。

「……妹弟子、グロスティーナ・ブルジョワーナを破った貴方に、このゴルディアーナ・プリティアーナが挑戦状を叩《たた》きつけるわん。受け取ってくれる？」

「今更の問答だな。今も昔も、俺達はその気で対峙《たいじ》している。ならば、答えは一つであろう？」

「うふっ、そうねん」

最高の好敵手を目の前にしているせいだろうか。二人は微笑《ほほえ》み合い、端《はな》から全力で戦いに望む。

「慈愛溢れる天の雌牛《ローズィシュタル》」

「権能、顕現」

◇　◇　◇

ゴルディアーナが展開した慈愛溢れる天の雌牛《ローズィシュタル》は、最終形態《ファイナルエディション》でも軽量型《マイルド》でも片翼形態《モードルシファー》

でもない、通常型とされるものだった。この期に及んでなぜ、という疑問が浮かぶかもしれないが、それでも今のゴルディアーナはこれまでの何よりも力強く、それでいて流麗なオーラを纏っていた。つまるところ、恐ろしいまでに仕上がっている。

　対するハオが顕現させた権能は『魁偉《かいい》』、ルキル曰《いわ》く、自身の筋肉を自在にコントロールする事ができる力。情報量が少なく、それでも彼女は見た目の変化はそれほどないと言っていたが、今のハオの姿は通常時のそれとは全く異なるものと化していた。確かに形状にこそ変化は少ない。が、全身の肌の色合いが黒鉄色に染まっており、形相も鬼のそれになっていたのだ。とてもではないが人とも、そして堕天使とも思えない姿であった。

「フゥゥ～～～……！」

「ハァァァ――――……！」

　双方の呼吸は深く、それほど大きな声量ではない筈なのだが、その声だけで空気と大地が震え上がる。そこに存在するだけで多大な影響を周囲に撒《ま》き散らす超越者達は、最早《もはや》周囲への配慮など一切気にしていないだろう。そのような雑念を欠片《かけら》でも持ってしまえば、その瞬間に目の前の好敵手に叩きのめされる。一度本気で死合った本人達だからこそ、二人はそう理解していた。

「クッ、これだけ離れているってのに、体の震えが止まらねぇ……！　なんつう圧、なんつう強さなんだ……！　まだ拳を交えてねぇっつうのに、自然の全てが悲鳴を上げていやがる……！」

　この大陸に住まう自然を守る為、ダハク達は彼方《かなた》より戦いの様子を見守っていた。但し、いくら距離を置こうとも、前方から絶えず放たれているプレッシャーからは逃れられない。責務を全うしようとすると同時に、ダハク達は今も恐怖心と闘っている。

「へ、へへっ……ハオの野郎、全然本気じゃなかったって事か。イラつくぜ……」

「ダハク、余計な事を考えている暇はない。この大地が崩壊するのを防ぐ為にも、固定用の植物を早く配合して。私とボガで、生育に最適な環境を作り出すから」

「言われなくても分かってる！　俺の固有スキル『生命の芽生』で、ただ今絶賛配合中だっての！　けどよぉ、見てみろ！　プリティアちゃんとハオの野郎、姿が対照的にもほどがありやがる！　どっちも底知れねぇ力強さを感じるが、アレじゃあ女神と悪魔、いや、美の化身と鬼の化け物くれぇの違いがあるぜ!?」

「いや、普通に鬼と鬼にしか見えない。ゴルディアーナ、二つ名『桃鬼《とうき》』だし」

「お、おでも、そう思っだ……」

「はぁっ!?　いやいや、お前ら目が腐ってんのか!?　もっとよく見ろ、全然違うじゃねぇか！　確かにハオの野郎は絶世の美男だが、それでもプリティアちゃんとはレベルが違うだろうがぁ!?　あと、超品種の植物ができたぞ、おら！」

　むしろお前がよく見ろと、分かりやすく感情を表に出すムドとボガ。その後も三人は何かと言い争い、同様の空気のまま仕事に取り掛かっていた。

　このように一見ふざけた空気であるが、一応それにも訳がある。と言うのも、ダハク達を取り巻く環境が余りにも過酷である為に、こうでもしてふざけていないと、如何《いか》に竜王といえども精神的に参ってしまうのだ。世界を滅ぼしかねない猛獣達《たち》が何の遠慮もなしに争う中、間近に居る自分達は何の命綱もなしに、その修繕作業に当たらなければならない――とでも言えば、多少は三人の気持ちが分かるだろうか？　何かに熱中するにしろ酔うにしろ、素面《しらふ》の状態ではやっていられないのである。

――ズズゥゥン！

「「「ッ……！」」」

そうこうしている間に、遂《つい》にゴルディアーナとハオの戦いが始まった。得物は己の肉体のみ、魔法なんてものは不純物でしかないと言わんばかりの、純粋な肉弾戦である。鬼と化した双方は、これまで磨き上げてきた技術の粋を体現し、限界を超えて鍛え上げてきた肉体の全てを解き放つ。

（ま、まるで見えねぇ……！）

空気を伝って、絶えず凄《すさ》まじい衝突音が聞こえてくる。肌を切り裂くような、鋭い衝撃波も届いている。だが、今戦っているであろうゴルディアーナ達の姿が、ダハクは目で捉える事ができなかった。それはムドファラクとボガも同様であり、恐らくは超高速での移動をしながら、あちこちで格闘戦を繰り広げている――などと想像する事しかできない。

「片腕とはッ！　とてもッ！　思えないわねんッ！」

「貴殿こそッ！　とてもッ！　人の身とは思えんッ！」

「そりゃあッ！　一応これでもッ！　人間上がりの女神様ッ！　ですものォ！」

「奇遇だなッ！　俺もかつてはッ！　強さを追い求めるだけのッ！　人間であったわァ！」

殴り、蹴り、投げ、決め、返し――一瞬のうちに数多《あまた》の奥義を繰り出され、過ぎ去っていく。それは一手でも間違えれば、即死へと繋《つな》がる危険なやり取り。しかしそれでも、二人はどこか楽しそうに、このやり取りを続けていた。究極の武に至り、最早上を見る必要がなくなった者達が、その力を一切加減する事なく、己の全てを相手にぶつける事ができる。それは彼ら彼女らにとって、夢物語でしかなかった理想が叶《かな》った、歓喜の瞬間でもあったのだ。

「これも受け止めてくれるかッ！　甘美なひと時ィ！　であるなァ！」

「ハオちゃん！　顔がァ！　笑っているわよぉん！」

ハオの権能『魁偉《かいい》』は自身の筋肉量をコントロールするという、単純明快なものである。ハオがその気になれば今以上に筋肉を膨れ上がらせ、大きくする事も当然可能だ。しかし、ハオはそれを好ましく思わなかった。いくらパワーが上がったところで、技を行うに必要なスピードが肉体について来なければ、武を志す者として全く意味がなかったからだ。だからこそ、ハオはこの力で筋肉を増やすのではなく、同じ筋量でより優れた肉《もの》へと、自らの成長を促す事に使用していた。

死も厭《いと》わぬ鍛錬、神《きょうしゃ》との死闘、新たなる探求――それらを繰り返し繰り返し行い続けた結果、彼の肉体には邪神の加護が宿り、鍛錬を重ね死地へ赴くほどに進化を重ねていく事となる。人の身でありながら神に選ばれ、悠久の時を生物としての昇華へと当てたハオの肉体は、最早最高位の神であったアダムスのそれと比べても、決して劣るものではなくなっていた。神の肉体から繰り出される究極の武は、最早同じ神にも止める事ができない。少なくとも、これまではそうであったのだ。

「この身がッ！　義体である事がッ！　口惜しいわァッ！」

「私はッ！　貴方《あなた》が片腕なのがッ！　惜しいわんッ！」

一方、通常型の『慈愛溢れる天の雌牛《ローズイシュタル》』を展開したゴルディアーナも、いざ戦いが始まってみれば、権能顕現状態のハオと拮抗《きっこう》した戦いぶりを発揮していた。パワーもスピードも判断力も、何よりも武術においても一歩も引いていない。

普通であれば発展型や最終形態とされる、他の型を使った方が良いと考えてしまいそうなものだ。が、ゴルディアーナは敢《あ》えてこの型を選択した。その理由も単純明快なもので、純粋にこの型のゴルディアーナが最も体に馴染《なじ》んでいたから、であった。確かに最終形態《ファイナルエディション》や片翼形態《モードルシファー》は、ステータスにおける能力向上値において、通常型のそれよりも大きく勝っている。しかし、その姿も通常のゴルディアーナの姿とは大きく異なるものである為に、ゴルディアーナが最も重要視する武術が、十全に発揮できなくなってしまっていた。特に片翼形態《モードルシファー》は開発からそう時間が経《た》っておらず、調整期間もそう多くは設けられていなかった。もちろん、それは今も同じである。だからこそゴルディアーナは、最も練度と信頼性の高いこの型で、勝負をかけたのだ。

「「ふんッ……！」」

戦闘開始から幾千回目かの武の衝突。双方の拳からビキビキと血管が浮き出て、それらが二の腕の辺りにまで及んでいく。やはり、実力は互角だ。

「おおぉい、拳一発で地表が捲《めく》れるぞ!?　俺の植物だけじゃ持たねぇ！　ムドの氷で補強できねぇか!?」

「やってる！　やってる傍《そば》から、氷ごと捲れてる……！」

「お、おでの火山、造った瞬間に吹っ飛ぶ……」

……ひょっとしたら元気に戦っている鬼二人よりも、その周りで補強作業に当たっている竜王達の方が、力尽きるのが早いかもしれない。

◇　◇　◇

ゴルディアーナとハオの戦いが始まってから、実のところ、まだそれほどの時間は経過していない。精々が数分といったところだろうか。各地で行われている他の戦いと比較すれば、未《いま》だ序盤戦と呼べる程度の時間だ。しかし、既に二人は他に類を見ないほどに傷付き、消耗していた。全身から血を流し、生傷がない箇所はないと断言できるほどに酷《ひど》い状態である。お互いにS級の『自然治癒』スキルを所持している筈《はず》であるが、その最高位のスキルの力を以《もっ》てしても、ゴルディアーナ達がやり取りするダメージの総量に、回復速度が追いついていない。

「ハァ、ハァ……」

「ふぅん、ふぅん、あはぁん……！」

この通り呼吸音を聞いてみても、無尽蔵のスタミナを保持している筈の双方が、息を荒くしている事が分かる。……片方が変な風に聞こえてしまうのは、きっと気のせいだろう。

「やべぇ、マジやべぇ……プリティアちゃんと、約束したのに、このままじゃ……」

「甘味が、足りない、ひもじい……これ以上は、無理、限界……」

「も、もう、一噴火もできねぇ、だ……」

一方で環境修繕係に就任したダハクら三竜王も、そんなゴルディアーナ達以上に疲労していた。三人とも地上に大の字で伸びている状態で、もう自力で立つ事もできそうにない。とまあ、実際に戦闘を行っているゴルディアーナ達からしても、二人が何も考えずに戦えるよう環境整備を担当していたダハク達からしても、次の一手が限界になりそうだ。

「ふぅーん、ふぅーん……ふぅ、最低限のスタミナは確保したわん。そちらはどおん？」

「……同じようなものだ。次の一手に限れば、最高の一撃を繰り出せる」

「それは重畳ぉん。あ、でもその前にぃ、これだけは言わせてん？」

そう言いながら、不意にウインクを飛ばすゴルディアーナ。とんだ不意打ちであるが、ハオは動じない。流石《さすが》は最強の求道者である。

「何だ？」

「貴方が私の師匠に似ていた理由、今になって分かった気がするのよん」

「師匠？……ああ、俺が貴殿の師匠と瓜二《うりふた》つだと、以前にそんな話をされた事もあったな。今一度言っておくが、俺は全く——」

「——関係、ないのよねん？　ええ、その通り。貴方と師匠は全くの別人よぉ。転生した後の姿だとかぁ、そういったオチがある訳でもないわん」

「……」

多少なり、その話が気になったのだろうか。それとも、好敵手を称《たた》えての静観か。兎《と》角《かく》、ハオは臨戦態勢を維持したまま、ゴルディアーナの次の言葉を待ってくれるようだ。

「なのに私が勘違いしてしまったのはぁ、強さを貪欲に追い求める貴方のその生き様が、残酷なくらいに師匠と酷似していたからぁ……私の師匠もねん、何よりも強さを第一とする人だったわぁ。強さに取り憑《つ》かれていた、と言っても過言でないほどにぃ」

「ほう、それはそれは……それで、その男はどうなったのだ？」

「私との死闘の果てに、命を落としたわん。私がこの手で師匠の命を絶ったのぉ」

ゴルディアーナはどこか悲しそうに、しかし強い意志を瞳に宿しながら、自らの拳を見詰める。

「昔はねぇ、そんな人じゃなかった筈なのよん。けれどぉ、あの人は変わってしまった。強さを追い求めるあまり、越えてはならないラインを越えてしまった……だから、私がけじめを付けたのよん。そんな師匠と貴方はぁ、外見以上に中身も似ているわん。とっても、ビックリするくらいにねん」

「フッ、そうか。ならば、その師と同じように俺を殺してみるがいい。強さに取り憑かれた俺は、一体何を仕出かすか分からんぞ？」

「いいえ、もうそんな事はしないわん。私はねぇ、今でもあの日の事を後悔しているのん。あの日、今ほどでないにしてもぉ、少しでも師匠に愛の力を伝える事ができていたらぁ、師匠の心を変える事ができたんじゃないかって、ねん」

　拳からハオの方へと視線を移し、ゴルディアーナが再び構えを取る。

「だからこそぉ、私はこの日の為《ため》に目指していたのん。師匠とは別の形の最強にぃ、愛のある最強を目指していたのん。その集大成を、貴方に教えてあげるわん。狂気を肉体に宿すよりも、愛を背負った方が強いんだってぇ（はぁと）」

「ク、ククク、クフハハハハッ！　本当に面白い男なのだな、貴殿は！　なるほど、確かにそれは俺が目指すところとは別の強さだ！　異質が過ぎる！　ならば、俺の集大成も貴殿に見せなければなるまい！」

「かなり指摘しておきたい単語があった気がするけれどぉ、今は聞こえないふりをしてあげるわん！」

「ククッ、それはありがたい。……では、そろそろ決めようか。真の最強がどちらなのかを！」

「望むところ、よんッ！」

ゴルディアーナとハオの姿が、全く同じタイミングでその場から消え去る。いや、互いに前へと走り始めたのだ。最後となる最高の一撃を、好敵手に叩《たた》き込む為に。

（プ、プリティアちゃん……）

朦朧《もうろう》とする意識の中で、ダハクは見た。女神と怪物（ダハク視点）が衝突するであろう、その瞬間を。これまでまともに視認する事もできなかった同戦闘であるが、不思議とこの時だけはハッキリと、その光景を目にする事ができた。

ゴルディアーナが放った一撃は、彼女の代名詞とも呼べる必殺の拳、『怒鬼烈拳《ドキドキスマッシュ》』。これまでダハクが何度も目にしてきた、猛烈かつ鋭い一撃である。攻撃を放ったゴルディアーナの姿は今までの何よりも美しく（ダハク視点）、見慣れていた技の筈なのに、思わず三回ほど惚《ほ》れ直してしまうほどの美技（ダハク視点）であった。また、それ以上に強力な技でもあった。

対してハオが放ったのは、彼が最も信頼を置く奥義『畢竟《ひっきょう》』、所謂《いわゆる》正拳突きであった。しかし、その正拳突きは神の肉体を持つハオが、これまで積み上げてきた全てをかけ、全身全霊で放つ最強の一撃。放たれた拳は神速に至り、道を阻む全てを粉砕する。惚れ直し中であったあのダハクが、ハオの方へと視線を奪われてしまうほどに凶悪なものであった。

己を信じ放った最後の攻撃は、奇《く》しくも双方がシンプルなものだ。しかしそれらは確かに、双方が好敵手を倒す為に力を振り絞った、最強の攻撃でもあった。そんな二つの最強が真っ正面から交わった時、果たしてこの世界はどうなってしまうのだろうか？……少なくとも、離れているとはいえ、二人から比較的近くに位置しているダハク達《たち》は、無事に済みそうにない。

（どんな結末を辿《たど》ろうと、何が起こったって、俺はこの目に焼き付けるぜ、プリティアちゃん……！）

疲労も目のかすみも関係ない。ダハクは限界まで目を見開き、その結末を見届けようとした。……しかし。

「カカッ！　盛り上がっているところすまないが、邪魔させてもらうわい！」

「「――ッ!?」」

好敵手に全神経を集中させていた弊害なのか、不意に聞こえてきたその声に、ゴルディアーナ達の反応が遅れてしまう。寸前になって攻撃を止め、声の方へと振り向いた時、そこには背徳的な肉塊が大口を開けて、今にもゴルディアーナ達を飲み込もうとしていた。

■ケルヴィム・リピタ（義体） Kelvim Repeta

■14772歳／男／黒骨の死天使《サリエル》／狩人
■レベル：244
■称号：墜ちた死神
■ＨＰ：4286/4286
■ＭＰ：14181/14181

■筋力：1760
■耐久：1294
■敏捷：3383
■魔力：5492
■幸運：4144

■装備
狡智の抱擁《アステロトブレス》（S級）
美食の籠手《アビリティーイーター》（S級）
悪獣の黒革ブーツ（S級）

■スキル
神の束縛（隠しスキル：
鑑定眼には表示されない）
致死（固有スキル）　格闘術（S級）
鎌術（S級）　黒魔法（S級）
鑑定眼（S級）　飛行（S級）
気配察知（S級）　危険察知（S級）
魔力察知（S級）　隠蔽察知（S級）
集中（S級）　心眼（S級）　隠蔽（S級）
偽装（S級）　胆力（S級）
軍団指揮（S級）　自然治癒（S級）
■補助効果
隠蔽（S級）　偽装（S級）

■レム・ティアゲート（義体） Rem Tiagate

■4705歳／女／巨神／統治者
■レベル：235
■称号：墜ちた支配神
■ＨＰ：1477/1477
■ＭＰ：20070/20070（+13380）

■筋力：671
■耐久：693
■敏捷：742
■魔力：15421（+640）
■幸運：469

■装備
ネザーランド（S級）
紅服スパイトゥ（S級）
侵飾アングストゥ（S級）
慙靴ハートゥ（S級）

■スキル
神の束縛（隠しスキル：鑑定眼には表示されない）
支配（固有スキル）　飛行（S級）　危険察知（S級）
魔力察知（S級）　集中（S級）　隠密（S級）
軍団指揮（S級）　軍略（S級）　魔力吸着（S級）
魔力温存（S級）　水分吸着（S級）　水分温存（S級）
精力（S級）　強魔（S級）
■補助効果
隠蔽（S級）

■イザベル・ローゼス（義体） Isabelle Roses

■13639歳／女／裁定の守護天使《ラファエル》／剣士
■レベル：268
■称号：墜ちた守護神
■ＨＰ：38331/38331（+25554）
■ＭＰ：39639/39639（+26426）

■筋力：7799（+640）
■耐久：8320（+640）
■敏捷：5163（+640）
■魔力：11695（+640）
■幸運：5975（+640）

■装備
求剣ペナルティ（S級）
法服センテンス（S級）
裁布コンビクト（S級）
審靴ガロウズ（S級）

■スキル
神の束縛（隠しスキル：鑑定眼には表示されない）
境界（固有スキル）　剣術（S級）　格闘術（S級）
杖術（S級）　白魔法（S級）　飛行（S級）
気配察知（S級）　危険察知（S級）　魔力察知（S級）
隠蔽察知（S級）　読心術（S級）　集中（S級）
心眼（S級）　装甲（S級）　屈強（S級）　精力（S級）
剛力（S級）　鉄壁（S級）　鋭敏（S級）　強魔（S級）
豪運（S級）
■補助効果
隠蔽（S級）

■ハオ・マー（義体） Hao Mar

■2408歳／男／超神／拳士
■レベル：270
■称号：墜ちた武神
■ＨＰ：15749/15749
■ＭＰ：26/26

■筋力：12088
■耐久：10409
■敏捷：9683
■魔力：21
■幸運：1166

■装備
極打（S級）
修練者の胴着（E級）
修練者の草履（E級）

■スキル
神の束縛（隠しスキル：
鑑定眼には表示されない）
魁偉（固有スキル）
格闘術（S級）
自然治癒（S級）
■補助効果
なし

特別編 ▼続々重版記念パーティー

最近、皆の様子がおかしい。妙にそわそわしていると言うか、何かを隠しているようなのだ。一体なぜ……？　なんて、下手な物語の主人公であれば首を傾《かし》げているところだろう。だが、諸々《もろもろ》の察知スキルを有している俺は察してしまう。そう、察してしまったんだ。クッ、何て事だ。可能であれば、分からないままでいたかった……！　っと、話が逸《そ》れてしまったな。まあ、アレだ。察するに、これは何らかの祝いの席を開くのに、それまで俺に秘密にしているとか、そんな流れなのだ。

セラやジェラールなどは隠し事をするのが下手過ぎて、初っ端《しょぱな》から俺の方が気を遣って気づかないフリをしなければならなかったよ。うん、視線を逸らし過ぎだし、お祝い事の話を自ら口走りそうになったりと、本当に絶望的な下手さだった。正直者にもほどがある。

逆に秘密にする演技が上手《うま》かったのは、やはりアンジェとシュトラだった。アンジェは元『暗殺者』らしく、完璧に普段通りの姿を演じて――あ、いや、この場合は演ずるまでもなく、普通に過ごしていただけだろうか？　そもそも普段通りに過ごせるのなら、演ずる必要なんてないもんな。シュトラもまた然《しか》りで、普段から政戦に身を置いているだけあって、全く俺に情報を悟らせる事がなかった。セラ達が居たから結局バレた訳だけど、皆が二人のように振る舞っていたら、俺はその時まで気づく事はなかっただろう。実に惜しいものである。

「逆にアンジェ達には、俺が気遣っているのがバレているんだろうなぁ……まっ、それも今日までの話だ。無事、これを貰《もら》った訳だしな」

俺が懐から取り出したのは、ある招待状である。この招待状には日時と会場の場所が記され、必ず来るようにとの念を押す文章が添えられていた。送り主の名前はどこにもないが、筆跡がリオンのそれなんだよな。って事は、十中八九俺が待ち焦がれていた祝いの席、所謂パーティーのお誘いな訳で。しかし、今日って何の日だったかな？　別に俺や仲間達の誰かの誕生日って訳じゃないし、何かしらの特別な日でもない。はて……

「この状況を利用した敵勢力の罠《わな》って可能性もない訳じゃないけど、まあそれはそれで嬉《うれ》しい誘いには違いない。って事で、どちらにせよ喜んで参加しよう！　とおっ！」

会場には派手に入るようにと、招待状にはそんな事も記されていた。俺はその指示に従い、ダイナミックに会場入りを果たす。

「おっと、今日の主役の登場だ！　皆、拍手で迎えてやってくれ！」

俺を最初に出迎えたのは、まさかのシン総長であった。しかもいつもの総長服ではなく、女性らしくドレスアップした、レアな姿だ。

……え、なぜに総長？　今日ってそんな気合いの入った会なの？　などといった疑問が生まれるも、次いでやって来た万雷の拍手にそれも打ち消されてしまう。

「ケルにい、おめでとう！」

「ご主人様、心からお祝い申し上げます」

「王よ、遂《つい》にこの日が来たのじゃな……！」

「フフン、まあケルヴィンなら当然よね！　フフン！」

「今日はおめでたい日、です」

　周りを見回してみると、そこにはパーティー用に着飾った仲間達の姿が。皆一様に嬉しそうにして、俺にお祝いの言葉をかけてくれている。ジェラールなんてもう泣きそうだし、セラは自分の事のように誇らしそうだ。

「あ、ああ、ありがとう……？」

「もう、ケルヴィン君ったら何で疑問形なのさ～？」

「いや、えっと……悪い。正直、まだ状況が呑《の》み込めていなくてだな……」

「あはは、お兄ちゃんったら、感動するのが早いんだから～。泣き所はまだ先よ？」

　いや、違うんだ、アンジェにシュトラよ。感動に至る至らないの問題以前に、何のお祝いパーティーなのかが未《いま》だに分からないのよ。俺の理解力を買い被《かぶ》り過ぎなのよ。あと、何でシン総長も居るのよ？

『やれやれ、あなた様は肝心なところが抜けているようですね。ここまでノリノリで来ておいて、まだ何のお祝いなのかが分からないとは』

　そんな風に俺が狼狽《ろうばい》していると、メルからの念話が届く。

『メル、また俺の心を勝手に——いや、今回はむしろ助かったよ。今から何のお祝いだっけ？　なんて、聞けそうな雰囲気じゃなかったからな。で、結局今日は何の日なんだ？』

『……そうですね。それは私の口から語るよりも、実際にあなた様の目で見てもらった方が良いでしょう。折角準備されたものもある事ですし』

『準備されたもの？』

念話にてそう言ったメルが、会場のある方向を指差した。そこには横断幕が飾られており、このパーティーの名前が記されているようだった。おお、確かにアレを見れば一目瞭然である。ええと……20巻発売おめでとう？　ん、何の話だ？

『あなた様、もっとよく見てください。その前、その前です』

『その前？』

最早《もはや》心を読まれている事にツッコミも入れない俺。いや、今はそれよりも——うん、何でだろうな？　何かそこの文章を読むのを、俺の脳が拒否しているような、そんな気がするんだ。視界に入っているのに、全く読みたいという気持ちが沸き起こらない。実に不思議なものである。……分かったよ、読みます、読みますって。覚悟を決めますよ。

「……『死神ケルヴィン悶絶《もんぜつ》ポエム集』20巻発売おめでごほぉああっ!?」

「パパ!?」

「ああっ、ケルにいが血を吐いた!?」

「と、吐血じゃあああ！」

「ど、どうされたのですか、ご主人様!?」

　唐突に血を吐き白目をむきぶっ倒れてしまった俺に、仲間達《たち》が駆け寄って来る。それ自体は嬉しい。実に喜ばしい事だ。けど、けどさあ――

「――ポエム集の20巻って何!?」

「王よ、血を吐きながら叫ぶでない！　傷は浅いぞ！」

　深いよ!?　傷はすんごく深いよぉぉぉ!?

「あり？　ケルヴィン君は知らなかったんだっけ？」

　おい、パーティー会場で呑気《のんき》に葉巻吹かしてやがるそこの総長、いや、容疑者！　心を負傷した俺にも分かりやすいように、簡潔に説明せよ！

「ほら、以前『冒険者名鑑』でケルヴィン君のポエム癖について解説した事があったじゃん？　名鑑の購読層から、その辺りの需要の声が意外とあってさ～。物は試しにと、今まで私が調査していたケルヴィン君の悶絶ポエムを編集して、小規模ながらに出版してみたんだ。そしたら……クフフッ、これが大ヒットしてしまってね！　重版に重版を重ね、あれよあれよと言う間に20巻発売さ！」

「ア、アンタ、何て事を……！」

　いまだかつて、俺にここまでの精神ダメージを負わせた者が居ただろうか？　前世の因縁関係を抜きにすれば、シン総長は間違いなくその一、二を争うやらかしをしてくれた。あと、それ以前に20巻って何？　流石《さすが》の俺も、そこまで痛い発言をした記憶はないんですけど？　一冊分作るのが精々じゃないの？

『あなた様、まあ、その……自覚がないとは怖いものですね』

メルさん、このタイミングで心を読まないでくださいます!?　つかつか、無自覚に言っていたって事!?　え、嘘《うそ》、マジで!?

「20巻だって！　凄《すご》いね、ケルにい！」

「お兄ちゃんお兄ちゃん、私、このポエム集のおかげで身長が伸びた気がするの！」

「リンネ教の聖書として認定できないか、現在フィリップお父様と交渉しているところです。ええ、ご安心を。このコレット、命を賭してやり遂げてみせます！」

「私の地元でも結構人気なのよ、このポエム集。海を越えた人気ってやつかしら？」

「気が滅入《めい》っている時にこれを読むと、不思議と元気が出るとの声をよく聞くのう。何じゃかこう、心が豊かになるって言うの？」

「うんうん、これを読めば今までケルヴィン君が何を想《おも》い考えて来たのかが分かって、何だか嬉しくなっちゃうんだよね～」

現実を受け入れられないまま、皆から更なるお祝いの言葉を頂戴してしまう俺。皆が純粋に喜んでくれているのは分かる。そこだけは分かるんだが……そもそもの話、この件を知らなかったのって俺だけ？　その辺どうなのよと、犯人と思わしきシン総長に疑惑の視線を送る。視線で射殺す勢いで送る。刺され、ぶっ刺され。

「おっと、彼女達を差し置いて熱い視線を浴びてしまった。ケルヴィン君、何か私に言いたい事でもあるのかな？　ひょっとして、愛の告白――」

「――いや、そういう茶番はいいから。それよりも早く説明してくれ」

「おいおい、割かし本気で目に殺意が宿っていないか？　全く、遊ぶ余裕もないとはね。ああ、分かった分かった、説明するよ。だから、これ以上そんな目で私を見詰めないでくれ。……無許可で発売してた！　以上！」

「おっし分かった喧嘩《けんか》だな？　理解したからそこになおれ、この無法者！」

戦闘開始。俺と総長はどこからともなく得物を取り出し、互いの顔面目掛けて攻撃をぶっ放すのであった。

「わわっ、何々⁉　突然何⁉」

「落ち着きなさい、クロメル。これはきっとアレよ、出し物的なアレなのよ！」

「あ、そうなの？　もう、突然だったからビックリしちゃった～。ケルにい、負けるな頑張れ～」

「まったく、このめでたい日にもバトルとは……うむ、いつもの王じゃな！」

「ええ、ご主人様が楽しそうで何よりです」

会場やこの場に居る皆に攻撃を当てないよう、シン総長の顔面のみに攻撃を集中する。つか、こんな時に便利だな、総長の固有スキル！

「総長！　印税とかどうなってんスかねぇッ⁉」

「安心しなよ！　全額恵まれない子供達に君名義で寄付しているからッ！　ケルヴィン君

のポエムのお陰で、今日もどこかで子供達が救われているよッ！」

「わあそれなら安心——ってなるかぁッ！　でも絶妙に反論し辛《づら》い使い方だなクソがッ！」

「その詫《わ》びにこうして戦っているのだから、どうか許してくれよ〜。私とガチバトルができる機会なんて、そうそうないんだからさッ！」

こうして俺達はパーティーの終わりまで、果てしない空中戦を繰り広げるのであった。

あとがき

『黒の召喚士20　交わる双鬼』をご購入くださり、誠にありがとうございます。二十巻という節目にプリティアちゃんをカバーにできて大満足、迷井《まよい》豆腐《どうふ》です。WEB小説版から引き続き本書を手にとって頂いた読者の皆様は、いつもご購読ありがとうございます。

何度も言いますが、きましたね、節目が！　そして、プリティアちゃんのカバーが！　読者の中にも、彼女がカバーを飾るのを待ち望んでいた方が多いと思います。いえ、何も言わなくても分かっていますよ。ええ、分かるのです。そうなんじゃないかって、オラクルを受信した気がしたんです。そういう事にしておきます。ヨシ！

節目といえば、作者の豆腐も知らぬ間に三十代に突入していました。いえ、もう大分前にですけどね。この小説を書き始めたのが、もう十年も前の事ですよ。その頃の豆腐はピチピチの二十代でした。それが今では高野豆腐のようになってしまって……いや、高野豆腐も美味《うま》いからアリか？　うん、大いにアリだな……まあ、アレですよ。四十代になったとしても、今のように作品を作り続けたいって事です。その頃の節目には、五箇山堅豆腐のステーキで乾杯してぇです。

最後に、本書『黒の召喚士』を製作するにあたって、イラストレーターの黒銀様とダイエクスト様、そして校正者様、忘れてはならない読者の皆様に感謝の意を申し上げます。
それでは、次巻でもお会いできる事を祈りつつ、引き続き『黒の召喚士』をよろしくお願い致します。

迷井豆腐

作品のご感想、
ファンレターをお待ちしています

あて先

〒141-0031
東京都品川区西五反田 8-1-5 五反田光和ビル4階
ライトノベル編集部
「迷井豆腐」先生係／「ダイエクスト、黒銀（DIGS）」先生係

OVERLAP

黒の召喚士 20
交わる双鬼

発　　行　2023年12月25日　初版第一刷発行

著　　者　迷井豆腐
発 行 者　永田勝治
発 行 所　株式会社オーバーラップ
〒141-0031　東京都品川区西五反田 8-1-5
校正・DTP　株式会社鷗来堂
印刷・製本　大日本印刷株式会社

Printed in Japan ISBN 978-4-8240-0684-4 C0193

オーバーラップ　カスタマーサポート
電話：03-6219-0850／受付時間 10:00～18:00（土日祝日をのぞく）

第11回 オーバーラップ文庫大賞
原稿募集中！
イラスト：じゃいあん
【締め切り】
第1ターン 2023年6月末日
第2ターン 2023年12月末日
各ターンの締め切り後4ヶ月以内に佳作を発表。通期で佳作に選出された作品の中から、「大賞」、「金賞」、「銀賞」を選出します。
その物語は、
きっと誰かが
好きな物語。
【賞金】
大賞…300万円
（3巻刊行確約＋コミカライズ確約）
金賞……100万円
（3巻刊行確約）
銀賞……30万円
（2巻刊行確約）
佳作……10万円
投稿はオンラインで！ 結果も評価シートもサイトをチェック！
https://over-lap.co.jp/bunko/award/
〈オーバーラップ文庫大賞オンライン〉
※最新情報および応募詳細については上記サイトをご覧ください。
※紙での応募受付は行っておりません。